KB254010

내캉 살자

내캉 살자

정도건

장편소설

한티재

수신자에게 보내지지 않아 유서遺書가 돼버린 친구의 편지는
이랬다.

***

'의심' 이란 장난감과 함께라면 고독마저 즐겁다.
창조의 환상을 지닌 나는 조용한 파괴자.

― 천장天障 고양이

루시에게.
스스로는 어두운 지구. 점멸點滅하는 빛에 두들겨 맞아 시퍼렇
게 멍든 지구. 얻어맞을 때의 지구를 낮으로, 치료 중인 때의 지
구를 밤으로 일컫는 사람들. 그런 지구를 괜히 어슬렁거리고 다
니는 항상 별일 없는 내게 너는 스스로 나의 팬이라 했기에 편지
쓰는 용기를 냈어.

온라인에서 만난 너는 아직 내 목소리를 몰라. 그러므로 상상할 수 있는 내 목소리는 기왕이면 좋은 목소리였으면 좋겠어. 그렇다고 아나운서의 목소리로 상상하면 곤란해. 모쪼록 네가 상상한 나의 목소리가 너에게 내 편지를 끝까지 읽어줬으면 좋겠어.

결혼 후, 난 한동안 밥벌이와 상관없는 것들에는 의도적으로 관심을 안 가졌어. 가볍게 내쳐진 것들 중에는 아쉬운 것들도 더러 있었지만 "어쩔 수 없다"는 냉소로 그 아쉬움들을 떨쳐내곤 했어. 하지만 밥벌이 중에 주어지는 선물 같은 휴식에는 권태倦怠로 인해 늘 우울해지고 마는 것이어서 나의 휴식을 숙주 삼은 악성 종양인 권태가 사라지길 바랐지만 '잠'으로는 종양을 박멸하고 싶진 않았어. 그러면 왠지 더 우울해질 것만 같아서 포기하고 대신 '외로워도 괜찮다'는 말을 터무니없는 거짓말로 여기면서 '인간은 혼자 살 수 없는 약한 존재'라는 잠언을 곧잘 외며 낯선 사교계에 관심을 가졌지만 참석까지는 주저하며 지냈어. 그러던 어느 날 "공단 인근 강에 양성兩性을 가진 붕어들이 증가하고 있다"는 보도를 접했어. "오염에 의한 것인지는 검사를 더 해봐야 알 수 있을 것 같다"던 신중한 그 보도는 미적거리던 나의 사교 활동을 강하게 부추겼어. 뜬금없지? 수수께끼니까 맞혀봐. 성적性的으로 유추해본다면 당시의 내 상태를 알게 될지도 몰라.

원만하고 지속적인 사교모임에는 가식加飾과 사치奢侈 그리고 썩소가 기본 양식으로 통용되고 있었어. 불쾌했지만 처음이라서 그럴 것이라 대수롭지 않게 여기며 오히려 불쾌감도 사교시 은밀하게 지녀야 할 또 다른 양식으로 받아들이면서 권태롭지 않았던 사교의 순간들만을 애써 회상했어. 그럼에도 불구하고 불쾌감은 사교모임이 거듭될수록 더욱 가중됐고, 사교 상대들이 싫다가도 좋아지고, 좋다가도 미워지는 변덕스러운 내 마음을 상대 탓이라 원망하다가 그것조차 지겨워진 어느 날, 사물을 대할 때 한결같지 않은 내 마음을 발견했고 그 발견을 원만한 사교의 장애물은 바로 '내 마음 때문' 이라는 깊은 반성의 계기로 삼았어. 그러자 사교 시에도, 사교 후에도 맘이 편했어. 누군가 했다던 나에 대한 험담을 타인을 통해 전해 듣고도 "험담자들끼리 공유되고 있는 나에 대한 험담은 일단 나에게 도전할 의사가 없다"는 것으로 간주하면서 나만 못 들은 척하면 그만이라는 생각으로 평온한 마음을 유지했어. 물론 험담자들이 나에게 직접 험담하며 도전해온다면 신사의 미덕으로 응해 주리라는 맘도 함께였지만 애석하게도 내게 험담을 전언해준 타인은 섭섭한 표정이었어. 어쩔 수 없었어. 나에 대한 험담을 더 이상 안 듣기 위해서는, 다시 만나게 될 험담자들에 대해 편견을 안 가지려면 어쩔 수 없었어.

그러던 중 나는 또 다른 사교모임에 불려갔어. 맘에 없었다면 안 갔을 것이므로 '불려갔다' 는 말은 네 생각대로 해석해도 돼.

그곳의 음악은 맘에 들었어. 집기비품들은 사치스러웠어. 사

람들에게서는 사교의 미덕들이 천장의 샹들리에 불빛처럼 은은
하게 배어나오고 있었어. 타인을 배려하는 부드러움에선 가식은
안 보였고, 진정어린 유쾌한 미소 가득한 그들의 얼굴에선 썩소
마저 자취를 감췄어.

그들 속에서 나는 내내 유쾌해서 내내 지껄였어. 그래도 그들
은 얼굴 한 번 안 찡그리고 내 얘기들을 다 들어줬어. 모처럼 후
련해진 나는 그들과 헤어질 때 "평생 경험하지 못한 유쾌한 모임
이었고, 다음에도 꼭 참석하고 싶다"는 너스레를 떨었어.

유쾌한 기분은 집으로 돌아오는 차에서도 이어졌어. 그동안의
사교모임이 언짢았던 이유는 나 때문이 아니라 역시 사교모임의
구성원들 탓이었다는 생각으로 해방감도 들었어.

집으로 돌아온 나는 아내한테 사교모임의 구성원들 면면을 자
세히 설명했고 대단했던 그 사교모임의 주인공이 바로 나였음을
자랑하자 아내도 덩달아 자랑스러워했어. 오랜만에 즐거운 일기
를 쓸 수 있게 됐다는 생각에 샤워는 평소보다 더 즐거웠어.

그런데 일기장을 펼친 순간, 모든 것이 나의 착각이었음을 깨
달았어. 너무 부끄러워 분노가 치밀었어. 큰소리로 지껄였던 나
의 모든 말들이 주책으로 상기되면서 그런 나를 내내 빙그레 미
소로 대하던 너그러운 얼굴들이 삽시간에 너구리 면상들로 변했
어. 당했다는 생각에 여느 사교모임들과는 비교도 안 될 정도로
심한 모멸감이 들었어. 너구리들이 감히 인간인 나를 가지고 놀

았던 거야. 무뚝뚝한 인간인 나를 광대로 만들 만큼 놀라운 능력을 지닌 너구리들이었던 거야.

그날 이후 그 사교모임의 초청에는 응하지 않았어. 아니 응할 수 없었다는 게 정확해. 하지만 너구리들은 가히 존경스러울 정도의 집요함으로 그 후로도 몇 번이나 나에게 참석을 권했지만 나의 거부도 만만찮았어.

너구리들과의 사교모임은 쉬 안 잊혀졌어. 기분 좋다가도 불현듯 그 사교모임이 떠오르면 울적해지곤 했어. 해서 또다시 내 마음 탓이라 여기고 적극적으로 사교 관련 서적들에 관심을 가진 탓에 사교의 필독서로 알려진 몇몇 책들도 알게 됐어. 하지만 화술話術의 기법을 적시한 '대화법對話法'이란 책들은 하나같이 현대의 대화는 법으로 다스려야 마땅하다는 으름장들이었고, 외워야만 될 어려운 법 형식을 띠고 있어서 끝내 다 읽지는 못했어.

때문에 책 내용이 아니라 책들의 홍보문구들만으로 나름대로 종합했더니, 사교의 용이容易함을 위해서, 정신과 의사 수준과 같은 청자의 미덕을 갖추기 위해서, 대인관계로 인해 흔히 발병되고 있는 신경증의 치료와 예방을 위해서, 감정적 손해를 안 보기 위해서, 즐거운 사교를 위해 상대방을 교묘하게 가지고 놀기 위한 지침들이 수록된 책들이란 결론을 얻어 사교 관련 책들과도 일별했어.

난 원래 사교적인 인간은 아니었나 봐. 비사교성의 원인을 말하라면 '아버지와 어머니의 만남 때문일 것'이라는 대답밖에 해줄 말이 없어.

그동안의 사교모임으로 인한 후유증 때문일지는 모르겠으나 언제부터인지 모를 그때부터 '타인과 약속 않는 인간이 덜 이기적'이라는 생각을 하면서는 혼자임에도 견딜 수 없을 만큼 침울해지지도 않았어. 오히려 편했지만 여전히 권태는 완전히 박멸되지 않았어.

해서 실체적 타인 없이 혼자 즐거울 수 있는 뭔가를 찾기 위한 방법의 하나로 내 육체의 모공 속 벌레들에게 호기심을 갖도록 단련시켰어. 그랬더니 나에게 즐거운 것은 늘 새로운 것이란 사실을 알게 됐고, 새로운 것이란 반드시 새로이 창조된 것만 일컫는 게 아님을, 오래된 것임에도 미처 몰랐던 것, 익숙하게 알고 있다고 생각했지만 대충 알고 있었다는 재발견으로 새삼 새로운 것들이 있음을 알게 됐어. 그런데 나에게 즐거움을 주는 것들 대부분은 역시나 내 밥벌이와 상관없는 것들이었어. 단련된 호기심은 급기야 시키지도 않은 내 마음의 문까지 박살내고 말았어.

박살난 문을 통해 가장 먼저 뛰쳐나간 건 그동안 의심 한번 하지 않았던 가치價値들로서 개기름이 에둘러진 커다란 꼬락서니들은 오래 길러낸 세월이 무색할 정도로 속이 텅 비어서 몹시 방정맞아 보였어.

그런데 그것들이 떠난 내 마음은 헛헛했어. 원래 내 것이 아니

라고 자위했지만 허사였어. 그래도 난 배은망덕한 가치들이 나
갈 때처럼 쉽게 못 들어오도록 입구에다 뱀의 위액을 싸 발라버
렸어. 하지만 다급함에 선별작업이 신중치 못했던지, 단련된 호
기심이 가까이에 있는 것들만을 상대로 선별해서 집어올린 것들
모두는 입구에서 깡그리 녹아내리고 말았어. 아! 즐거운 건 왜 항
상 멀리 있는지 몰라. 그로 말미암아 내 마음은 당분간 왕王만 존
재하는 허허로운 성城. 소문은 집시의 몫.

역량이 부족함에도 특사로 승진시켜준 왕의 배려에 힘입은 호
기심은 정신계의 집시로 떠돌던 터부taboo들과 접촉해서 기어이
그 집시들이 입구로 몰려와 '우리들의 친절한 왕이 돼 달라!'고
요구하는 성과를 올렸어. 헛헛함에 가릴 게 없던 왕은 집시들의
요구에 흔쾌히 응했어. 하지만 잦은 배신으로 '의심'이란 지병을
앓고 있는 집시들은 성으로 선뜻 들어오질 않고 의심의 눈으로
뱀의 위액이 발려진 입구와 흔쾌한 왕을 번갈아 보면서 만만한
상대가 아님을 과시했어. 때문에 왕은 한동안 집시들에게 지속적
인 관심과 정성을 기울여야만 했고, 그러고서야 집시들을 겨우
백성으로 맞아들일 수 있었어.

집시들로 채워진 나라는 곧 시끌벅적해졌어. 그렇지만 예전보
다 더 안 좋은 평판을 듣는 불량국가로 고립되고 말았어. 그렇다
고 거친 집시들이 성에서 순순히 쫓겨나진 않을 것이란 걸 잘 아
는 왕은 고립이 장기화, 고착화, 헤어날 수 없게 될 것이라 번민煩

悶하면서 이를 자초自招한 성급했던 자신을 책망하기에 이르러, 난 정신과 진료를 고려했지만 곧 포기했어. 정상 아니면 비정상으로 진료될 것이기 때문이었어. 약을 처방 받으면 정신병자가 될 테지만 약 처방이 필요 없는 정상으로 진료된다고 해도 기쁘진 않을 거야. 늘 울적한 상태가 정상이라는 건 들어본 적이 없기 때문에 병원 대신 타인들의 생활습관에 관심 가졌어. 습관들로만 하루를, 나아가 인생을 채울 수 있다면, 그것은 저절로 살아진다는 의미이므로 매력적이었어.

너도 알 거야. 행위의 처음 각오覺悟가 망각된 행위를 '습관' 으로 일컫는다는 것을. 행위자가 따로 맘먹지 않더라도 행할 수 있는 것이 습관이란 것을. 행위자가 맘먹고 행한 최초의 '어떤 행위' 가 행위자에게 편안함을 주면 이기적인 몸은 비로소 그 행위를 '습관' 이란 이름으로 살려둔다는 것을. 하지만 얼빠진 습관들로 인해 가끔 이상한 행동도 연출되므로 정신은 자주 이를 단속해야 돼.

형 집은 화성아파트 13층 1309호, 나의 집은 주공아파트 7층 703호. 어느 날 화성아파트 엘리베이터를 탄 나는 무심코 7이란 숫자 버튼을 눌렀어. 잠시 후, 엘리베이터 문이 열렸고 내려서 우측 현관으로 향했어. 낯설어도 개의치 않았어. 그러다가 서너 걸음 만에 도착한 현관문에 교회 표지가 붙어 있는 걸 보고서야, 709라는 숫자를 확인하고서야 화성아파트임을 깨달았어. 당연히 볼일 없기에 즉시 돌아서면서 잠깐 얼빠졌던 '습관'을 자책한 적이 있었어.

주변인들에게 자신의 습관들을 물어봤어. "똥 누고 뒷설거지 하는 손은?" 오른손잡이는 거의 오른손으로, 왼손잡이는 거의 왼손이었어. "버튼 누를 때는?" 대부분 검지였어. "손가락으로 가벼운 뭔가를 집을 때는?" 대다수가 엄지와 검지였어.

내 경우엔 밥 먹는 손과 똥 닦는 손이 달라서 동남아시아 사람들과는 닮았어. 버튼 누를 때는 중지를 사용한 걸로 기억해. 코딱지 후빌 때는 검지만 사용해서 그런지 코딱지 외의 물건을 집을 때는 엄지와 중지로만 집어. 다수의 습관들을 따라해봤지만 익숙지 않아선지 의지가 박약해선지 몰라도 실험한 지 얼마 안 돼 "이게 뭐하는 짓인가?"란 회의감으로 "내 습관이 타인에게 피해를 안 준다면 굳이 타인의 습관을 차용할 필요는 없다"는 변명까지 곁들이며 실험을 중단했어. 그 후로 외로움에도 꿋꿋한 멀리 있는 유일한 친구가 자주 떠올랐어.

현대는 정치의 모토도 경제고, 교육의 모토도, 문화, 스포츠, 사랑 그리고 경제의 모토도 경제야. 심지어 있든 없든 죽으면서까지 경제적 유산만 걱정하는 작금이야. 인간관계의 현대적 스타일도 금전적 손익관계로 맺어진 경우가 아니라면 굳이 본인 얘기를 해달라는 사람도, 들어줄 사람도 없어.

내가 살고 있는 고담시에는 서로 알고 지내는 사람들이 몇 있어. 서로 말 놓는 관계를 친구로 정의한다면 그 범주에 포함되는 사람들로서 각별한 관계는 아냐. 그들은 어쩌다 나를 만나기라도 하면 내 주인도 아니면서 대뜸 "게을러졌다"느니, 말하라고 해서 말하면 "무슨 말인지 당최 말이 안 통한다"느니, 의사 면허도 없으면서 "정신병으로 진단된다"느니, 남자를 좋아할 수 있음에도 "여자가 생겼다"느니, 아내의 속도 모르면서 "공처가가 되었다"며 내 근황에 대해 성급한 결론을 내렸어.

그들에게는 사람을 판단할 적의 미덕인 '유보留保'란 것이 없었어. 맞거나 말거나 꺼내 짚은 건 어떤 식으로든 결론을 내고야 말았어. 하긴 밥벌이로 인해 늘 피곤하다며 아우성인 그들이고 보면 유보란 어쩌면 피곤한 그들에겐 늘 꺼림칙한 빚일 거야. 때문에 그들과 함께하는 술집은 언제나 빚잔치하는 곳으로 이용되고 있는 건지도 몰라.

사교모임에 환멸을 느끼고 있을 즈음 난 그들에게 처음이자 마지막으로 내 얘기를 했더랬어. 그런데 내 얘기를 듣는 그들은 표정을 일그러뜨리며, 불쾌한 눈빛으로 힐끔거렸으며, 담배와 술잔, 술병을 잡은 손들을 가늘게 떨면서 아슬아슬하게 용도에 맞게 사용하는 것이었어. 그러던 중 누군가 "정신 차리고, 철 좀 들라!"며 언성을 높였고 다른 사람들도 침묵과 "그래! 그래!"로 호응하면서 곧이어 저마다의 가치들을 뽐내며 나를 빈정거렸어. 맘 상한 나도 작정하고 "피로해서 허술한 절대주의자들!"이란 취지로 소리치며 맞섰어. 그런데 그들은 순식간에 멍한 표정으로 돌변, 졸린 목소리로 "그래 봐야 소용없다"는 말만 힘없이 연발했어. 이에 그들이 읊었던 가치들은 오롯이 그들 것이 아님을 알 수 있었고, 해서 '다행'으로 여기던 순간 주책없이 코끝이 시큰해지는 바람에 더 이상은 어떤 말도 할 수 없었더랬어.

그로부터 몇 달 후에 다시 만난 그들은 화해하려는 의도가 다분한 어투로 나에게 이러저러한 얘기들을 시키며 우호적이었어. 해서 그날은 그동안 더욱 뻔뻔해진 내 얘기를 장황하게 했더라도 아무도 제지하지 않을 것이란 걸 분위기로 짐작할 수 있었어. 그렇지만 그들에게 더 이상 내 얘기는 하고 싶진 않았어. 내가 얘기하는 동안 그들이 취하게 될 침묵은 호응이 아니라 '참고 있음'에 다름 아닐 것이란 걸, 떠벌린다는 건 오래전 똥 누던 놈을 마주쳤던 대로변으로 그들과 나를 데려다놓는 결과가 초래될 것이란 걸 알기 때문에 침묵했던 거야.

오래전 푸르스름하게 밝았던 여름 새벽, 나는 넓은 인도에서 빳빳이 고개 쳐들고 똥 싸지르고 있는 놈을 발견했어. 잠이 덜 깨 잘못 본 것으로 생각해 재차 확인했지만 미친놈이 맞았어. 얼른 외면했지만 즉시 낯짝이 궁금해졌어. 하지만 쳐들려진 채 연신 두리번거리는 미친놈의 대가리 탓에 행여 눈이라도 마주친다면 똥으로 봉변당할 것 같아 호기심을 억누른 채 되돌아가려 했어. 그런데 몹쓸 자존심이 불쑥 나타나 나에게 가던 길을 태연히 나아가라고 명령했어. 간 큰 도덕은 미친놈한테 "인도에선 똥을 눠서는 안 돼!"라고 타이르라며 끊임없이 부추겼어. 하지만 인도를 오가는 타인들이 나를 그 미친놈과 같은 일행으로 지목할 것 같아 선뜻 다가갈 수는 없었어. 그래서 미친놈을 한참 에둘러 지나고서야 파출소에 전화를 걸어 불쾌감 토로로 나의 자존심과 도덕을 다독였더랬어.

그러므로 난 똥을 잘 참아야 했던 거야. 훗날, 나 없는 자리에 모일 그들한테 똥 싸지른 나를 성토할 빌미를, 똥 싸지른 내가 상기되면서도 무시하기 위해 의도적으로 나를 언급조차 않는 불편한 마음을 제공하긴 싫었던 거지. 다행히 그날은 똥이 안 마려웠고 그 후로 그들을 지금까지 다시 만난 적도 없어.

새로운 가치에 대해 호기심보다는 짜증으로 반응하는 사람들이 더러 있어. 이는 육체적으로 늙은 사람들에게서, 육체보다 정신이 먼저 늙어버린 기형적인 늙은이들에게서 흔히 볼 수 있는 현상으로서 기형적 늙은이들의 연령대는 나와 동갑 내지는 조금 어리거나 조금 연배였어. 이런 늙은이들은 더 이상의 교육을 거부하기에 당연히 새로운 가치에는 무척 완고하며 자신들의 낡고 닳은 가치만을 불변의 진리로 확신하고 또한 그 진리를 나누길 좋아해서 나이를 무기 삼아 원치도 않는 사람에게까지 자신들의 진리를 떠벌리지만 안타깝게도 어린 사람들은 나이라는 무기에 강요당한 탓에 폭력으로까지 받아들이며 가장 심하게 거부반응을 일으키곤 해.

어릴 적, 부모는 안 늙는 줄 알았어. 덩달아 나도 안 자라는 줄 알았지. 바보였지. 하긴 당시엔 돈을 개수로만 금액의 다소多少를 인식하던 때라 가끔 내 몫이 된 종이돈과 종이돈 액수에 훨씬 못 미치는 형과 누나들의 동전들을 맞바꾸고도 친절한 형과 누나들이라며 마냥 좋아했었던 당시였으니 말 다했지.

부모가 늙어 내가 젊어졌을 땐, 성장이 멈춘 진짜 내가 어딘가 있다고 믿었어. 매우 사실적인 성인 분장을 한 채 무대에서 성인 연기를 펼치고 있는 가짜인 나를 진짜인 어린 내가 객석 어딘가에서 지켜보고 있을 것이라 믿으면서 내게도 찾아왔었던 청춘을 끝까지 낯설어했어. 그러다가 장년壯年의 역할이 힘에 부쳐 연기를 그만두려고 맘먹게 된 최근에야 알게 됐어. 출입문도 없이 유리로 된 높은 울타리에 둘러싸여 천장만 뻥 뚫린 무대라는 사실을. 맡은 배역은 여러 장치들로 인해 중도에 멈출 수 없다는 사실을. '퇴장'이라는 멋진 말은 주검이 집게에 의해 천장으로 치워질 때라야 들을 수 있다는 사실을 알고 절망했어.

나에게 설치된 자식과 남편, 그리고 아비라는 장치 때문에 자진해서 죽음을 무대로 초대할 수조차 없었어. 때문에 억지로나마 성인의 몸으로 성장이 멈춘 철부지인 진짜 나를 연기해야만 할 것 같았어. 그래야만 숨이라도 제대로 쉴 수 있을 것 같았던 거야.

그로 인해 어릴 적에는 상상조차 못했던 성인의 나이를 먹은 내가 늘 다른 성인들한테서 "철없다!"는 핀잔을 들으며 깨지고도, 블로그에 적어 둔 내 글에다 "철 안 든 것 같다"는 감상을 남긴 너의 댓글에도 한 치의 비웃음 없이 "나를 정확하게 본 것"이란 정직한 답글까지 남길 정도로 철없다는 지청구엔 담담해진 거야.

철부지인 내가 어른들을 싫어하는 것도 어른들한테 욕을 얻어먹어서라기보다는 간섭을 싫어하는 자연스러운 성장에서 볼 수 있는 바람직한 징후이며, 스포츠를 볼 적마다 부아가 치미는 것 또한 당연한 거야.

집에도 안 가고 앉아 대체로 늙은 순서대로 감독, 코치라는 완장을 차고 진지하게 끼리끼리 잘 놀고 있는 젊은 선수들한테 이래라 저래라 간섭하는 노땅들이 아니꼽고 노땅들의 간섭에 거역도 못하고 연신 탁한 스트레스성 땀방울들을 흘리는 착한 젊은 선수들이 애처롭게 보이기 때문이야.

그렇지만 아니꼬운 노땅들만 있는 건 아니었어. 이십대인 일터 동료 여직원이 소개해준 할배만 하더라도 젊은 사람 못지않은 보석이셨어. 동료 여직원은 달성공원과 인접한 동네에 살고 있어. 달성공원은 고담시 노인들 상당수가 여가를 보내는 곳으로 마치 저승으로 가기 전 잠시 머무는 거대한 야외 대합실 같은 곳이야. 어느 날, 퇴근한 여직원은 여느 때처럼 집 근처 횡단보도에서 보행신호를 기다리고 있었대.

그때 트로트 음악에 휩싸인 오토바이 한 대가 번쩍거리며 여직원 앞에 멈춰 섰대. 오토바이 손잡이에선 가죽수술이 나풀거렸고 철갑 오토바이를 휘감은 올망졸망 작은 장식등들에선 규칙적으로 불빛도 반짝였대. 장식의 조잡함에 여직원은 저절로 코웃음이 삐져 나와 급히 헛기침으로 모면하며 오토바이를 외면했대. 그런데 할배가 여직원을 향해 뭐라고 하더래. 트로트 음악소리와 오토바이 엔진 소음 때문에 한 번에 못 알아들은 여직원은 의지와 상관없이 표현된 자신의 비웃음이 미안해서 상냥하게 한 번 더 말해줄 것을 요청하는 귀 들이미는 동작을 취하며 함박 미소를 머금은 할배를 향해 다가갔대.

그런데 여직원은 걸걸한 목소리로 내뱉어진 할배의 용건을 정확히 듣고는 깜짝 놀라 화들짝 물러서고 말았고, 할배는 예상했다는 너털웃음 사이에 "잘 가래이~!"라는 말을 넣더니 곧바로 오토바이와 함께 언덕 너머로 사라졌대.

일단 먼저 한번 웃을게. 하하하. 여직원을 놀래킨 할배의 용건이 뭐였게? 다름 아닌 "오빠야~ 캉 드라이브 안 갈래?"였대.

아무튼 자신의 속내를 표현한 것만으로 대만족이란 뜻이 담긴 할배의 미소를 상상했어. 오토바이를 조종하는 할배와 할배 허리를 꼭 감싸 안은 여직원이 한껏 멋을 부린 오토바이를 타고 드라이브를 즐기는 장면도 상상했어. 누구의 시선도 의식 않는 세기의 그 장면을 실제로 목격한다면 아마 가슴이 찡할 것이라는 생각까지 하면서 여직원에게 "불쾌하지 않았었냐?"고 넌지시 물었고 여직원은 "오토바이 부킹은 처음이라 좀 당황했지만 동네에서 노인들 부킹을 자주 접수 받아 그런지 금방 아무렇지 않더라"며 까르르 웃을 때서야 나도 애써 참았던 웃음을 터뜨렸었어.

또 한 부류의 멋쟁이 노인들을 접한 건 텔레비전 뉴스에서였어. "특정 기사와 관련 없음"이란 의아스러운 자막을 내보내는 뿌연 뉴스화면 속을 신비롭게 거닐던 탑골공원 노인들이었어.

뉴스는 탑골공원의 남자 노인들 상당수가 늙고, 보건증도 없는 지저분한 저가의 무자격 창녀들로 인해 성병에 걸려 있다면서 "나이가 많아 괜찮다"는 어느 노인의 눈부신 인터뷰를 소개하는 것으로 노인들이 어느 시민단체에서 나눠준 콘돔을 착용치 않는 이유에 갈음했어.

몸은 비록 늙었지만 성적 허무에 대한 기억보다는 성적 즐거움만을 추억하며 제대로 된 즐거움을 향유하기 위해 복상사腹上死와 같은 생명의 위협에도, 도사리고 있는 성병의 위협에도 전혀 개의치 않고 불굴의 섹스를 즐기는 멋진 노인들이었어.

하지만 늙어도 숙지지 않는 인간의 경이로운 성적 능력이야말로 어쩌면 신이 인간에게 내린 형벌이 아닐까란 생각도 아주 잠깐 했더랬어. 그러면 뭐해! 작정한 철부지의 삶이라 그런지 몰라도 언제나 순간으로만 머물던 즐거움이 사라지고 나면 곧장 어른들처럼 울적해지고 마는데. 그럴 때마다 난 앞서 잠깐 언급했던 그 친구와의 추억을 떠올리는 것으로 즐거움을 연장시키곤 해.

고향을 떠나 서울에 살고 있는 친구는 자신이 서울에 사는 이유는 밥벌이 때문이 아니라 서울이 익명성匿名性이 잘 보장되는 매력적인 곳이기 때문이라고 했어.

거리 때문에 자주 못 만나는 친구와 나는 만날 일이 아니면 전화도 거의 안 하고 오랜만에 만나더라도 서로 별 말도 없어. 심지어 서로에게 얻어먹을 때도 '다음에' 라는 깍쟁이 립-서비스 lip-service까지 함께 삼켜버리고 말 정도의 과묵함 때문에 한번은 둘 다 술값이 없어 고생한 적도 있었어. 그래도 그 친구를 만나면 위안이 되고 맘이 편해져. 그건 아마 서로에게 "요즘 성생활이 어떠냐?"는 따뜻한 안부를 진심으로 묻고 대답할 수 있다는 점 때문일 거라고 생각해. 그런 안부의 말에 친구는 가끔 미소를 구기며 "최근, 섹스 부족으로 신경증이 의심된다"는 대답을 하곤 했어.

자, 그럼 내가 축복으로 여기는 친구를 너에게 소개시켜주겠어.

친구는 바다에서 갓 나온 듯 핏기 없는 얼굴. 그에 비해 의외로 검은빛이 싱싱한 해초 닮은 구레나룻. 같은 류의 해초가 빼곡히 군락을 이룬 숱 많고 곱슬한 머리카락. 시건이 너무 담뿍 든 나머지 나자빠진 넓은 이마. 호기심과 의심이 발광發光하는 눈. 한껏 발현되어 있는 자존심에다 오직 나만이 조류의 주둥이 같다고 정답게 놀릴 수 있는 뾰족 코. 가늘어도 야무져 함부로 안 벌어지는 입술. 유심히 본 적은 없지만 귀는 귀처럼 생겼을 것이고, 라면을 걸어 올리는 손가락은 젓가락. 그리고 피그말리온과는 정반대의 여성관을 가진 피부에 둘러싸인 깡마른 몸을 지녔어. 어때? 판단은 네 몫이야.

넌 어떨지 몰라도 즉시 표현되는 얼굴 화장과 달리 몸속 화장은 서서히 표현되는지라 늘 푸석하고 깡마른 친구의 상태는 장기간 지속되고 있는 불량한 식생활이 표현된 것이므로 안타까워.

친구는 현대 건축이 치욕으로 인정해야 할 공간, 즉 지하방, 반지하방, 옥탑방 그리고 현재 거주하고 있는 다가구주택의 구석진 방 등으로 자주 전전轉轉하면서도 동사무소엔 절대 발걸음을 안 했고, 배꽃꽃 향기로 방을 채우는 것 또한 절대 안 잊었어.

주민등록이 말소됐어도 개의치 않았어. 이유가 뭐라더라? 아! 숫자 조합만으로 복잡한 개인을 규정하고 통제하려는 것이 못마땅하다고 했고, 동북 아시아인이지만 주민등록 열세 자리가 몹시 재수 없다고 했어.

그랬던 친구가 놀랍게도 벌금까지 물면서 주민등록증을 갱신했어. 갱신 사연은 이래.

"대한민국이 자신을 전혀 안 보살피기 때문에 어쩔 수 없이 취직을 하게 됐다"는 친구의 직장에서는 직원 급여를 직원 계좌로 송금했대. 그래서 통장이 없던 친구는 경리 담당에게 "수수료 없애면서까지 송금할 필요가 뭐 있냐"며 자신의 급여는 봉투로 지급해줄 것을 부탁했대. 그런데 경리 담당은 뜻밖에도 귀찮다는 불평을 험악하게 터뜨리더래. 실컷 그러고 나서야 급여봉투를 건네는 바람에 친구는 첫 월급부터 동냥 받는 것과 같은 수치심을 느꼈대. 그 후로도 경리 담당은 친구한테 봉투와 함께 지청구를 잊지 않고 건넸대. 달이 거듭될수록 수치심에 대한 내성이 생기기는커녕 급여일만 손꼽아 기다리는 여느 직장인들과 달리 급여일이 다가올수록 두려움만 가중되더래. 친구는 주민등록제도에 동참하는 것보다 급여봉투 받을 때마다 '쌍년'이 할퀴어놓은 상처에서 더 쓰라린 고통을 느껴 결국 은행계좌를 여는 선先절차로 벌금까지 물면서 주민등록증을 갱신했던 거야.

서울살이를 자진한 친구 덕분에 가끔 서울 구경을 하곤 해. 가장 인상적인 서울 구경은 일요일의 여의도 풍경이었어. 그날, 여의도는 우리가 작정하고 간 곳은 아니었더랬어.

그날 오후에 다시 고담시로 내려가기 위해 배꽃꽃 향이 배인 방을 나선 나를 친구가 배웅해주겠다며 따라나섰어. 차도 없지만 면허증도 없는 친구는 서울의 땅 위 지리를 잘 몰랐어. 물론 나는 더 몰랐지. 그럼에도 불구하고 오랜만에 터진 대화에 바빠 남들한테 길도 안 물었더랬어. 때문에 같은 다리를 몇 번이나 넘나들며 오랫동안 여의도 일대를 헤매게 됐지만 어느새 금색 빌딩까지 물들여놓은 황혼의 풍경을, 지금도 잊혀지지 않는 그 풍경을 보게 된 거야.

국제도시라 그런지 서울의 이름난 식당에서 접한 표백된 친절은 고담시와는 사뭇 다른 느낌이었어.

서울의 어느 한 식당에서 친구와 난 대기번호표라는 배식표를 받고 줄을 서게 됐어. 그러자 친구는 "밥 한번 먹자고 돈까지 줘 가며 줄서는 짓은 낯간지러워 못하겠다"며 "다른 식당으로 가자"는 말로 내 성격을 배려했어. 하지만 난 텔레비전에서나 접해본 터라 색다른 경험이될 것 같으니 "기다리자"고 하면서 식당 안이 금연인 걸 확인하고 담배를 빼 물었어. 친구도 안심 표정으로 바꾸곤 나처럼 담배를 물었어.

기다리다가 문득, 배식할 적마다 얼차려 받던 졸병시절이 떠올라 언짢아졌어. 기다림이 길어지면서는 식당이 우리를 이용하고 있다는 의심이 들었어. 교묘하게 계획된 홍보전략으로 밖에 줄서 있는 사람들을 거리홍보물로 활용하고 있다는 의심이 들었던 거야.

그래서 주변사람들에게까지 들리도록 일부러 언성을 높여 나의 의구심을 친구에게 투덜투로 내뱉었어. 친구도 조용한 목소리로 "이 식당은 그래도 좀 나은 편"이라며 "어떤 카페는 빈자리가 즐비함에도 모두 예약석이라며 문 앞까지 온 손님을 안으로 안 들이고 기어이 밖에서 기다리게 하는 어처구니없는 곳도 있다"며 내 의구심에 동조했어. 그때였어. 뭐 대단한 곳이라고 턱까지 치켜 올려진 한 무리의 사람들이 줄도 안 서고 곧장 식당 안으로 들어가는 것이었어. 뽐내는 꼴이 촌스러웠지만 웃음은커녕 부아가 치밀어 예약 손님들일 것이란 확신에도 불구하고 바쁜 종업원을 세워놓고 "절마들은 왜 줄도 안서고 새치기 하냐"며 억지를 부렸어. 자신의 배 언저리에 자신의 두 손을 다소곳이 맞잡고 있던 종업원은 비음 섞인 고음으로 "손니임~, 저분들은 예약 손님이시거덩요"라며 너무나 친절하게 설명했어. 그런데 합리적인 이유를 들어놓고도 부아는 숙지지 않은 채 오히려 종업원의 친절은 '예약이 뭔지도 모르는 사투리가 똥오줌 못 가리고 대든다'는 비아냥거림을 감추기 위한 것이란 의심이 들었어. 종업원의 친절이 나에 대한 경멸로 확신되던 순간 종업원은 "손니임~, 저기 의자가 있으신데 앉아서 기다리시면 자리가 곧 나오실 것 같으시거덩요"라는 말을 남기곤 황급히 식당 안으로 사라지는 눈치 빠른 행동을 했어.

그런데 설상가상으로 '의자'란 사물에다 존대尊待를 붙인 종업원의 상말이 부각되어져 잊고 있었던 은행에서의 일화까지 떠올라 씁쓸했어.

한참 전에 겪었던 일로, 은행으로 들어서던 나에게 막무가내로 "고객님"이라 부르던 창구 여직원한테 "볼펜을 잠깐 빌리자"고 했어. 그러자 창구 여직원은 자리에서 벌떡 일어나더니 친절한 어투로 "고객님, 볼펜은 (입식 원형 탁자를 가리키며) 저쪽에 있으시거덩요"라고 했어. 창구 여직원은 원한 적 없는 나를 스스로 고객으로 모셔놓고선 곧바로 볼펜보다 못한 존재로 친절하게 경멸해서 굉장히 불쾌했더랬어. 창구 여직원은 자신을 귀찮게 하는 고객을 모욕 주기 위한 방법으로 친절을 적극 활용했던 거야.

그래도 친구와 난 기다렸어. 오기傲氣였지. 오기로 버틴 끝에 친구와 나란히 앉아 먹게 된 밥은 웬걸 아주 맛있었어. 하긴 맛있을 수밖에 없지 않겠어? 생각해봐. 그렇지 않겠어? 이마저 영업 전략이란 의심이 안 들겠어?

그러자 눈치 빠른 종업원은 친구와 내가 밥을 절반도 채 못 먹었음에도 불구하고 식탁에다 후식용 식혜를 놓고 가는 방법으로 의심 많은 나를 끝까지 능멸했어. 나도 지고 싶지 않아 카드로 밥값을 결재했어. 그렇지만 곧바로 걸려온 아내의 전화에 의해 카드사용에 따른 잔소리를 한 자락 들어야만 했어.

친구가 회기동으로 이사한 지 얼마지 않아 놀러간 그날이 생각나. 난 친구의 새로운 동네 어귀에 위치한 슈퍼에서 화장지와 담배, 그리고 음료로는 친구가 술을 못 마시는 탓에 생수를 사면서 슈퍼 주인에게 친구를 소개시켰어.

방에 들어서기 직전, 친구는 "일층인데도 구석져 그런지 전에 살던 방(반지하방)보다 습기가 더 심하다"는 말로 거처의 누추함을 미안해했어. 그 말에 친구와 익명의 관계가 아닌 나 또한 그런 곳에 유留하게 된 걸 사과했고 속으로는 함구하기로 다짐했어.

방문을 열자 방에선 이사한 지 얼마 안 된 만큼 배인 배꽝꽃 향기가 맡아졌어.

익숙한 물건들로 채워진 방 풍경이 정겨웠어. 음악 CD와 책, 벽과 천장에 일부 슬어있는 곰팡이, 1.5리터 페트병을 반쯤 채운 담배꽁초, 침대 그리고 먼지. 이렇듯 아무렇지 않은 방은 아무렇지 않게 드러누워야 서로가 아무렇지 않은 거야.

벌렁 드러누운 나를 그래도 손님이라고 친구는 하이든의 〈천지창조〉로 방을 풍요롭게 꾸며놓고선 커피를 준비하러 거실 겸 주방으로 나갔어.

음악을 들으면서 "전의 방보다 훨 낫다"며 큰 소리로 말해주고 담배를 피우며 천지창조 당시의 고즈넉함을 상상하다가 방에 드러누워 피우는 담배 맛에 홀딱 반해서 여행을 허락해준 아내한테 고마움도 느끼다가 순간 강하게 맡아지던 배꽃 향기가 '자유의 향기'란 의미로 새롭더니 가슴이 뭉클해졌어.

자유를 체험할 수 있는 친구의 방. 친구의 방이 아니고선 어디에서도 맡을 수 없는 배꽃 내음. 그래서 친구가 앞으로도 지금처럼 내내 홀로 늙으면서 내 자유의 거처인 배꽃향 가득한 방을 언제까지나 지켜줬으면 하고 바랬어. 친구보다 훨씬 많은 걸 지니고 누리고 있는 나의 가혹한 바램이었어.

최근, 그러니까 유난히 비가 잦았던 여름이 막바지로 치닫던 때 놀러간 그날은 고담시에서도 서울에서도 비가 내렸어.

방에 들어서자 배꽃 향기 대신 곰팡내가 강하게 맡아졌어.

숨쉴 적마다 폐가 염려되는 악취였어. 재빨리 담배를 피웠고 줄 담배로 이어졌어. 친구도 맞담배질로 나의 모순된 행동을 조용히 거들었어. 그래서 곧 자유의 내음인 배꽃 향기를 다시 맡을 수가 있었어.

비 내리는 날은 베란다 청소하기에도 좋지만 귀 청소하기에도 좋은 날이야. 너도 알 거야. 비 내리는 날에 듣는 음악이 유독 귀 맛에 좋다는 것을. 친구는 최근 즐겨 듣는 음악이라며 바흐의 〈칸타타〉를 올렸어.

난 태평스러운 방에 걸맞은 자세로 누워 담배를 피우며 천장을 응시하다가 가끔 몸도 긁으면서 음악을 들었어. 그러고 있으려니 가벼운 음표들이 내 몸을 싣고는 빗속을 둥실둥실 떠다녔어. 떠다니고 있음을 뽐내기 위해 그동안에도 의자에 붙박인 채 행위보다는 신음소리가 백미인 야동만 보고 있던 친구에게 "늪에서 허우적거리는 우리를 위로하기 위한 천상의 음악"이라고 말했어. 하지만 친구는 여전히 야동을 보면서 유보의 옅 미소로 머리만 조금 끄덕이며 맥 빠지는 대답을 했어. 그러거나 말거나 난 빗소리, 칸타타, 야동의 신음소리들이 한데 어우러진 환상적 하모니에 푹 빠진 당분간을 즐겼어.

친구와 난 새벽까지 빗소리와 야동, 커피와 담배, 음악과 생수 그리고 드물고 짧은 대화들과 함께 하다가 친구는 싱글 침대에서 나는 친구가 방바닥에 깔아둔, 묵은 밤꽃향이 시큼하게 풍기는 이부자리에서 까무룩 잠들었어.

친구보다 먼저 잠 깬 일요일. 휴대폰은 벌써 오전이었지만 불 꺼진 방은 고작 여명黎明 정도의 밝기였어. 환기된 오전은 나에게 어둑한 친구의 방은 비만 내리는 외딴섬이란 느낌을 줬어.

난 우선 밤새 습했던 내 불알을 '툭' 쳐서 정자들을 깨워놓고 머리 언저리에 있던 생수를 마셔 정자들의 세숫물을 내려보냈어. 아내의 청결막이 허물어진 몸을 닦다가는 '언제나 공평한 세균들' 이란 생각을 하면서 엷은 빛을 의지해 방을 휘 둘러봤어.

그러자 아내에 의해 길들여진 나의 위생이 전날 봐뒀던 방안 먼지들을 일깨우며 꺼림칙스런 기분을 들게 하더니, 먼지가 덜한 곳인 현관에서 침대까지의 동선動線에 우연히 깔리게 된 바닥과 침대, 컴퓨터 마우스의 좌측 클릭버튼과 키보드의 일부 자판, 변기와 냉장고 속, 음악 CD와 책장 그리고 책 등을 상기시키며 "주의하라!"고 당부했어.

규격과 색상이 다른 벽돌들과 블록들. 그 위에 마찬가지로 규격과 색상이 서로 다른 나무판들이 얹어진 책장. 틀림없이 어디선가 주워 왔을 재료들이란 확신 때문에 출처는 캐물을 수 없었어.

책장에는 샀거나, 받았거나, 그냥 가져왔거나 반환되지 못한 혹은 반환치 않은 책들과 지난번에 못 봤던 책들이 꽂혀 있었어.

그 중에서 표지가 하얘서 엷은 빛에도 돋보이던 낯선 책 두 권을 꺼냈어. 꽂혀 있을 땐 안 보였던 제목은 친구의 필체로 앞표지에 적혀 있었고 앞표지 하단에는 같은 필체로 낯선 전화번호가 적혀 있을 뿐 어디에서도 작가 이름은 발견할 수가 없었어.

그래도 가슴이 두근거렸어. 친구를 한번 살핀 다음 조심스럽게 ‘나를 위해 그녀들에게 했던 말’ 이란 제목의 책을 먼저 펼쳤어. 다행히 미명으로도 글자가 보였어.

첫 페이지에는 작가의 짧은 편지글을 볼 수 있었어.

경영에는 별 도움이 안 될 것 같은 진귀한 책들을 자주 출간하는 귀 출판사를 평소 존경하는 독자입니다. 그래서 아직 등단도 못한 제가 부끄러움을 무릅쓰고 어디에 투고한 적도 없고 검증받은 적도 없는 저의 소설을 편지와 함께 동봉하는 용기를 내봤습니다.

귀 출판사로부터 제 소설의 문제점을 듣고 싶어 결례를 무릅쓴 것이오니 헤아려주시기 바랍니다.

이 편지글로 인해 친구의 저작이 아님을, 전화번호는 익명의 작가 것임을 확실히 알게 됐어. 김샜어.

다른 한 권은 ‘두터운 내 입술로 생긴 오해’ 라는 제목의 시집詩集이었는데 마찬가지로 친구의 저작이 아님을 확인했어. 거듭 김샌 나머지 나도 모르게 그만 책장을 거칠게 뒤적였나 봐. 자는 줄 알았던 친구가 갑자기 “괜찮아, 불 켜서 봐” 라고 나른하게 말했거든. 그런데 미안한 맘으로 돌아본 친구는 여전히 침대에 누운 채 눈은 감겨있었고 더 이상 어떤 말도 없이 움쩍도 안 했어.

그런 친구를 보면서 일본에 있다는 '꿈 제조기'라는 기계원리와 같은 현상을 친구가 잠시 일으킨 것이란 생각이 들었어. 오기만 하면 자기 책장의 책들을 뒤적이던 나를 염두에 두고 잠을 청했다가 실제와 같은 잠꼬대를 하게 된 것이라는 생각이 들었어.

세운 왼다리에 오른다리가 얹혀있는 친구의 가냘픈 두 다리는 애처롭게 보였지만 털이 많아 그런지 희극적으로 보이기도 했어. 잠자는 표정에선 얼굴 살이 없어 그런지 긴장감이 감돌아 잠의 메타포들은 오히려 막 잠 깬 얼굴에서보다 더 잘 표현되곤 했어.

몸이 말 거는 것만큼 찡한 언어는 없는 것 같다는 생각을 하면서 "잠자는 동안만이라도 이성을 푹 쉬게 해줘!"라고 속말을 친구의 몸에게 속삭였어. 그러자 희미한 빛이 머물러 있던 친구의 육체는 페테르부르크의 백야도 어두워진 시각, 희미한 빛에 형태만 보이던 나스타샤의 주검으로 변했어. 해서 난 로고진과 미슈킨 공작이 와 있는지 서둘러 목을 에둘렀어.

그때 나스타샤의 시체가 부패하면서 발산하는 비릿한 냄새가 아니라 배꽃 향이 화악 끼쳤어. 그래서 나스타샤의 주검이 부패하고 있던 방에도 있었던 파리가 날아다니고 있어도 섬뜩하진 않았어.

그제야 막 잠에서 깬 친구의 평화롭고 나른한 표정을 떠올리면서 친구의 수면을 방해하지 않기 위해 책을 덮고 팔베개를 하고 누워 희미한 천장을 바라보자 천장 벽지에 들러붙어 있던 작고 검은 점무늬들이 점점 선명해지는가 싶더니 일제히 우수수 떨어지면서 내 머리맡 메모지에 왁자지껄 모여들었어.

현대의 신은 감시만 발달한 눈만 달랑 달린 인공위성.

인공위성을 합당한 신의 거처로 무사히 보내기 위해 우리나라 과학자들은 신이 가장 많은 나라 미국에서 돼지머리 고사를 지냈다.

이 같은 행위를 두고 과학자들과 같은 나라 사람이던 어느 목사가 "과학자들이란 사람들이 어떻게 그따위 미신행위를 할 수 있느냐!"며 "이는 하나님에 대한 심각한 모독!"이라며 맹비난했다.

나로선 둘 다 달라 보이지 않는다.

신神을 인간의 정신능력이 창조시킨 작품으로 상상해보았다.

신을 처음으로 창조한 소설가는 작품에 대해 궁금해 하는 사람들에게 '있었던 일'이라고 웃으면서 말했다. 허구로 가득한 소설에 대해 힌트를 주기 위한 소설가의 농담이었다.

그런데 사람들은 정색까지 하고선 소설가에게 '있었던 일이라면 흠 없는 논리가 필요하다'면서 거칠게 따졌다.

자신의 농담을 곡해하는 사람들 때문에 소설가는 그만 심사가 뒤틀리고 말았다. 그래서 막 말할 참이었던 "사실은 거의 거짓말이다' 라는 진실의 말은 꿀꺽 삼켜버리고 대신 '나는 이 기록을 통해 소설가에서 정직한 역사가로 거듭나려 한다. 신이 역사한 기록들이므로 인간의 논리적 검증 따위는 불필요하며 무조건 믿어야 하는 사실의 대기록들"이란 말을 퉁명스럽게 내뱉고는 의심 많은 사람들을 거칠게 물리쳤다.

그날 밤으로 소설가는 소설을 그럴듯한 역사로 탈바꿈시키기 위해 꼼꼼하고 치밀하게 소설의 대부분을 수정하기 시작했다.

보이지 않아 못 믿는다면 보이는 건 다 믿어야 하는가?

아니란 것은 비쥬얼Visual 시대의 도래로 이성의 시대가 활짝 꽃필 줄 알았건만 되레 가공할 눈속임의 시대가 되고만 작금이 증명하고 있다. 실로 가공할 만한 눈속임의 시대에는 이성보다는 신을 믿을 때라야 사기의 불안에서 다소나마 해방될 수 있을 것이다.

내가 보는 별. 천체망원경이 보는 별. 나도, 천체 망원경도 못 보지만 과학이 종이 위에다 그 존재를 증명해놓은 별. 그리고 볼 수도 없고 설명도 안 되는 상상의 별.

내 눈과 천체망원경이 보는 별을 믿는다면, 천체망원경을 만든 과학이 종이 위에 증명해놓은 별도 부정해서는 안 될 것이기에 상상의 별까지도 부정해서는 안 되는 것이다.

완전하지 못한 인간이 이성으로 만든 법은 어떤가? 법조문은 시행착오의 기록들이고 판례는 시행착오에 대한 부연 설명인지라 법전을 펼칠 적마다 희생자와 가해자들의 날카로운 피 냄새와 음험한 입 냄새가 등청하는 것은 당연한 것으로, 인류는 앞으로도 이를 끊임없이 반복할 것이 자명하다.

모든 감각을 총동원하고도 의지할 것 하나 찾지 못한 삶은 힘겹다.

즐거움은 차치하고서라도 위안이라도 받고 싶다.

그동안 의지했던 이성은 위안이 되기는커녕 불안감만 가중시킨다. 해서 이성理性을 치욕적으로 참패시켜 인류를 수없이 불행의 역사 속에 빠뜨렸던 종교, 미신 그리고 선동적 사상 중 하나를 선택해 의지까지 삼으려 한다. 그것이 비록 거짓위안일망정.

의학은 아직도 죽음을 피할 수 없다고 한다. 사는 동안 절대 경험 못할 나의 죽음. 그렇지만 영원히 죽지 않는 사람을 목격할 수는 있다.

영원히 살 그 사람들은 나의 임종을 지키다가 나와 눈 맞은 이들이다.

죽어보지 않고는 죽음을 구체적으로 논할 순 없는가? 있을 것이다. '사람은 모두 죽는다' 는 진리를 통해 타인의 죽음으로 자신의 죽음을 선험先驗할 수 있기 때문이다. 굳이 알 필요는 없지만 자신이 정확히 언제 죽는지는 결코 알 수 없을 것이다. 이는 성 공한 자살자들도 자신의 숨통이 끊어진 시간은 모르고 죽었을 것이다. 그러므로 망자들의 사망시간 기재는 산자들만이 할 수 있는 부질없는 짓이다.

자명한 죽음.
언제 죽는가?
몰라.

자명한 신의 존재.
어디에 어떤 형태로 존재하는가?
몰라.

자명하게 볼 수 있는 사과의 떨어짐.
왜 떨어지는가?
알아. 다 믿어져. 브라보 !

다시 드러누워 천장을 봤어. 그리고 자신을 믿어야만 소원을 들어준다고 알고 있는 한 신에게 "믿음이라는 선先조건 없이도 즐겁고, 의지가 되며 티끌만한 의심도 안 생기는 뭔가를 달라"는 소원을 빌었어.

　친구와 헤어질 적이면 언제나 먹던 짬뽕을 시켜 먹고 오후에 고담시로 내려가려고 방을 나서던 나에게 친구는 내가 오전에 잠깐 훑어봤던 작자 미상의 그 책 두 권을 여비라면서 챙겨줬어.

＊＊＊

　파란색 펜으로 씌어진 친구의 편지는 여기까지였다. 이는 검은색으로 씌어진 다음의 편지에서 확인되듯이 그 일 때문일 것이다.

＊＊＊

루시에게

　편지에 친구를 담아 너에게 보내려 했는데, 도중에 아내가 갑자기 죽고 말았어.

　시인 정지용鄭芝溶은 자식이 죽은 지 한참 지난 후에야 비로소 상실의 서정을 「유리창」이란 시에 담을 수 있었다지만 난 너에게 편지를 쓰면서 아내가 죽은 지 얼마 안 된 상실감을 위로하려 해.

　편지는 그동안의 내 일기들을 정리한 것으로 채웠어. 말하자면 너에게 보내는 편지에 발가벗긴 나를 동봉했다는 개소리야. 헤헤.

죽음은 아내를 데려가고 상실감으로 그 빈자리를 메웠어. 그러므로 편지를 읽고 오해는 없길 바래.

첫째 날

경찰이라고 자신의 신분을 밝힌 남자의 전화를 받았어. 그 남자로부터 아내가 사망했다는 말을 듣는 순간 멍해졌어. 차량 뺑소니 사고라면서 병원으로 오라고 했어. 최소한 하루 전에 언질해주지 않은 약속은 무례한 것으로 여기던 터였지만 주검으로 변신한 아내가 기다리고 있다는 약속만큼은 무례를 핑계 삼아 평소처럼 파기할 순 없었어.

귀찮게 됐다는 생각엔 짜증이, 아내의 부주의로 인한 사고임이 틀림없다는 짐작으론 화가 치밀었어. 그래도 부주의를 저지른 사람이 반성할 수 있는 여지도 안 주고 죽음으로서 그 부주의를 일깨운다는 건 너무 가혹하다는 생각이 들어 막연한 뺑소니범에게도 분노가 치밀었어. 병원 가는 길에 본 낯짝들이 햇빛 찬란한 거리에 불행한 낯짝을 하고 나타난 나를 조롱하는 것 같았어.

신호등 지시에 따라 네거리에 멈췄어. 내 차 옆으로는 고담시에서 운영하는 도시 투어버스가 나란히 멈췄어. 버스 관광객들의 눈과 잠깐 마주친 순간 도시의 볼거리로 전락한 기분이 들어 운전하기가 힘들었어. 차를 두고 가라는 일터 동료들의 조심스런 만류를 듣지 않았음이 후회되는 순간이었어.

"같이 가자"는 선의를 보인 동료의 눈에서 호기심을 발견하고 자존심 상해 거절했더랬어. 동료의 눈에서 발견했기 때문이야.

택시 또한 타고 싶지 않았어. 친절한 택시기사가 머릿속이 하애진 나에게 정치 얘기, 바람난 아줌마들 얘기, 이런저런 얘기 등으로 날 거북하게 할 것 같아 저어되기도 했지만 택시비도 없었기 때문에 결심이 수월했어. 아내한테서 주급으로 지급받는 용돈은 매주 월요일 아침 출근할 때 지급받곤 했어. 하지만 아내와 나는 이를 종종 까먹을 때도 있어서 화요일이나 수요일에 지급되는 경우가 가끔 있었는데 하필 그런 월요일이었던 거지.

택시비는 동료들에게 빌려달랠 수도 있었지만 그러질 않았어. 그랬다면 갑자기 연민이 생긴 동료들은 서둘러 빌려줬을 테지만 자칫 동료들 사이에서 두고두고 희극으로 회자될 가능성이 클 것이란 생각 때문에 빌릴 수가 없었던 거야.

버스를 탄다는 것도 동료들의 오해를 불러일으킬 여지가 있을 것 같았고, 무엇보다 어두운 내 낯짝을 버스 안의 타인들에게 노출되는 것이 싫었어.

어쨌거나 병원에는 도착했어. 집 인근의 복음병원 건물은 무뚝뚝했어. 건물과 닮은 얼굴을 가진 의사가 스테인리스 재질로 된 냉장고에 시체들을 따로 보관하고 있는 시체실이 아닌 침대로 데려갔어. 아무 기대도 안 했어. 아내가 병원까지 와서, 그것도 무뚝뚝한 의사까지 동참시켜 장난칠 것이라는 건 상상조차 안 했기 때문이었어. 아내의 사망을 처음으로 알렸던, 소속이 뺑소니 사고전담반이라고 밝힌 경찰도 합류했어.

아내를 깡그리 덮고 있던 하얀 천을 본 순간, 하얀 천 아래의 볼록한 물체를 접한 순간 다리에 힘이 풀렸어. 긴 한숨으로 버텨 냈어. 의사가 하얀 천을 들췄어. 아내가 맞았어. 화장까지 유난히 잘 먹은 아내가 확실했어.

영문을 모르겠다는 듯 놀란 표정이 고스란히 남아 있는 아내의 얼굴을 보면서 난 눈물 없이, 목소리의 떨림도 없이 의사와 경찰한테 아내임을 확인해줬어. 경찰은 명함을 건네면서 "사고 현장에서 즉사했다"고 했어. 같은 사람에게서 두 번이나 아내의 죽음을 확인받으니 "이제 그만 아내의 죽음을 인정하라!"는 강요처럼 들렸어.

무슨 대답을 해야 될지 몰라 아내의 주검에서 허공으로 시선을 돌렸어. 그러다가 얼핏 나에게 뭔가를 발견하려는 듯 보이는 경찰의 날카로운 눈빛을 스쳐봤어. 경찰은 허공을 응시하고 있던 나에게 "사고 주변을 탐문했지만 한적한 도로라서 현재까지 목격자가 없다"는 말로 뺑소니 수사가 직면한 어려움을 내비쳤어.

의사는 "조금 긁혔을 뿐으로 외상은 크게 손상된 부분이 없다"면서 아내의 사망원인은 '차량 충격에 의한 쇼크사'로 진단하면서 경찰을 향해 "부검은 따로 필요없을 것 같다"고 했고, 경찰은 의사에게 뺑소니 수사에 필요하다며 아내가 입었던 옷이 며칠 필요하다고 했어. 두 남자의 대화를 듣고 있으려니 그들의 직업이 측은하게 느껴졌어.

아내와 둘만 남았어. 죽음의 흔적이라곤 찾아볼 수 없는 아내의 얼굴 때문에 쑥스러워 회한의 말 한마디 건네지 못했어. 그랬다간 아내가 벌떡 일어나 "이런 말도 할 줄 아느냐! 그렇지만 이미 늦었다!"며 비아냥거릴 것 같아 잠자코 있었어.

적막한 아내의 주검을 가만히 바라보고 있는데 아내의 휴대폰이 울렸어. 아이가 다니고 있는 피아노학원 원장이었어. 높은 톤의 여자 원장 목소리 너머 아무것도 모른 채 엄마를 기다리고 있을 어린 딸이 떠올라 코끝이 시큰거렸어. 학원 원장한테 상황 설명 대신 "이모가 곧 데리러 갈 테니 조금만 더 데리고 있어 달라"는 말을 남기고 끊었어.

전화를 끊고서야 가족들에게 연락하지 않았음을 깨달았어.

가장 먼저 작은처형한테 전화했어. 작은처형은 아내의 죽음을 정확히 예견하고 있기라도 했던 양 금방 무서움과 슬픔이 범벅이 된 울음을 크게 터뜨렸어. 그 바람에 한참 후에야 "피아노학원으로 아이를 데리러 가달라"는 시급한 용건을 전할 수 있었어. "아이한테는 절대 알리지 말고, 데려오지도 말라"고 신신당부까지 덧붙이고 끊었어.

그리고 한때는 양가 혼주로서 점촉點燭까지 하셨던 어머니와 장모님께도 전화했어. 전화를 끊고 나서 우시면 될 것을, 오지 않으실 것도 아니면서 오셔서 자초지정을 들으시면 될 것을, 밤새 시끄러웠던 꿈 얘기도 오셔서 늘어놓으시면 될 것을, 연신 나와 어린 딸 그리고 갓 죽은 아내가 불쌍하다는 말을 후렴구로 읊으시며 울먹이셨어. 두 할머니들이 표현한 슬픔의 시간은 나이만큼이나 여유로웠어. 때문에 위로 같은 건 할 줄 모르는 난 내내 침묵할 뿐인 긴 통화가 불편했어.

죽음의 이벤트는 시작부터 번거로워 뺑소니범에게 가혹한 책임을 물으리라 다짐했어. 그러나 뺑소니범은 아마 아내보다는 나, 나보다는 경찰을 더 두려워하고 있을지도 몰라. 사실 뺑소니범이 잡힌대도 걱정이었어.

수갑이 채워져서야 얌전해진 뺑소니범. 그건 양심이 아닌 법에 의해 비굴해진 모습이기에 치졸해 보일 거야. 고개 숙인 뺑소니범이 내 앞에 무방비 상태로 샌드백처럼 세워진대도 난 분노

없이 아무 말도 못하고 머뭇거릴 것이 뻔해. 그건 나와 뺑소니범의 관계를 알고 지켜보는 사람들의 기대감에 찬물을 끼얹는 처신이란 걸 알아.

내 생각 따위에는 관심 없는 사람들이기에 나의 머뭇거림은 자칫 '자유를 얻은 남편' 으로 곡해曲解될 수도 있을 것이란 걸 알아. 알지만 사람들의 오해와 기대에 부응하기 위한 광대짓은 절대 못 할 것임을 난 잘 알아. 그렇기에 뺑소니범과 대면하기 싫은 거야.

표출된 분노가 코믹한 결과를 빚어낸 사건을 상기하면 더더욱 뺑소니범과 대면하기가 싫어.

그 사건은 사채업자가 돈도 안 갚고 자살한 채무자 때문에 생긴 엄청난 분노를 참아내지 못하고 복수하기 위해 저승에까지 채무자를 찾아간 사채업자의 자살 사건이었어. 자살한 채무자를 거명하며 '찢어 죽이러 간다' 라는 섬뜩한 문장이 적혀 있는 사채업자의 마지막 메모로 인해 자살로 공식적으로 결론낼 수 있었고 '분노란 유치한 감정' 임을 다시금 환기하게 된 사건이었어.

폭발시킨 분노는 폭발자의 의도와는 다르게 구경꾼들에겐 항상 가벼운 유흥거리로 전락되므로 반드시 지양해야 될 '유치한 감정' 이야. 그러므로 굳이 분노를 터뜨리고 싶다면 반드시 구경꾼이 없을 때라야 해.

너도 동의할는지는 몰라도 난 분노를 일으키는 가장 강력한

촉매제는 사기詐欺라고 생각해. 사기야말로 먹고살기 위해 저질러지는 것들 중에 가장 저열한 짓이라고 생각해. 사기당한 것도 억울한데 분노까지 터뜨리게 해서 광대로 전락시키고 마는 사기꾼들은 반드시 이성이 허락할 수 있는 가장 엄한 벌로 다스려져야 한다고 생각해.

아무튼 뺑소니범에 대한 분노와 용서는 죽은 아내가 표현할 감정과 미덕인 것이지 내 몫은 아냐. 뺑소니범과 그 가족들이 용서에 대해 아무런 권리도 없는 내게 매달리며 용서를 구하는 짓은 아내를 물건으로 취급하는 무례를 범하는 짓이야. 아내는 내 소유물이 아님에도 불구하고 그들이 내게 용서를 구하는 짓은 물건 주인한테 물건을 영 못 쓰게 망가뜨린 데 대한 용서를 구하는 짓과 다름없는 무례를 범하는 짓이야.

어떤 이에게 용서를 구할 짓을 저질렀다면 어떤 이에게 직접 잘못을 고백하고 용서를 빌어야지 어떤 이만 쏙 빼놓은 채 은밀한 고해성사로 자신의 잘못을 용서받으려는 짓은 침묵보다 더 비겁한 짓으로서 내가 아내의 몫 중 하나를 취해 뺑소니범을 상대한다는 건 비겁한 고해성사에 동참하는 것과 같은 짓인 거야.

물론 뺑소니범이 용서를 빌고 싶어도 용서의 미덕을 보여줄 당사자는 뺑소니범 자신에 의해 이미 죽임을 당해 사라지고 없어. 그러므로 그 누구도 뺑소니범을 용서해줄 수 없는 거야.

아내의 생각은 살아서나 죽어서나 알 수 없기에 아내가 뺑소니범에 대해 어떤 처분을 염두에 두고 있는지 모르기 때문에 이제 뺑소니범과 그 가족들은 나보다 더 눈물 많은 민주주의의 신神인 법法에다가 용서를 빌어야 하는 거야. 낮은 곳에 머물고 있는 신神의 대변자인 변호사에게 걸맞는 세속적인 돈을 좀 집어주고 용서를 같이 빌어달라고 요청해야 하는 거야. 생각만으로도 뺑소니범이 검거된 이후 벌어질 여러 가지 상황들이 귀찮아졌어. 하지는 동시에 뺑소니범은 물론이고 나조차도 뺑소니 사건이 미결로 남기를 기대하고 있다는 각성이 들면서 내 머리는 도의道義로 인해 저절로 도리질쳐졌어.

양가 가족들은 모두 시간을 달리한 채 병원에 도착했어. 때문에 냉장 보관 중인 아내의 주검도 꺼내지고 넣어지기를 반복했고 그때마다 가족들은 오열했어. 내내 잠복하고 있기만을 바라던 가족들의 슬픔을 대하자 맘이 짠했어.

일사천리로 진행되는 장례 절차. 영정으로 활용하기 위해 찍어둔 건 아니지만 평소 아내가 가장 좋아하던 사진을 영정으로 결정했어. 벚꽃 흐드러졌던 올봄. 쌍계사에서 내려오는 길에 화사한 벚꽃을 배경 삼아 마찬가지로 화사한 미소를 머금은 아내를 찍은 사진이었어. 다행히 주위의 반대는 내 의견을 관철시킬 수 있을 정도였어.

사실, 기어코 보겠다는 마음이라면 갓 태어난 아기의 얼굴에서도 드리워진 죽음의 그림자를 발견할 수 있어. 확대된 아내의 화사한 미소에서도 죽음을 예감하는 그늘이 보였고 액자에 드리워진 검은색 두 줄 상장喪章도 울기 직전의 눈썹처럼 아내의 그늘진 미소와 잘 어울렸어.

3호에 임대 배정받은 상가喪家는 양가 가족들만 머물고 있을 뿐으로 한산했어. 밤이 되자 다른 상가에서는 웃음소리도 간간이 들렸지만 양가 가족들 몇몇이 돌아가는 바람에 썰렁하기까지 했어.

나의 딸로 인해 슬픔을 끊고 먼저 집으로 돌아간 작은처형 집에 전화를 했어. 아이는 엄마를 바꿔달라며 앙탈부렸어. 거짓말로 달랬지만 막무가내였어. 성가서져 낯선 어투로 아이에게 "우리집이 아니고 이모 집"임을 환기시키자 아이는 "잘 자"라며 '쪽' 소리를 냈어.

무슨 일이 있어도 아이는 잘 자야 해. 그날 아내와 아이 그리고 난 가족으로 인연을 맺은 후 처음으로 떨어져서 각각의 밤을 지냈어.

우울함이 너무 구체적이어서 슬펐던 첫날을 보냈던 거야.

둘째 날

— 맞아! 원래 하늘은 거대한 물 덩어리였어

아이가 다니는 학교와 학원에 전화를 걸어 아내의 죽음을 알렸어. 그들도 나처럼 불편할 것 같아 용건을 짧게 했어. 그리고 잠시 주저하다가 서울 친구한테 전화를 걸어 상실감을 잠시 토로했고, 아내의 친구한테도 전화를 했어. 더 이상은 연락하지 않았어. 불편한 맘으로 가식적인 슬픔을 쥐어짜내야 하는 사람들을 괴롭히고 싶지 않았거든.

나의 어린 딸로 인해 장지葬地까지 못 가기 때문에 동생한테 마지막 인사를 하려 한다는 명분의 작은처형과 나의 고집을 꺾어버린 처남 외의 나머지 가족들은 나의 반대 때문에 아내의 입관 의식을 함께할 수 없었어. 하지만 완고한 나의 반대를 다행으로 여기는 가족의 얼굴들도 있었어.

염殮을 위해 냉장고에서 꺼내진 아내는 첫날과는 사뭇 다른 얼굴을 하고 있었어. 화장이 지워진 창백한 얼굴의 아내가 낯설고 조금은 무서웠어. 염장이가 못 도망가도록 밖에서 문을 걸어 잠궜다는 옛날 얘기가 거짓이 아님을 알 수 있는 모습으로 변한 아내의 주검이었어.

낯선 염장이들 앞에서 아내는 발가벗겨져 뉘어졌어. 하지만 아내의 거웃을 가린 자그마한 삼베 조각만이 억지로 성적이었을 뿐 수치심은 조금도 느껴지지 않았어.

그깟 죽음한테 도살된 고기마냥 냉장 보관되는 수모를 겪은 아내의 푸르딩딩한 육체가 측은해 보였어. 아이와 내가 번갈아 탐했던 아내의 젖꼭지는 새카만 색으로 조금 짜부라져 있어 예쁘게 매만져놓고 싶은 충동도 일었어.

벗기는 것보다 입히는 데 더 능숙한 염장이들은 땀까지 흘려가며 묵묵히 작업에 임했어. 아내의 얼굴과 손을 빼고 수의를 입혀놓은 염장이가 손이라도 한번 잡아주면서 마지막 인사를 하라고 아무 감정 없이 말했어. 여전히 창백한 얼굴이었지만 수의가 입혀진 아내의 모습에서 예전 모습을 약간 엿볼 수 있었어. 아니 예전보다 훨씬 더 곱고 단아해서 마치 귀여운 외모의 모범생 소녀 같아 보였어. 아마 품이 넉넉한 누런 삼베수의는 늙은 사람들만이 걸치는 옷으로 당연시 여기던 영향인 듯해.

앞으로 몇 십 년은 더 있다가 입게 될 수의를 차려입은 고요한 소녀를 대하고 있으려니 맘이 아려졌어.

하지만 그것도 잠시, 소녀의 얼굴에선 이내 현실감이 걷혀져 나와는 아무런 상관도 없는 어떤 물체로 보이기도 했어.

아내의 손과 얼굴은 생각보다 훨씬 차가워 괴기스럽기까지 해서 무서움에 얼른 떼고 싶었지만 그럴 순 없었어. 작은처형이 아내의 얼굴을 연신 어루만지며 곡을 했기 때문이었어. 그런데 나도 모르게 내 입에서도 저절로 곡소리가 새나왔어. 돌이켜보면 그때 새어나온 내 곡소리는 슬픔에 의한 것이라기보다는 내 몸이 느낀 공포감에 의한 곡소리가 아니었나 싶어. 작은처형의 오열 또한 갑작스럽게 엄습한 공포에 말미암은 것이 아니었던가 싶어. 잠시 후, 원망스럽던 염장이들이 아내에게서 손과 오열을 거둘 것을 지시했어. 뒤에서 훌쩍이던 처남이 작은처형과 나를 아내의 주검에서 거둬냈어. 그러자 아내를 절대 안 놓아줄 것만 같았던 손들과 영원할 것 같았던 오열이 일순간에 거둬지고 멈춰졌어. 그런데 뚝 끊긴 곡소리에 잇따른 고요 때문에 민망해졌어.

그래도 염장이들과 처남이 고맙게 느껴졌어. 물러나서 본 아내의 얼굴은 주검에도 표정이 있다는 듯 호젓한 표정으로 바뀌어져 있었어. 하지만 그따위 터무니없는 생각일랑 다시는 하지 말라는 듯 염장이들은 나머지 천조각들로 아내의 얼굴과 손을 꼼꼼히 싸고 여며 완전히 가려버렸어. 그렇지만 이승에서 마지막으로 본 아내의 호젓한 얼굴 표정은 지금도 아내가 추억될 적마다 첫 표정으로 떠오르고 있어.

새 밥 떠놓고 절하고 곡해야 하는 형식. 조문객들이 올 적마다 곡하고 맞절해야 하는 형식들이 짜증스러웠지만 따로 생각해둔 방식이 없기 때문에 따를밖에 별 도리가 없었어.

알리지도 않았는데 고등학교 동창이 왔어. 나의 일터와 거래 관계를 유지하고 있는 동창이라 내 일터를 통해 알게 됐을 것으로 짐작됐어.

아내의 영정 앞에서 예禮를 치르고 마주 앉은 동창은 역시나 내 짐작대로 내 일터에 용건이 있어 전화했다가 부고訃告를 접했다고 했어. 동창은 다른 사람을 통해 들은 게 섭섭하다고 했지만 이 또한 예상하고 있었던 터라 난 즉시 다른 동창들도 섭섭할 테니 절대 알리지 말라는 신신당부를 주저치 않았어.

그런데 섭섭하다던 동창은 가지도 않고 내 대변인 행세까지 하며 머물렀어. 넉살 좋은 동창은 가족들과도 대화를 나눴어. 동창의 말은 빈소를 지키던 내 귀에까지 들렸어. 동창의 말들 중에 귀에 거슬리는 말도 있었어.

누가 물은 것인지 아니면 자진한 말인지는 몰라도 동창은 다 아는 얘기로 계추란 친목을 도모하는 것뿐만 아니라 큰일 당하면 상부상조하기 위한 미풍양속이지 않느냐고 반문하면서 상주와 관련된 조문객은 별로 없을 거라고 하더니 상주에겐 계추도 없고 친구도 없기 때문에 연락할 곳도 없을 것이라고까지 하면서 원만하지 못한 나의 인간관계를 주제넘게 부끄러워했어. 몹시 거슬렸어. 동창도 그제야 아차 싶었던지 나를 힐끔거리더니 목소리를 대폭 낮춰 가족들에게 계속 뭔가를 얘기했어.

동창에 의해 볼품없는 나의 사생활이 그것도 가족들에게 드러나게 된 점이 무척 불쾌했어.

"산 사람은 살아야지"라는 진부한 위로의 말 또는 무슨 말을 해얄지 몰라 쭈뼛거리는 관계밖에 안 되면서도 상주를 찾아오는 사람들은 죽음조차도 이벤트로 변모시키길 좋아하는 사람들이라 생각해.

그들은 망자에 대한 명복과 상주의 상실감에는 별 관심 없어. 그저 화환이나 조문객 숫자 그리고 조문객들의 신분에 더 관심을 표하며 그것으로 상주와 망자를 규정하길 즐기는 부류들이야.

그들의 잣대로라면 조문객들 대부분이 아내와 관련된 사람들이었으므로 아내는 나보다 몇 배나 더 나은 사람인 거야. 물론 아내가 나보다 못한 사람이란 근거와 확신은 전혀 없어. 하지만 연락 않는 것으로 타인에게 허위를 안 주고픈 나의 배려도 잘못은 아니라고 생각해.

없어 보일 정도로 돈을 밝히는 동창은 현대판 소크라테스 같은 사람으로 유별나게 붙임성이 좋아 처음 대하는 낯선 사람들과도 대화를 곧잘 나누곤 해. 자신과 얼굴만 알고 지내는 어떤 사람에 대해 누군가가 그 사람에 대해 아느냐고 물을 때도 동창은 주저치 않고 잘 안다고 말하기 일쑤야. 나를 모르는 유명인들의 특정 사생활을 언급할 때의 동창은 유명인과 함께 겪은 사생활인 양 거침이 없어.

동창은 성공한 다른 동창들의 지루한 근황을 말할 때는 허영의 어투를, 한때는 잘 나갔던 다른 동창이 현재 곤경에 빠져 '걱정'이라고 말할 때는 유쾌한 어투를 사용했어.

가끔 만날 적이면 동창은 내게 특혜나 베푸는 양 자신의 귀한 액세서리들을 보여주는 걸 즐겼지만 난 늘 시큰둥한 반응을 보여 동창은 잠깐 섭섭한 표정이었다가 이내 다른 액세서리들을 꺼내 보이곤 했어.

이는 탐낼 만한 게 없는 액세서리들이라는 나의 반응이 동창에겐 자존심 탓에 애써 관심 없는 척하는 '가식적인 인간'으로 오해받고 있다는 증거야. 그렇다고 해서 "굉장한데!"라는 거짓 추임새는 넣어줄 순 없었어. 그랬다간 동창은 즉시 나와 자신이 귀하게 여기고 있는 액세서리들과의 만남을 주선하고 말 것이었어. 자신이 귀하게 여기는 액세서리들을 잃어버리지 않기 위해 감행했던 성형 탓에 자글자글해진 동창의 눈가 주름은 언제 봐도 부자연스럽게 보였어.

동창의 불쾌한 말이 또 들릴 것 같아 검사검사 화장실로 갔어.

소변을 보다가 문득 '아내가 죽으면 뒷간에서 웃는다' 는 옛말이 떠올라 웃음이 났어. 순전히 예스런 표현 때문에 웃은 것이지만 의미야 어찌됐건 아내를 여읜 남편이 화장실에서 웃었으니 옛말이 하나도 틀리지 않았다는 잇따른 생각에 상주 복장으로 거푸 웃고 말았어.

아내와 친분 있는 여자이웃들의 표정에는 연민이 가득했어. 부담스럽게도 나를 애처가로 알고 있는 여자이웃들. 애처가란 평판은 아내의 다양한 의견들 대부분이 내게는 사소한 것들이었기 때문에 내가 대체로 잘 따랐던 것에 따라붙게 된 거북한 평판이었어.

이웃들이 아내와 더 친밀했더라면 아내의 숙원을 전혀 안 들어주고 있는 나를 발견했을 거야. 그랬다면 이웃들도 아내와 마찬가지로 결코 나를 애처가로 평가하진 않았을 거야. 아내의 숙원은 다름 아닌 나의 금연이었지만 그것만큼은 절대 받아들일 수가 없었어.

연민의 표정으로 나를 바라보는 여자이웃들의 젊은 얼굴들을 보자 문득 영정 속 젊은 여자의 강제 마감된 성적 능력이 아깝다는 생각이 들면서 급기야 여자이웃들의 그 표정에다 나의 성적 부탁을 확 싸지르고픈 충동까지 일었어.

아내의 여자친구가 남자친구 두 명과 함께 조문을 왔어. 그녀와 함께 온 그녀의 남자친구들은 아내의 오랜 남자친구들이기도 해. 드디어 만나게 된 아내의 의리 있는 남자친구들과 맞절로 첫 인사를 나눴어. 나에게 대뜸 형님이라 호칭하면서 "힘내세요!"라 던 낯선 그들의 표정에 드리워진 쓸쓸함은 가식적이지 않아 안타 까웠어.

그 표정으로 그들은 아내의 영정 앞을 떠나 영락없는 상주喪主 의 풍모로 소주를 마셨어. 주변만 물렸다면 상주인 내가 문상객 인 그들을 위로했을 거야.

아내가 들려준 바에 따르면 아내 친구들 사이에서 난 연구 대 상인 '이상한 남편'으로 취급되고 있대. 얼마나 할 얘기가 없었 던지 아내 친구들은 자주 '이상한 남편'이란 주제로 대화를 나눴 대. 아직 시집 안 간 아내의 여자친구는 만약 자기 남편이 남자친 구를 만나도록 "방치"한다면 "많이 서운할 것"이라고 했대. 남자 친구들도 나를 "이해 못 하겠다"고 했대.

이에 나는 "오히려 너희들이 더 이상하다"고 응수했어. "한때 사랑까지 했었던 남자친구와의 만남을 허락하는 남편이 그렇게 이상하다면 너희들 스스로가 안 만나면 될 것"이라고 했어. 그리 고 농담 삼아 "이상한 사람이 인정했으므로 이상한 만남일 수밖 에 없는 이상한 만남을 지속하고 있는 너희들이 오히려 더 이상 하지 않느냐!"고 반문했어.

이를 전해 들은 아내의 친구들은 웃음과 함께 나의 반문에 모

두 수긍했대. 하지만 아내와 아내의 남자친구들은 나의 반문이
농담이란 걸 알았던지 즉시 절교는 하지 않고 그 후로도 함께 내
지는 따로 만나는 이상한 만남을 지속했어.

물론 난 알고 있었어. 아내의 친구들이 말하는 '이상한 남편'
이란 아내에 대한 내 사랑이 의심스럽다는 완곡한 표현이란 걸.
그렇지만 난 일체 모른 척했어.

그래도 친구들과의 최근 만남에서 나를 대화 주제로 안 삼았
다는 걸로 봐선 나에 대한 그동안의 연구 성과가 긍정적 결과로
나왔나 봐. 설사 대화 중에 내가 거론되더라도 더 이상은 이상한
남편으론 취급하지 않는다고 했어.

남자친구들이 결혼한 후부터는 그 이상한 만남도 뜸했어. 이
는 아내한테 만남이 뜸하다고 들었기 때문에 그런 걸로 알고 있
을 뿐이야.

아내의 남자친구들이 떠난 영정 앞을 아내의 여자친구가 홀로
남아 계속 오열했어. 그녀의 짙은 슬픔이 생소했어. 그녀는 울다
지치면 아내의 영정을 물끄러미 바라보다가 또다시 오열하기를
반복했어.

그 바람에 나도 그만 공개된 장소에서 눈물을 조금 흘리고 말
았어. 비로소 상주로서 응당 흘려야 될 눈물을 흘린 거야.

그녀의 오열이 유달리 눈물겨워 흘린 눈물은 아니었어. 들썩
이는 그녀의 몸에서 내 어린 딸이 엿보였기 때문에 흘린 눈물이

었어.

　아내 못지않은 살가움으로 아이를 챙겼고 거의 매주 우리집에 놀러왔던 그녀는 내가 거실에 누운 채 팬티 바람으로 맞을 정도로 식구와 다름없이 무람없는 존재였어. 아내가 죽기 전까지도 그녀는 아내도 개의치 않는 나의 팬티 바람이 민망하고 무례하다고 하소연했더랬어.

　계속 오열하는 그녀를 보다가 문득 장례식장은 내뱉어진 슬픔들을 모으는 거대한 타구唾具통이라는 생각이 들었어. 해서 그녀가 절친한 친구를 잃은 상실감 외에도 그동안 채워지기만 했었던 자신의 설움들을 모두 비우도록 실컷 울게 내버려뒀어. 우리에겐 슬픔을 비울 수 있도록 허락된 시간과 공간은 그리 많지 않아.

　그건 병적으로 행복을 추구하는 많은 사람들이 행복의 메타포와는 정반대인 슬픔을 아무데서나 표출하도록 허락지 않기 때문이야.

　그 사람들로 인해 장례식장이 상실의 슬픔을 비울 수 있는 공간으로 합의가 된 것이지만 애석하게도 장례식장에서마저도 상실감을 달랠 시간은 그리 길지가 않아. 그러므로 장례식장에서는 최대한 적극적인 표현으로 자신의 상실감을 달래야 하는 것이며 그 참에 그동안 쌓이기만 했던 자신의 설움까지도 함께 비워버려야 하는 거야.

　'채워'를 앞세우고 조문 온 일터 동료들. 반가웠어. 그런데 뜬금없게도 동료들 저마다의 표정이 정중하고 심각해서 몹시 낯설었어. 해서 나도 부랴부랴 그 표정에 동참했어. 그리고 흘릴 눈물 한 방울조차 지닐 수 없어 불편한 맘으로 조문 왔을 동료들한테 "고맙고, 미안하다"고 했어. 그러자 동료들은 몸까지 화들짝 떨면서 "일터 걱정 말라"며 과잉반응을 보였어. 조문을 마치고 돌아갈 적에는 올 때와는 반대로 동료들이 서둘러 앞장서고 채워가 맨 뒤에서 뒤따랐어.

동료들이 남겨두고 간 화환은 지속적으로 나의 일터 상호를 발설했어. 해서 낯선 타인들에게 내 개인 정보를 유출하고 있는 화환을 불쾌한 맘으로 노려보자 내 눈총이 부담스러웠는지 화환은 안절부절 못했어.

오후 늦게 아이가 다니는 학교의 선생들과 학교운영위원장 및 운영위원들이 조문을 왔어. 교장선생이 분향하고 단체로 아내의 영정에 절을 했어. 정중하게 그것도 두 번씩이나 교육자들의 절을 받은 아내는 부끄럽다는 미소를 짓고 있었어.

교장선생의 권유를 가장한 강요에 의해 아내는 학교운영위원으로 임기 중이었어. 그 때문인지 아내의 죽음을 교장선생이 가장 애석해했어. 하긴 교장선생이 학교 대표니까, 조사弔詞를 표해야 할 입장이니까 그렇게 느껴졌을지도 몰라.

교장선생은 아내가 그동안 학교 운영위원으로서 학교를 위해 애쓴 노고를 나한테 치하했어. 당황스러웠어. '교장은 왜 나한테

치하하는 것일까? 아내에게 전하라고? 에이 설마. 그렇다면 아내가 맡았던 역할을 대신 수행해주길 바란다는 의미? 에이, 것도 아닐 거야' 라는 생각으로 혼란스러웠어. 교장의 의중을 도통 알 수 없었던 난 치하에 대한 대답으로 그저 "고맙습니다. 힘내서 잘살겠습니다. 아이를 잘 부탁드립니다"라는 말들로 급하게 얼버무리고 말았어.

"일주일 후에 아이를 등교시키면 된다"며 날 일깨우던 아이 담임선생의 말에도 적당한 대답이 얼른 안 떠올라 "고맙습니다"라는 말만 복창하고 말았어.

동창을 제외한 조문객들은 온 순서대로 차례로 돌아갔어. 그 외중에 난 짬짬이 동창과 담배를 나눠 피웠고 그때마다 동창에게 안 바쁘냐고 물었지만 그럴 때마다 내 마음이나 잘 추스르라며 어른 흉내를 내던 동창도 저녁 무렵엔 약속이 있다며 식사를 거절하고 돌아갔어.

한산한 아내의 빈소와 달리 다른 상가喪家들에선 조문객들로 서서히 북적이기 시작했어.

그 무렵 전화가 왔어. 유일하게 기다리던 서울친구의 전화였어. "장례식장으로 가면 되냐?"는 이상한 물음에 "그렇다"고 하자 친구는 "내려가고 있으니 이따 보자"라고 하고선 전화를 끊었어. 이상한 물음이었지만 못 온다는 용건이 아니라서 캐묻기 위한 전화는 되걸지 않았어.

아내에게 저녁을 먹인 후, 가족들은 병원 인근 식당으로 갔어. 그 길로 양가 부모의 노구老軀들은 자식들에 의해 각자 집으로 옮겨졌고 가족 몇몇들도 내일을 위해 오늘을 미뤘어.

올 사람도 없으니 집으로 돌아가라는 내 부탁을 무시하고 저녁을 먹고 다시 온 형수와 큰처형은 서로 거의 본 적 없음에도 어느새 무척 정다워져 있었어. 들리지 않아 내용은 알 수 없었지만 미소를 머금은 채 나누는 두 여인의 대화는 끊임이 없었어.

아이한테서 전화가 왔어. 깜짝 놀랐고 잊고 있었던 터라 미안했어. 아이한테 하루만 더 아빠를 그리워만 해줄 것을 신신당부하고서야 겨우 전화를 끊을 수 있었어.

얼마 후, 친구가 도착했어. 아내의 영정에 절하는 친구에게서 배꽃 향기가 맡아졌어. 절하고 일어서는 친구의 모습은 향기를 뿜으면서 막 피어나고 있는 한 떨기 꽃이었어. 장례식장이라는 뜻밖의 장소에서 맡게 된 배꽃 향기에 울컥했어. 나의 상실감을 위로하기 위해 친구가 일부러 배꽃 향기를 한껏 품고 KTX를 타고 왔을 것이란 맘대로의 짐작에 황홀했고, 아내한테는 살짝 미안했어.

형수에게 조문객이 오면 즉시 알려달라는 부탁을 해놓고 친구와 함께 장례식장을 나왔어.

친구와 나는 병원 인근 국밥집에 나란히 앉았어. 국밥을 시켜놓고 친구는 처음 탄 KTX에 대한 소감을 말했어.

친구는 좌석이 역방향이라 그런지 시간도 거꾸로 흐르는 듯 느껴져 문득 장례식장이 아닌 나의 아내가 저녁을 해놓고 기다리고 있을 나의 집으로 가야 하는 것이 아닌가라는 생각이 들더래. 그 말에 친구의 이상했던 물음에 대한 궁금증이 풀렸어.

친구는 부끄러워서 아내의 영정을 똑바로 볼 수가 없었대. 나와 맞절할 때는 "몹시 쑥스럽더라"며 빙그레 웃기에 나도 따라 웃었어. 수없이 들었던 조사弔詞들 중에서 가장 재밌는 조사라서 나도 상복의 시름까지 잊고 따라 웃었던 거야.

술을 못 마시는 친구가 내 잔에다 술을 따르면서 "역시 고담의 음식은 맛이 없어 정겹다"고 하는 바람에 난 술잔을 기울이면서 국밥집 주인의 안색을 살펴야만 했어. 그러거나 말거나 친구는 우물우물 국밥을 씹으면서 "고담에 오니 매콤한 야끼우동(볶음우동)이 먹고 싶다"면서 비워진 내 술잔에다 술을 채웠어. 이어지는 대화는 서로에게 익숙한 침묵이었어. 친구가 밥을 다 먹을 때까지 술을 안 마시기로 맘먹고 텔레비전을 봤어.

텔레비전에서는 일본 프로야구리그로 직장을 옮긴 이승엽 선수가 출전하고 있는 경기가 생중계되고 있었어.

이승엽 선수를 보자 친구가 먹고 싶다던 야끼우동에 얽힌 이승엽 선수의 일화가 떠올랐어. 실화인지는 모르겠지만 예전에 어린 이승엽 선수가 야구팀을 바꾸는데 야끼우동이 결정적으로 작용했었다는 일화를 들은 적이 있어.

그 일화를 들었던 나의 기억에 의하면 이승엽 선수가 중학교에 진학할 무렵이었대. 지역의 어느 중학교 야구부 감독이 그동안 눈여겨봐왔던 이승엽 선수를 찾아와 자신이 감독으로 있는 중학교 야구부로 올 것을 권했대. 그렇지만 이승엽 선수는 이미 지역의 다른 야구명문 중학교에 진학하기로 결정한 상태였대. 그런데 인연이 되려고 그랬는지 몰라도 감독은 이승엽 선수와 헤어지기가 싫었대. 해서 아쉬움이나 달래려고, 아무런 사심 없이 그저 밥 한 끼 먹이고픈 맘으로 이승엽 선수를 중국집으로 데려갔대. 중국집에서 감독은 이승엽 선수에게 새로 나온 음식으로 아주 맛있다며 야끼우동을 권했대.

누가 대구사람 아니랄까 봐 어린 이승엽 선수는 야끼우동의 매운맛에 홀딱 반하고 말았대. 이에 흥분한 감독은 그만 중국집 올 때의 초심을 잃어버리고 말았대. 그로 말미암아 감독은 다급하게 자기 야구팀에 오기만 하면 매일 야끼우동을 먹게 해주겠다는 새로운 조건을 이승엽 선수에게 제시했대. 어린 이승엽 선수도 진짜냐며, 정말 그렇게 해줄 수 있느냐며 감독에게 몇 번씩이나 확인했대. 감독도 오기만 한다면 이승엽 선수 전용 야끼우동 전문점이라도 차려줄 맘이었기에 그 기세로 "진짜로 해 줄게!"라는 약속을 거듭했대.

그로 인해 마침내 두 사람은 전혀 뜻밖의 상황, 즉 야끼우동으로 인해 스승과 제자로의 인연을 맺게 되었다는 일화야.

득점찬스를 맞은 요미우리 자이언츠. 타석에 들어선 이승엽 선수. 하지만 무기력하게 루킹 삼진을 당하는 이승엽 선수. 고개를 떨군 채 자책하는 모습을 보이며 벤치로 향하는 이승엽 선수. 그런데 의기소침해진 이승엽 선수의 씁쓸한 표정에 뜻밖에도 위안을 받고 말았어. 그건 이승엽 선수의 홈런 때와는 또 다른 위안이었어.

그런 것도 모르고 나에게서 야끼우동에 얽힌 이승엽 선수의 일화를 들은 친구는 "엽이가 닝닝한 일본우동 때문에 힘을 못쓰는 것 같으니 고향의 매콤한 야끼우동을 곱빼기로 배달 보내자!"고 농담했어. 나도 이승엽 선수의 목소리 흉내로 농담을 덩달아서 친구와 함께 크게 웃었어. 다른 사람들이 상주 복장으로도 흥겨운 나를 흉보건 말건 전혀 개의치 않는 큰 웃음이었어.

친구와 더 있고 싶었지만 막차시간이 맘에 걸려 "이제 올라가라"라는 맘에도 없는 말을 했어. 그 말을 안 했더라면 친구는 틀림없이 더 머물렀을 것임을, 속으로만 조바심 내다가 막차시간이 임박해서야 "가야겠다"는 말을 한다거나 아니면 끝내 말하지 못했을 것이란 걸 알기에 서둘렀던 거야.

친구를 태운 버스가 떠나자 배꽁꽃 향기도 사위어졌어.

시간이 늦어서인지 장례식장은 조용해져 있었어.

망자에 대한 도리로 불편한 잠을 감수하고 있는 사람들. 숨쉬기를 잊은 주검을 지척에 두고서 언젠가는 멈춰질 숨을 쉬는 사람들. 주검보다 더 부질없는 숨쉬기에 들썩여지는 몸들. 목하 징그럽게 목격되는 몸들. 담백한 자살을 위해 가벼운 맘으로 멈춘 나의 숨. 점증되는 고통. 고통은 자면서나 깨어서나 숨쉬기를 게을리할 수 없는 이유로 충분했어. 이윽고 긴 숨을 내뿜고 마는 육체의 생존본능. 그로 인해 단순히 숨 안 쉬려는 의지만으론 육체의 저항을 제압할 수 없다는 점과 자살에는 반드시 뭔가의 도움이 있어야 된다는 점을 깨달았어.

어떻게 살았든, 늘 고통스럽게 숨쉬다 간 고단했던 사람들로 일컬어지고 있는 망자들. 이에 '삶은 고통'이라는 힌트를 얻게 된 사람들 중 일부는 '자살'이란 수월한 권리의 행사로 고통을 극복하려 해. 숨쉬는 것도 고통이고 숨을 멈추는 것도 고통이라지만 자살로 인한 짧은 고통이 두려워 자살을 거부한 채 삶의 고통을 감추며 살아내고 있는 무표정한 사람들도 있어.

장례식장에 흘려진 그 많은 눈물들. 기뻐도, 슬퍼도, 하품에도 흘려지는 눈물들. 액체로 이뤄진 걸 누구나 아는데도 불구하고 억지로 메마른 척 보이려는 삶을 사는 사람들은 바로 타인에게 자신의 액체를 나눠주다가는 자신마저 메말라버리고 말 것이라 우려하는 사람들이고, 자신의 맑은 액체를 더 이상 메말라 있는 타인들과 나누기를 꺼려하는 사람들로서 그들은 한때 메마른 타인을 적셔줬다가 자신의 맑은 액체가 오염되어 애를 먹은 경험이 있어 지천에 널려 있는 메마른 타인들이 자신의 액체를 더 이상 탐내지 못하도록 늘 메마른 상태로 보이려 자신을 위장하고 살다가 그만 자신도 모르게 더 이상 타인에게 나눠줄 액체는 실제로도 한 방울도 없다고 믿게 된 사람들이므로 그들이 밤늦게 어두운 표정으로 문상오더라도 나에겐 그날의 조문객은 환하게 웃으며 농담하던 서울친구가 마지막이었어.

셋째 날
— 신의 심심파적을 위해 내던져진 몸

관棺이 장의차로 운구되는 동안 가족들은 오열했어. 울부짖는 가족들의 표정이 기이하고 낯설어 나의 어린 딸이 그곳에 없음을 다행으로 여겼어.

집과 교통사고 현장에서 잠시 노제路祭를 지냈어. 아내가 죽은 현장임에도 불구하고 너무 슬프고, 굉장히 억울한 감정은 안 들었어. 그래도 나름대로는 상실의 슬픔 정도는 견뎌야만 했어.

지지부진한 수사 진척에도 심드렁했고, 사고 목격자에게 후사하겠다는 그 흔한 펼침막 하나 내걸자는 의견에도 거부 반응을 보인 나였기에 가족들과 보험사 직원 그리고 경찰이 날 용의자로 의심했을 수도 있어. 그렇지만 그들의 의심은 내 알 바 없는 그들의 몫이고, 특히 경찰과 보험사 직원의 고유 업무이기 때문에 눈치 볼 필요는 없었어. 아내가 뺑소니 사고로 죽을 당시 난 사무실에 있었어. 사무실에 함께 있었던 동료들이 알리바이야.

보험금을 노린 청부살인이라는 혐의로는 아내 명의로 가입된 보험은 종신보험과 자동차보험뿐이었고, 그것도 이미 오래전에 가입한 것이라서 물증으로선 설득력이 빈약해. 내연녀와 치밀하게 공모한 본처 살인이란 혐의로 수사를 하더라도 아내를 죽일 만큼의 치명적인 여인은 없기 때문에 소득도 없을 거야. 그들이 만약 굳이 나에게서 혐의를 찾아야 한다면 그건 나의 공허한 마음일 거야.

시립 화장장 직원들에 의해 아내가 전기로電氣爐에 들여졌어. 부의금賻儀金이 건네지지 않고서는 도저히 실행할 수 없는 끔찍한 짓이야.

아내의 죽음은 손톱에 생기는 주름으로만 여겼던 터라 아내의 진지한 유언은 들어본 적 없어. 죽거든 화장火葬하라는 아내와 나의 유언은 분위기 좋았을 적에 나눴던 농담이었어. 농담으로 한 유언이 실행되리라고는 정말이지 생각지도 못했어.

슬픔의 깊이를 종잡을 수 없는 여자들의 기괴한 곡소리가 먼저 터졌어. 낯선 슬픔이 끝내 북받쳤음인지 내 입에서도 곡소리가 새나왔어. 갑자기 새어나온 슬픔에 대한 느낌은 그날 일기에 '…… 그 순간 터져나온 나의 낯선 슬픔은 천만다행이었다. 노출된 나의 슬픔이 분명 타인들에게는 도덕적이고 합당한 것으로 보였을 테니까……' 라고 적혀 있었어.

쇄골碎骨되어 골분骨粉으로 변한 아내는 따스했어. 형태는 변했지만 따스함으로 인해 느낌은 염할 때와는 사뭇 달랐어. 따스한 아내의 분골을 조금 가져다가 아이에게 목걸이를 해주고픈 맘까지 동했어. 하지만 그 맘은 곧 포기했어. 버리고 싶어도 버리지 못하는 '슬픔'을 아이에게 평생 떠안기는 몹쓸 짓이란 생각이 잇따랐기 때문이야.

긴 광목을 어깨에 늘어뜨려 분골함을 든 순간 어깨 짐이 너무 가벼워 홀가분한 느낌이 들었어. 때문에 죄책감도 들었어.

그런데 민망한 일이 벌어지고 말았어. 내 의지로는 어찌해볼 수조차 없는 상황이었어. 그 상황을 일으킨 녀석은 너무 순수하기 때문에 나무라도 소용없었어. 나의 슬픔과 피로 그리고 내가 처한 입장을 전혀 고려치 않는 녀석이 무척 야속했어. 또한 녀석은 터무니없게도 장례식과는 아무 상관도 없는 그림들까지 보였어.

성기 주머니가 달린 쫄바지를 입은 남자들을 볼 수 있는 서양의 풍속화가 브뢰겔의 그림과 성기의 잦은 크기 변화가 가늠 안 될 정도로 풍성한 바지를 입은 남자들을 볼 수 있는 우리나라의 풍속화가 김홍도의 그림이었어.

그래도 천만다행으로 낭패는 모면할 수 있었어. 골반 언저리의 분골함 덕분이었어. 안도의 한숨을 내보내자 문득 녀석이 아내와 마지막 인사를 원한다는 너그러운 생각이 들었어. 가끔 발칙한 짓도 서슴지 않던 녀석은 그동안 나보다는 아내한테 더 많은 사랑을 받아왔기에 아무도 몰래 녀석을 분골함으로 꾹 눌러줬어.

양가 가족을 태운 장의버스는 바다를 향했어. 물놀이와 회를 먹기 위한 놀이길이 아니라서 버스 안 분위기는 침울했어.

아내를 땅이 아닌 바다에게 데려간 건 아내를 영원히 쉬게 해주고픈 내 의지 때문이었어. 온갖 생명들의 반복 사육으로 유별난 식탐을 과시하고 있는 두툼하게 살찐 탐욕스런 땅에 의해 고달프게 사육되었던 아내의 비극은 그동안으로도 충분히 치욕적이었기에 땅에게는 아내의 분골을 절대 내줄 수 없었어.

해변은 텅 비어 있었어. 네가 살고 있는 나라는 어떨지 몰라도 우리나라는 사람의 분골을 뿌리는 것을 법으로 금하고 있어. 하지만 음복飮福술에 의한 음주운전에는 관대한 나라이기도 해서 아내의 분골을 바다에 뿌린대도 별 제재는 없을 것이라 생각하면서도 분골을 뿌리는 내내 관습이 신경 쓰였어. 평소 아내가 좋아했던 유품들과 분골함을 태울 때도 마찬가지였지만 다행히 아무런 제재도 받지 않았어.

유품들과 아내의 혼백이 들어있다고 들은 작은 함을 제외한 장례용품들이 태워지는 동안 본 하늘은 해변보다 더 텅 비어 있어 누구에게도 의심받지 않고 오랫동안 바라볼 수 있었어.

죽음이란 완벽한 이별이 닥치리란 걸 알면서도

그동안 나와 살아줘서 고마웠어.

죽음이고서야 우리 사이를 갈라놓을 만큼

당신과 나의 인연은 완벽했음이니 아쉬워 말고 잘 가!

떠날 때가 되어 아쉬움에 바다와 하늘을 꼼꼼하게 꿰매놓은 바늘땀들이 꾸물거리고 있는 수평선을 바라봤어. 그러나 평소와 달리 감금된 느낌에 가슴이 갑갑해져 일찍 돌아섰어. 그러자 누군가 버스로 향하던 나에게 귀신이 따라붙는다며 절대 뒤돌아보지 말랬어. 그 말에 따랐어. 귀신이 두려워서라기보다는 갑갑한 수평선 때문이었어.

작은처형은 나의 어린 딸을 며칠 더 데리고 있겠다고 했어. 나에게 뒷정리할 시간을 주려는 배려였어. 하지만 난 전날 아이와의 통화 때 약속한 걸 지키고 싶었고, 무엇보다 혼자 가기가 무섭고 싫었어. 그러던 차에 아이도 나에게 꼬옥 안기며 내 편을 들었어.

만약 작은처형이 아이와 함께 자고 가라고 했더라면 그렇게 했을 거야. 하지만 작은처형은 그렇게 말하고 싶어도 할 수가 없었어. 아내의 상식常食 때문에 그저 연민의 미소만으로 부녀를 배웅할 수밖에 없었던 거야.

　집으로 가는 동안 아이는 이상하리만치 엄마를 안 찾았어. 작은처형에게 무슨 교육을 받았는지 몰라도 궁금증을 참고 있는 것으로 보이는 아이의 젖살 볼록한 뺨이 측은해 보여 '이럴 줄 알았다면 장례식장에 데리고 있으면서 함께 상실감을 나눌걸' 이라는 후회가 들었어.

　아파트 우편함에는 우편물들이 가득했어. 현관문에는 집요한 하이에나인 광고전단지들이 너저분하게 들러붙어 있었어. 집에 들어서니 퀭한 느낌이 들면서 가족들의 짐작대로 쓸쓸했어. 그렇게 아이와 나 그리고 조그만 혼백함에 있는 아내는 오랜만에 집으로 돌아왔던 거야.

　아이가 씻는 동안 아내의 혼백함을 안방 한쪽에다 앉힌 후, 작은처형한테 얻어온 밥과 국으로 아내의 상식상을 차린 후 혼백함 뚜껑을 절반 열어놓고 세 번 절하면서 작으나마 곡소리를 냈어. 그런 다음 광고전단지들 중 한 곳으로 전화를 걸어 저녁을 시키고 아내의 휴대폰을 충전시켰어. 그 즈음, 안 봐도 비누방울놀이에 정신없었을, 때문에 어설펐을 샤워를 끝낸 아이는 발가벗은 몸을 빛내주고 있는 물기를 닦아달라고 했어. 아이의 도발적 행위를 굳이 설명하자면 남자인 아빠를 무시해서라기보다는 친밀감에 의한 무람없는 행위야. 이 같은 부연설명이 오히려 더 이상하게 여겨지는 것도 같은 맥락이야.

닦아주고, 입혀주고, 빗겨줄 때 아이는 엄마의 부재에 대한 이유를 조심스레 물었고, 궁색하게 답해주고, 납득 안 되는지 홱 돌아서더니 안긴 채 울고, 안은 채 같이 몰래 살짝 울고, 울면서 엄마가 부재중인 이유를 또 묻고, 거짓 대답하며 겨드랑이 간질이는 장난 걸고, 흔쾌히 장난 받으며 깔깔거리고, 크레이지 아케이드 게임하라고 컴퓨터 켜주고, 씻고, 밥값 계산하고, 밥 먹여주고, 밥 먹고, 도라에몽 만화 켜주고, 같이 보고, 혼자 보게 놔두고, 거실을 대충 치우고, 안방 침대에 같이 눕고, 안방에 차려진 아내의 상식에 대한 이유를 묻고, 곧 치울 것이라 간단히 답해주고, 옛날이야기라서 죄책감 없이 거짓말 동화 한 토막 들려주고, 참말이라 믿는 무지함이 귀여워 꼭 안아주고, 안긴 채 잠들고, 잠자는 다리 사이에 베개를 끼워준 다음 이불 끝자락으로 발을 감싸 안으로 여며놓고, 잠든 아이를 물끄러미 본 후, 안방에 차려진 아내의 상식상을 조심스레 치우고, 안방 화분에 물주고, 안방 전등을 끄고, 설거지 하고, 거실과 베란다 화분에 담뿍 물 주고, 이처럼 내일도 그 다음날도 계속될 집안일을 하는 동안 문득문득 아내가 떠올랐고, 주방과 거실 전등을 끄고 거실 바닥에 눕자 천장은 무척 고요했으며 그 정적과 함께 나타난 건 아내였어.

엄마의 부재不在로 인해 아이는 또래들보다 일찍 철들겠지? 아니면 또래들보다 일찍 시작한 방황을 평생 못 끝낼지도 몰라.

철듦의 시작은 부모가 자신과는 전혀 상의도 없이 자신을 세상에 내던져놨다는 자각으로 서툴게 항의하는 순간부터, 부모의 한계를 인식하는 순간부터라고 생각해.

철부지 아이를 향한 아내의 잔소리는 심했어. 아내가 스토커마냥 아이를 한 시도 안 내버려뒀기 때문에 빚어진 현상이지. 때문에 아이는 엄마를 무척 귀찮아했어.

어느 날 저녁이었어. 난 아이와 함께 아이의 학교 준비물을 사기 위해 문구점에 갔더랬어. 가는 길에 아이는 "아빠! 솔직하게 말해야 된데이"라며 맞잡은 내 손에다 힘을 주며 다짐을 강요했어. 나의 다짐을 받아낸 아이는 "아빠는 엄마가 좋나?"라고 물었어. 난 아이의 의도가 궁금해서 건성으로 "좋다"라고 하고선 재빨리 "그건 왜 묻냐"고 되물었어. 아이는 "엄마가 뭐 좋노! 귀 터지는 잔소리땜에 짜증나는데"라며 "잔소리만 안 하믄 매일 맛있는 간식 줘서 짱 좋은 엄만데"라며 짜증으로만 표정을 채웠어. 얼마나 짜증이 났던지 나에게 "엄마한테 고자질 하지 말라"는 다짐을 받아내는 것조차 잊어버리고 말았어.

나도 틈날 적마다 아내에게 "아이를 교도소 재소자처럼 취급하지 말라"는 말로 철부지 짓이 어울리는 나이를 살고 있는 아이임을 환기시키곤 했었어. 하지만 아내는 "뭐가 극성스럽냐"며 오히려 자신의 "노고를 몰라준다"며 섭섭하게 받아들이곤 했더랬어.

모녀는 아이의 학교와 학원 때문에 하루에도 몇 번씩 헤어지고 만나기를 반복했어. 그럴 적마다 모녀는 입맞춤을 안 잊었고 그러다가 습관으로 굳어져 서로에게 화가 난 상태에서도 헤어지고 만날 적이면 입을 맞추는 기현상을 연출하곤 했더랬어.

모녀는 나의 사랑을 확인한답시고 종종 한 사람은 장난으로 한 사람은 심각하게 말싸움을 벌이곤 했더랬어. 아내가 "내가 아빠랑 먼저 만났다"는 이유로 뽐내면, 아이는 내게 안기면서 "내가 아빠랑 더 많이 닮았다"는 이유를 들며 날 바라보곤 했었어. 그러면 난 곧 울 것 같은 표정을 하고 있는 아이 편을 들곤 했더랬어.

안방으로 건너가 잠자는 아이를 껴안았어. 내게 남겨진 짐은 가벼웠고 따스하기까지 했어. 하지만 착각일 수도 있었어. 잠자는 아이와 식물이 함께 내뿜던 이산화탄소 때문인지 축복의 잠이 오려는 듯 몽롱했으므로 무게를 가늠하지 못한 것일 수도 있다는 말이야.

그래도 '주어진 자유의 시간은 한시적'이란 생각으로 겨우 잠을 깨워 거실로 건너갔어. 그리고 우편물을 뜯어보기로 결심했어. 우편물 뜯어보는 데 결심까지 필요했던 건 그동안 집으로 배달되던 내 명의의 우편물들조차 한 번도 내가 먼저 뜯어본 적이 없었기 때문이야.

내 명의로 온 우편물들을 뜯을 때의 아내는 볼 만하니까 본다는 편지검열관처럼 거리낌이 없었어. 그렇지만 우편물들은 거의 대부분이 요금청구서와 광고물들이라서 프라이버시 침해를 언급할 수준은 아니었어.

자기 피부와 잘 맞다며 아내가 유독 좋아하던 화장품매장에서 아내 명의로 보내온 우편물에는 샘플교환권이 들어 있었어. 미국의 경제공황기에 에스티 로더Estee Lauder 여사가 최초로 시도해서 주효했던 화장품 공짜 샘플전략이 오늘날까지도 유효한 걸 보면 적어도 우리에게만은 경제는 한 번도 나아지지 않았음이 확실해. 유서 깊은 판촉 전략인 화장품 샘플교환권을 대하자 아내가 추억됐어.

몇 개월 전이야. 아내는 화장품매장에서 보낸 샘플교환권이 들어있는 우편물이 자기 친구에게만 발송되는 것이 속상해서 매장에 전화를 걸어 친구보다 더 우수한 고객인 자신에게는 왜 안 보내느냐며 따졌대. 순간 그런 일로 항의했다는 아내가 낯설게 느껴졌어. 아무튼 매장은 틀림없이 친구와 같은 우편물, 즉 샘플교환권이 든 우편물을 보냈다고 했대.

이를 전해들은 아내 친구는 무책임하게도 "화장품매장에서 발송하는 우편물에는 샘플교환권이 들어 있다는 점을 알고 이를 노리는 여자들이 종종 있으니 조심하라"는 충고를 하더래. 아내는 "돌이켜보니 다른 우편물들은 잘 받는데 유독 화장품매장의 우편물들만 잘 못 받았다"며 친구의 충고가 일리 있지 않느냐고 되물으면서 이웃 아줌마 몇몇을 불신하더니 나에게 '다른 데 신경 쓰지 말고 오가면서 우편물이나 잘 좀 챙겨라”며 일침을 가했어.

그나마 다행인 건 아내가 아파트 우편함에 설치된 CCTV를 조회하려는 극성을 안 부렸다는 점이야. 별거 아닌 일로 동동거리는 아내가 보기 딱해서 난 “이웃 아줌마들은 화장품샘플이 탐나서라기보다는 당신 피부에 질투를 하는 것 같다. 비법을 묻자니 자존심이 상해 화장품 정보라도 캐내기 위해 도둑질이나 다름없는 허튼짓을 한 것 같으니 널리 이해하라”는 말로 다독였어.

아내는 피부 미용에 대한 관심이 남달랐어. 관심뿐만 아니라 실천에 있어서도 안타까울 정도로 독보적이었어. 피부 미용의 기초는 세수라는 지론을 갖고 있는 아내는 아침저녁으로 하는 세수만으로 꼬박 이삼십 분을 소비했어. 허리도 못 펼 정도로 정성을 기울인 세수를 끝내고 낑낑거리던 아내를 볼 적이면 108배의 정성이 느껴져 감히 혀를 찰 수도 없었어.

일주일에 두세 번 정도는 얼굴에다 점액질을 펴바르는 아내는 기분이 좋을 때면 내 얼굴에도 발라주곤 했어. 점액질이 마를 동안 아내는 화장품매장에서 보내온 우편물들을 꼼꼼히 읽곤 했어. 아내는 종종 자기 얼굴에 뾰루지가 생기면 나를 흘기면서 안 안아줘서 생긴 것이라 빈정거렸어. 말인 즉 자신의 피부 미용을 위해 내가 거들어야 할 일이 따로 있다는 뜻이었어. 때문에 아내가 흰색 점액질 화장품을 바르는 걸 목격할 적마다 아내가 그동안 나 몰래 모아둔 나의 정액을 바르는 걸로 여겨지기도 했어.

고왔던 아내의 피부는 이제 볼 수도 만질 수도 없어. 가장 부질없는 짓이 "오르면 내려와야 하는 등산"이라던 아내였는데 자신의 피부가 그렇게 되고 말았어. 좀 망설이긴 했지만 그래도 아내가 가장 싫어했었던 구더기한테 아내의 고운 피부를 맡기지 않은 건 잘한 일이라 생각해.

거실 한쪽에다 아내의 유품들을 꺼내 모았어. 옷, 화장품, 신발, 액세서리 그리고 충전되고 있는 휴대폰 등이 모였어. 그리 많지 않은 유품들이라 아내에게 미안한 맘이 들었어.

아내의 휴대폰을 켰어. "편지 왔어요~"란 천진스런 멘트가 연거푸 들렸어. 주뼛주뼛 확인해보니 아내가 말해줬던 청년의 문자였어. 웃음이 났어. 죽기 며칠 전 아내는 그 청년이 보낸 문자들을 보여줬어.

아내의 설명에 따르면 볼일을 보고 있는데 낯선 번호로 문자가 왔대. 내가 본 청년의 최초 문자는 "너무 예뻐서서 꼭 한 번 뵙고 싶은 맘에 차에 붙여놓은 연락처를 땄습니다"였고, "저는 올해 26살이고 복학 준비중인 대학생으로 현재는 잠시 직딩"이라며 "여자 나이는 얼굴만 봐선 감이 안 잡히지만 자기 또래로 보인다"는 문자가 연거푸 찍혀 있었어.

아내는 청년의 문자들을 시쳇말로 씹었대. 그럼에도 불구하고 청년의 문자는 비슷한 내용으로 끊임없이 이어졌대. 아내는 "너무 귀찮아서"란 이유를 말하며 집요한 청년에게 전화를 걸어 "난 댁보다 나이도 아주 많고, 결혼도 했고, 아이도 있다"고 했대.

그런데 청년이 "유부녀를 애인으로 사귈 생각은 없지만 그래도 꼭 한 번 뵙고 싶으니 계대 근처에서 커피나 한잔 할 수 없겠느냐"며 응수하더래. 아내는 "어린것의 능청이 너무 징그럽더라"며 전화를 탁 끊어버렸대. 그런데도 청년의 문자는 아랑곳 않고 계속 이어졌대. 그러다가 밤 아홉 시가 넘자 거짓말처럼 청년의 문자가 멈췄대. 하지만 다음날 오전부터 또다시 청년의 문자 폭탄이 터졌대.

아내는 그런 청년이 못마땅하다며 조잘댔지만 표정은 내내 상기돼 있었어. 그 표정으로 아내는 나에게 "어떻게 생각하느냐"고 물었어.

아내가 어떤 결정을 하더라도 내 생각이란 건 불필요하다고 생각해. 아내의 상기된 표정 때문이 아냐. 아내는 내 물건이 아니기 때문이지. 아내가 청년과의 만남을 결정한데도 반대할 명분은 딱히 없어. 때문에 아내가 청년과의 만남을 지속하다가 어느 날 청년의 전 존재를 사랑하게 됐다고 선언하며 나에게 오쟁이를 지우더라도 지금은 그런 우려를 핑계로 반대할 순 없는 거야. 내일도 모르는데 더 먼 훗날을 어찌 알고 어쭙잖은 이유로 지금 반대할 수 있겠어.

그러므로 아내에게 할 수 있는 말은 남편으로서의 강요가 아니라 바램 정도로 만족해야 하는 거야. 해서 귀찮은 건 딱 질색인 내가 하고픈 말은 아내가 사생활을 즐김에 있어 자신이 할 일을 내게 안 미뤘으면 하는 바램 정도야.

그래서 난 나의 대답을 기다리며 빤히 쳐다보는 아내에게 청년을 "만나라"고 했어. 얘기 들려줄 적에 표정이 내내 상기돼 있었다는 점을 일깨워주면서 결혼했다는 이유로 "다른 남자와의 만남마저 억제할 필요는 없다"는 말도 덧붙였어.

"청년도 너와의 만남을 간절하게 원하므로 걸릴 게 하나도 없지 않느냐"며 "누구 하나 손해볼 것 없는 유쾌한 만남을 거부할 이유가 없지 않느냐"고 거듭 반문하면서 만남을 부추겼어.

그렇지만, 아내는 흘기면서 "자기는 아무래도 날 사랑하지 않거나, 이상한 게 확실해"라고 빈정거리곤 팩 돌아 가버렸어.

아내의 가벼운 뒤태는 내게 청년이 보낸 그동안의 문자들을 아내가 발칙하게도 고스란히 휴대폰에 보관하고 있었다고 일깨워줬어. 또한 아내의 가벼운 뒤태는 내게 아내가 청년의 문자들을 씹는 즐거움을 누리고 있을지 모른다는 의심도 들게 했어. 그래도 난 다그치지 않았고 모른 척했어. 너도 알아둬. 모든 걸 다 표현하고선 함께 살 수 없다는 걸.

아내는 끝내 청년과 안 만났었나 봐. "꼭 한번만 뵙고 싶다"는 청년의 간절한 문자는 아내가 죽은 지 사흘째임을 알 수 있는 날짜에도 남아 있었어. 죽은 사람을 향한 청년의 헛된 그리움이 안타까웠어. 부질없는 그리움과 기대로 소중한 세월을 허비하고 있는 청년이 안쓰러워 문자로 아내의 사망을 알리려 했어. 하지만 청년이 안 믿을 것 같아 포기하고 말았어. 전화를 걸까도 생각했지만 질투심 많은 남편의 유치한 거짓말로 치부할 것 같아 그마저도 포기하고 말았어. 때문에 나도 아내처럼 청년의 문자들을 씹고 말았어.

거실 바닥에 누웠어. 천장이 잠시 보이는가 싶더니 '육체를 안 통하고선 아내를 다시 볼 순 없는 걸까?' 란 의문으로 천장은 가물가물해졌어.

사고事故라는 짧은 순간이 한 사람의 오랜 추억과 바램들을 육체와 함께 앗아가고 말았어. 오랫동안 다져진 세월이 치욕스러우리만치 아내의 육체는 찰나에 쉽게 굴복하고 말았던 거야.

유복했던 어린 시절, 언니들과 만화 캔디를 봤던 일요일의 이른 아침, 교과서에 표지를 입혀주던 아빠의 다정한 손, 늘 폭신한 소파가 돼줬던 삼촌의 허벅지, 기차 탈 욕심에 외삼촌을 따라간 시골 외갓집에서 저녁 무렵의 밥 짓는 연기를 보다가 엄마가 그리워 흘린 눈물, 하굣길의 떡볶이집, '수지' 라는 가명으로 나갔던 미팅, 쪽지들, 우정, 절교, 코팅한 낙엽과 네잎 클로버, 예쁜 문구용품들, 햇살 가득한 일요일 오후의 나른한 버스, 비 오는 날 버스 라디오가 들려준 이별 사연에 따라 울었던 감성, 캭캭! 거렸던 이문세의 노래와 푸른하늘의 음악 그리고 신승훈과 마이클 볼튼의 목소리, 첫 생리, 첫 사랑, 첫 경험, 불안한 미래, 여행, 연애편지, 데이트, 낭만적 상상들, 이별, 결혼, 임신, 출산, 나의 급여일, 카드 결재일, 대출이자 납입일, 보험금 납입일, 시댁과 친정 구성원들의 기념일, 여러 색깔의 띠들이 할부금 같다던 아이의 태권도학원 비용, 새로운 화장품과 살림살이들에 대한 기대, 다가오는 계모임의 저녁메뉴에 대한 기대, 남자친구와 맥주 한 잔의 기대, 아이의 성적과 키에 대한 기대, 곧 있을 아이의 피아노대회에 대한 기대, 아이의 2학기 반장선거에 대한 기대. 아이의 장래에 대한 기대, 가족의 건강에 대한 염려, 나의 연봉에 대한 염려, 넓은 집으로의 이사에 대한 염려, 노후에 대한 염려, 친구와 함께 가기로 한 용하다는 점집 등.

과연 순간이란 놈이 아내의 이 모든 것을 싸그리 앗아간 걸까? 실수로 어디 하나라도 흘린 건 없을까? 그걸로 죽음을 되물릴 순 없을까?

아무런 답이 없었어. 해서 아내는 한낱 먼지였을지 모른다고 생각해봤어. 부유浮游하다가 내 눈에 들어오게 된 먼지였을지 모른다고 생각해봤어. 아내와 함께한 세월은 어쩌면 눈 비비다가 잠깐 겪은 긴 착각일지 모르겠다고 생각해봤다는 말이야.

그래도 소용없었어. 그렇게 추스려봐도 서운하고, 화나고, 억울했어.

후회스러운 건 내일로 유보되었던 아내의 바램들이야. 돌이켜보면 아내의 유보는 나로 인한 것이 대부분이었어.

내일을 희망하면서 계획을 세우고 살아온 것도 아니면서 난 유보, 유보를 떠벌렸어. 그러므로 나의 유보는 섣부른 실행으로 빚어질지 모를 상처를 최소화하기 위해 기울인 신중함이라기보다는 당장의 귀찮음을 모면키 위한 비겁한 회피였던 거야.

아무튼 관련 있을 것 같아 오래전 내 일기에서 발견한 내일에 관한 나의 헛소리를 옮겨 적었어.

▶ 내일은 뭘 하지?

▷ 오늘 하려다 못 다 한 걸 하면 돼.

▶ 그럼 내일도 오늘과 다를 바 없을 텐데? 내일은 내 일만 생각하라고 내일인 거야?

▷ 억울하다면 내일이 오늘과 다르면 돼. 내일을 오늘처럼 안 살면 되는 거지.

▶ 오늘이 내일보다 안 좋다는 증거 있어?

▷ 그런 건 없지. 내일을 선험하지 않고선 오늘보다 내일이 나쁘리란 증거는 내놓을 순 없음이야.

▶ 내일이라고 별수 있을까?

▷ 마찬가지야. 내일을 안 살아보고 어떻게 알 수 있겠어?

▶ 내일이란 죽음에 한층 더 가까워지는 날이기도 한데, 그래도 내일을 희망해야 돼?

▷ 어쩔 수 없어. 매순간이 공포인 오늘을 견뎌내려면 현실적으로 희망밖에 없지 않겠어? 그런데 안타깝게도 희망은 항상 내일에 살고 있어 실루엣을 통해서만 엿볼 수 있기에 답답할 거야. 그러므로 오늘이란 공포를 물리치기 위해선 어쩌면 ‘희망’ 보다 ‘체념’ 이 더 현실적인 무기가 될 수 있을 듯해.

이때 염두에 둬야 할 건 체념은 반드시 사색된 체념이라야 한다는 거야. 그리고 체념은 가능한 찰나와 같은 속도여야 해. 빠른 체념을 위해선 오늘이 사색 가능할 정도로 오늘과 거리를 유지하도록 해. 그래서 오늘이 벌여놓는 순간순간을 대할 적마다 갸웃거리는 머리와 팔짱낌의 자세를 견지하도록 해.

어때? 듣는 것만으로도 힘들지? 그러므로 오늘을 견뎌내기도 벅찬 우리는 내일에 살고 있는 희망에 기댈 수밖에 없는 거야.

▶ 빌어먹을! 내가 정말 내일을 희망하며 살기를 바라는 거야?

▷ 아니. 내가 대답해야 할 처지라 해본 말이니 괘념치 마! 그렇지만……

▶ 됐어!! 또다시 어쩔 수 없다고 말할 거라면 그만 닥쳤으면 해!

▷ 내일을 희망하지 않고도 기껍게 살아진다면 그러도록 해. 죽지 않는다면 우린 기어코 내일을 맞을 테니 말야.

▶ 그래. ‘내일’ 이 비록 헛소리일망정 믿어야겠지. 그 헛소리를 믿으며 오늘의 불만들과 아쉬움들 모두를 내일에게 위임하고 그만 잠이나 자야겠지. 그래야 살아지겠지.

내일과 늘 붙어다니는 돈도 희망이야. 즐겁게 살기 위해선, 저절로 살아지기 위해선 돈이 필요해. 나중에 어떤 회한이 생길지는 몰라도 지금 당장은 돈이야.

생전의 아내는 나의 급여가 작다는 핀잔이 별로 없었어. 가끔 내 귀에 들리게끔 혼잣말로 "매월 적자"라며 한숨 쉬는 것이 고작이었어. 그러니 난 월급만 벌어주면 그만이었고 생각만으로도 낯 뜨거워 월급의 쓰임에는 관심조차 가져본 적이 없었더랬어.

그런 아내가 죽었기에 아이와 나의 내일이 걱정스러워 화장대 서랍에 있던 통장들을 꺼내봤어. 통장이 의외로 많아 기대감으로 부풀었어.

하지만 육천만 원이 찍혀 있는 한 통장잔고는 대출 잔고로 확인됐어. 적금통장은 없었고 보통예금 잔고들과 보험금 납입금들을 합해보니 순금융 부채만 사천만 원 남짓으로 파악됐어. 조금 충격이었어. 그래도 아직 몰라. 상속인이 신청하면 피상속인의 금융자산을 모두 확인해준다는 금융감독원을 가봐야 정확한 금융잔고를 확인할 수 있으니 말야. 그래도 집과 차를 더하자 순자산이 얼추 오천만원 정도라는 계산이 나오더군. 물론 정확한 것은 아니지만 그것으로 일단은 상속포기를 안 해도 됨을 다행으로 여겼어.

결혼 전만 해도 나의 경제상식은 집과 차車라는 건 어디선가 주어진 뭉칫돈, 예컨대 결혼할 때 부모님이 주신 뭉칫돈과 금융

기관에서 빌려준 뭉칫돈으로만 살 수 있는 것으로 알았을 정도로 형편없는 수준이었어. 다시 말해 조금씩 저축하는 돈과 차와 집 살 때의 돈은 다른 것으로 알고 있었다는 말이야.

또한 금융부채의 심각성은 최근까지도 깨닫지 못하고 있었더랬어. 대출이자율이 나날이 오르고 있다는 보도에도 남의 일로 여겼던 거지. 그런 내가 아내가 죽고 난 후에야 비로소 처음으로 우리 살림에 비해 거액인 이자가 매달 빠져나간 대출통장을 확인한 거야.

대출통장 때문에 그 동안의 나의 게으름과 사치가 역겨웠고 대출의 심각성을 일부러 회피한 것 같기도 해서 비겁한 남편이었다는 자책이 들면서 아내 없는 앞으로의 삶이 걱정스러웠어.

그때 희망적인 생각 한 가지도 잇따랐어. 나에게 적선하듯 희망을 던져준 건 다름 아닌 돈이란 놈이었어. 아내 명의로 납입되고 있는 종신보험금이란 돈이었어. 내 기억으론 수령할 수 있는 보험금은 대출금을 전액 상환하고도 남는 금액이었지만 아뿔싸! 종신보험금의 수령자가 장모님이란 사실도 덩달아 기억났어.

종신보험이 유행이던 당시 난 종신보험이 납입한 사람에게는 절대 자신을 허락지 않은 냉혹한 돈이라는 생각에, 살아남은 수령자에게만 자신을 허락하는 무섭고 허무한 돈이라는 생각에 그 돈으로 사는 동안 맛있는 거나 사 먹자며 가입을 반대했더랬어.

그러다가 보험회사에 다니는 잘 아는 사람이 권유하는 바람에

종신보험에 가입했었고, 아내는 내가 보험금으로 아이까지 팽개
치고 새 살림을 차릴 것이 염려된다며 자신 명의의 종신보험금
수령자를 장모님으로, 내 명의의 종신보험금 수령자는 자기로 했
었어. 죽어서도 내 삶을 간섭하겠다는 아내의 당찬 의지가 피력
된 가입계약이었던 거지. 그래도 난 내가 죽은 뒤의 일이기 때문
에 아무런 이의를 안 달았었어.

앞서 밝혔듯, 아내가 성급했건 말건, 종신보험금 수령자는 법
적으로 장모님이었어. 그 때문에 내가 이자 부담이 심각한 채무
와 앞으로의 살림살이를 걱정하면서도 종신보험금을 포기하기로
맘먹은 건 아냐.

자식 값과 같은 종신보험금을 장모님에게 받는다면 평생 마음
이 불편할 것 같았거든. 그리고 처갓집은 오래전 장인어른이 돌
아가신 후론 마땅한 벌이가 없어 경제적으로 안 좋은 상황이야.
그에 비하면 난 벌이가 있어 채무는 앞으로도 천천히 갚아나가면
될 것이었기에 안 받기로 작정한 거야. 거짓이 아냐. 남들이 솔직
하지 못하다고 수군거린대도 내 알 바는 아냐.

이런 식으로 아내는 앞으로도 어떤 식으로든 떠오르겠지. 어쩌
겠어. 어찌해볼 수조차 없는 죽음 때문인데. 그런데 시간이 흐를
수록 그리움이 사무칠 것이란 생각에 두려움이 앞섰어. 해서, 그
날 일기에 몇 줄 적어둔 두려움에 대한 나름 극복처방은 이랬어.

그만 잊어. 그럼 이제 뭘 하지? 뭘 하긴, 쉬는 거지. 그 정도면 됐어. 앞으론 육체적으로 부지런하게 살아. 성실하고 고된 삶을. 어쩌지? 그렇게는 못살겠어. 미쳐버릴지라도 피곤하게는 못 살 것 같아. 그렇담 맞서는 수밖에 없을 것 같네.

일기장에다 이런 잠꼬대를 끼적이던 그 무렵, 웅얼거리는 어린 딸의 잠꼬대가 들렸어.

모로 누워 자는 아이 뺨에는 흘린 침 때문인지, 덜 말라서인지 몰라도 물기 머금은 머리칼이 덩이져 굴곡으로 흩어져 있었어.

손가락으로 조심스레 머리칼들을 귀 뒤로 걷어내자 두둥! 햇빛 받은 달덩이가 나타났어. 도저히 그냥은 지나칠 수 없는 풍만하고 환한 달덩이인지라 검지로 토닥이다가 입술을 댔어. 부드러움, 따사로움 그리고 귀여운 체취가 한데 어우러져 감동을 받고 말았어. 그러거나 말거나 아이는 표정을 찡그리고 몸을 뒤척이는 행위예술을 선보였고 그마저도 감동적이었어.

아이가 샤워한 이후로 아내가 개켜놓았던 곰돌이 푸우가 프린팅된 핑크색 팬티가 아이의 골반을 꼼꼼히 감싸는 임무를 수행하고 있었어. 무뚝뚝한 임무수행이 슬퍼 보여 이불로 감싸주고 안방을 나왔어. 거실 바닥에 눕자 천장이 보였어. 정적. 정적은 또다시 아내와 함께였어.

해서 고약한 냄새가 진동하는 방 창문을 열듯 얼른 텔레비전을 켰어. 초저녁에 아이한테 만화 도라에몽을 보여줬던 어린이채 널이 또 다른 만화로 유혹하고 있었지만 그걸 보는 사람은 영락 없는 어른이었어. 하지만 보려고 염두에 둔 프로그램은 없었기에 채널버튼을 꾹꾹 눌렀어. 화면 상단에 19라는 자막이 표시된 프로그램이 많았어. 밤이 깊어졌음이지. 19라는 자막은 그 자체만 으로도 잠깐이나마 내 눈을 프로그램에 머물게 할 정도로 선정적 이었어.

19라는 자막은 프로그램에서 폭력과 선정적 장면을 볼 수 있 다는 유익한 정보만 제공해주는 건 아니었어. 여성 운전자의 차 번호판에 19라는 숫자가 보이면 차가 섹시하게 보이며, 내 차로 다가올 적엔 거칠게 안기려 달려든다는 야릇한 생각을 하게 되는 얄궂은 병도 함께 줬어. 헤헤~ 농담이야.

어른들조차 이해하기 어려운 프로그램도 욕설이나 비어秘語 그 리고 시각적인 폭력성과 선정성만 없으면 전 연령에게 시청을 허 용하는 걸 보면 프로그램 시청 연령에 대한 심의기준은 지극히 자의적인 것 같아.

내가 보기엔 아직도 태아는 물론, 전 연령대가 볼 수 있도록 허용하고 있는, 즉 실제로 일어난 믿을 수 없는 폭력을 가감 없이 적나라하게 보여주는 텔레비전 뉴스가 더 폭력적이고 성적 신호 들로 도배된 광고들이 더 선정적인데 말야.

부모들도 심의관들의 의심스럽기 짝이 없는 그러한 심의기준으로 자녀들을 지도보다는 단속하고 있지만 심의관들과 다른 점도 있어. 자녀가 자신의 연령보다 높은 등급의 프로그램을 보더라도 그 프로그램이 19만 아니라면 심의관들이 민망할 정도로 관심을 안 보이는 것으로 시청을 허락하는 점이 심의관들과 같으면서도 다른 점으로 매우 긍정적이야. 하지만 유독 19프로그램에는 심의관들과 다름없이 민감하게 반응하며 쌍심지로 단속하는 점은 아쉬워.

내 생각엔 19세, 15세, 12세, 7세 등의 연령 자막이 연령대들 간에 몹쓸 벽만 만들었다고 생각해. 그러한 연령 구분 때문에 연령들 간에 억측과 불신만 깊어졌다고 생각해. 하긴 알고 보면 너무 하잘것없는 비밀들이기에 더 감추려 드는 것일지도 몰라.

완벽한 소통이란 불가능하다는 걸 알아. 하지만 세대들 간에 이해의 폭은 넓힐 수 있다고 생각해.

해서 텔레비전에서 많은 정보를 얻고 있는 요즘 세대들이 모든 프로그램을 거의 거리낌 없이 공유할 수 있도록 연령기준 자막은 즉각 폐지해야 된다고 생각해. 쓸데없는 일을 시키면서까지 실업률失業率을 줄여야 하는 고민에 빠진 국가國家라면, 그래서 자막을 없앨 수 없는 것이라면 '전체' 라는 자막으로 일원화하면 될 것이라 생각해.

그렇게만 된다면 호기심 많은 19세 '미만들' 은 그동안 궁금했었던 종전의 19세 프로그램을 시청하면서 19세 '이상들' 에게 "저런 걸 왜 만드는지", "어른이 되면 저런 걸 안 보고는 살 수 없는 것인지"를 물을 것이고 윽박지를 명분이 없어진 '이상들' 은 '미만들' 에게 긍정적 깨달음을 주기 위해 노력할 것이라 생각해. '미만들' 의 눈높이에 걸맞는 답을 주기 위해 억지로라도 '미만들' 이 종전에 즐겨 보던 만화로 대표되는 프로그램들을 섭렵할 것이라 생각해.

그러다 보면 서로의 연령대는 다정해질 것이고 그러한 노력들로 인해 '이상들' 은 비로소 육체와 더불어 정신까지도 제대로 된 성인이 될 것이라 생각해.

리모컨 채널버튼을 얼마나 오래 눌러대고 있었던지 전기 파장 같은 것만 흑백으로 지루하게 보여주던 프로그램만 세 번이나 본 것 같았어. 그럼에도 불구하고 그 많은 채널에 숨어 있던 프로그램들은 하나도 볼 게 없었지만 기대를 안 해서 그런지 실망스럽지도 않았으나 라디오가 그랬는지 몰라도 언제나 좋은 친구라던 텔레비전이 내 마음을 너무 몰라주는 것 같아 조금은 섭섭해서 '꺼짐' 버튼을 누르고 리모컨을 소파로 던졌는데 텔레비전이 다시 켜지는 바람에 신경질적으로 '꺼짐' 버튼을 꾸욱 누른 다음 리모컨을 거실 바닥에 살짝 두고 곁에 누웠어.

이어지는 소음은 천장에서 정적이었어. 곧이어 전날 국밥집에서 텔레비전을 통해 봤던 이승엽 선수의 씁쓸한 얼굴이 반갑게 떠올랐고 양주를 들이키는 것으로 괴로운 연기를 폼나게 하는 배우들이 이어 떠올랐으며 잇따라 며칠 전, 카트기에 포도주병을 담으면서 야한 말을 건네던 아내도 떠올랐어.

아내가 죽기 하루 전이었던 일요일. 그렇게 가기 싫어하던 이 마트를 따라간 이상 행동을 보인 내가 아니라, 어이없게도 일상과 다름없는 행동을 한 아내가 죽고 말았기에 아내의 죽음을 받아들일 수가 없는 난 아직도 아내의 죽음을 납득하기 위한 개연성을 찾는 중이야.

잠깐 망설이다가 아내가 사다놓은 포도주를 마시기로 했어. 포도주병 곁에는 아내를 위해 내가 마셔야 한다는 복분자술병도 있었지만 포도주병을 꺼내는 데는 한 치의 망설임도 있을 수 없었어.

포도주의 핵심은 맛보다는 향이라고 하며, 제대로 된 향을 즐기려면 포도주잔이 핵심이라고 하더군. 하지만 포도주잔이 없는 관계로 하얀 사기砂器 밥그릇에다 포도주를 따르는 촌스러움을 연출하면서 입맛을 다셨어. 포도주의 암적색은 하얀 사기그릇에서 무척 자극적이었어. 마시면 즉시 피부 모공을 통해 배어져 나올 것만 같았어.

한 잔 들이키면서 괴로운 나에게 포도주라도 마시게 해준 옛날 서양의 일부 주당酒黨 수도사들의 정열에 경의를 표했어. 그들의 정열 덕에 포도주가 오늘날 최고의 건강식품으로 거듭날 수 있었으며 그로 말미암아 포도주가 지천에 널리면서 나까지도 손쉽게 마실 수 있으니 말야.

옛날, 수도사들은 포도주를 마시려면 종교적으로 합당한 명분이 필요했대. 포도주의 지속적 공급을 위한 포도 재배도 마찬가지였대. 십자가에 매달린 예수의 죽음을 확인하기 위해 로마군 병사 롱기누스의 창槍이 예수의 옆구리를 찔렀대. 그 성창聖槍, holy lance이 뚫어놓은 구멍을 통해 흘러나온 예수의 피는 포도주 색과 흡사했대. 예수는 죽기 전, 최후의 만찬 때 "자신의 피로 여기라" 며 제자들의 잔에 포도주를 부어줬대. 그리고 "사제司祭가 축성祝聖한 빵과 포도주는 성체聖體로 변한다"고도 했대. 그렇게 해서 포도주는 이런저런 명분의 옷을 걸치게 되면서 종교의식에 필요한 성물聖物로 거듭날 수 있었대. 어찌됐건 한때 위기를 맞기도 했었던 서양의 포도밭을 건사해낸 건 포도주에 대한 수도사들의 내밀한 정열 덕분이라 생각해.

포도주와 관련된 것으로서, 언젠가 라디오에서 교황이 신부神父의 주장을 묵살한 얘기를 들은 적 있어.

옛날 서양의 어느 신부가 어느 교황에게 "커피를 당장 금지시켜야 한다!"고 강력히 주장했대. "이슬람 이교도들이 우리의 거룩한 포도주를 금하고 있으니 우리도 이교도들의 해괴한 조치를 응징하려면 이교도 나라에서 들여온 커피를 금지시키는 조치를 단행해야 하며, 커피 금지에 대한 조치가 실효를 거두기 위해서는 법보다 더 강력한 칙령으로 포고해야 한다!"며 교황을 압박했대. 그런데 교황은 검토해볼 가치도 없다는 듯 그 자리에서 "그건 신의 뜻이 아니다!"라는 말로 신부의 주장을 가볍게 일축해버렸대. 교황이 "이교도들과 같은 짓을 저질러선 안 된다"고 부연 설명한 신의 뜻 때문에 신부는 더 이상 재론을 못하고 물러났대.

그런데 교황은 커피 중독자였대. 오랫동안 커피를 즐긴 탓에 커피 인이 깊이 박힌 상태였대. 이런 정황상 "과연 신의 뜻이었을지 의심스럽다"며 라디오 스피커는 깔깔 웃어댔어. 어찌됐건 이교도의 커피를 지켜낸 그 교황으로 인해 커피조제 기술은 오랫동안 중단 없이 지속될 수 있었고 축적된 커피조제 기술은 오늘날 향상된 커피맛으로 거듭났으므로 커피를 즐기는 현대인들은 커피에 중독됐던 그 교황에게 늘 감사한 맘을 가져야 할 것이라 생각해.

건방지게 들릴지는 몰라도 의도하든 안하든, 지리적으로 동떨어져 있든 말든, 살았던 시대가 다르든 같든 관계없이 누군가 즐거우면 항상 누군가는 고통받는 것 같아. 서양 중세를 살았던 교황이 커피를 홀짝거리며 즐거울 때, 근·현대의 커피원산지 원주민들이 불행해졌듯이 말야.

사실, 너도 알고 있듯이 커피는 커피 원산지 원주민들에겐 재앙이 되고 말았잖아. 물론 그 교황을 험담하려는 게 아냐. 외계인이 즐거우면 지구인이 고통받는다는 걸 상상하기 어렵듯 그 교황도 훗날, 커피 플랜테이션 농업을 고안한 악질적인 서양 장사꾼들에 의한 원주민들의 재앙은 상상도 못했을 테니까.

달콤한 잠과 기분 향상을 기대하며 마신 포도주였건만 마실수록 정신이 또렷하게 추슬러지면서 우울만 가중됐어. 양이 모자란 탓이라 여기며 네 사발째를 마시면서는 텔레비전을 켰어. 보려던 프로그램은 따로 없었기에 바보처럼 채널만 바꿨어. 그런데 전과 달리 야릇한 희열이 느껴졌어.

채널들은 저마다 좀 봐달라며 아양을 떨었어. 채널을 바꾸려 할 적에는 프로그램들은 거의 발악 수준이었어. 그러거나 말거나 채널들을 일별했고 그때마다 전前 프로그램의 무안해하는 잔상이 바뀐 채널의 첫 영상과 겹쳐져 무시의 재미가 쏠쏠했어. 완전 광대짓을 관람하는 황제가 된 기분이었어. 그 기분으로 채널들과 일별할 때 "그만 됐다!"라는 거만한 호통까지 뇌까리자 무시의 재미는 폭발적이었어.

그러다 어느 오락프로그램에 제법 오래 머물렀어. 늦여름임에도 젊은 여자들의 노출이 볼만했거든. 황제의 시선을 사로잡아두기 위한 노출이었다면 그 프로그램은 일단 성공한 셈이었어. 프로그램은 황제의 성기도 불끈 솟아오르게 했거든. 하지만 황제는 곧바로 발기된 성기를 자신의 '잉여기관'으로 여기면서 채널을 '꾸욱' 바꿔버렸어. 황제는 그때의 부아를 일기장에다 이렇게 적어뒀어.

'단지 젊은 육체들이 탐날 뿐, 너희들 영혼 따위에는 관심 없다. 그러므로 너희들이 나의 시선을 내내 사로잡아 두려면 너희들 육체는 내내 청춘이어야 한다!'

여전히 잠은 안 오고 기분도 나아지지 않고 포도주의 쓴맛은 더 이상 참아낼 수가 없어 텔레비전과 거실 등을 끄고 거실 바닥에 누웠어.

어두운 바닥보다는 덜 어두운 천장. 한 방향으로만 드문드문 움직이는 차량불빛들.

돌아갈 것을 염두에 두고 나온 이들 중에는 아직 그곳으로 못 돌아간 이들이 있을 거야. 아직 그곳으로 안 돌아가거나 못 돌아간 이들 중에는 그곳을 그리워하는 이들이 있을 테고, '다신 그곳에 안 돌아가리라!' 작정하고 나온 이들 중에는 쑥스럽게도 이미 그곳으로 돌아간 이들이 있을 거야. 그리고 안타깝게도 그곳으로 돌아가려 했지만 사건과 사고라는 밤 마귀에게 농락 당해 못 돌아간 이들도 있을 거야. 그들 중 일부의 사생활은 치욕스럽게도 다음날 아침뉴스에 소개되겠지.

그러므로 그곳으로 돌아가기로 맘먹었다면 기를 써서라도 그곳으로 돌아가야 하는 거야. 차라리 새벽운동 나온 이웃들과 마주치는 것이 덜 수치스러울 테니까. 이웃들이야 그저 지레짐작만 할 뿐이니까 말야. 그래야지만 밤 마귀에게 농락 당한 타인의 불행을 알려주는 새벽뉴스를 보면서 위로받고 있는 저질의 인간들을 우울탕에다 통쾌하게 빠뜨릴 수 있을 테니까 말야.

천장은 또다시 정적이었어.

발기 때와 마찬가지로 맘대로 풀죽어 있는 성기性器를 확인한 다음 안방으로 갔어. 그런데, 그런데 침대에는 아이는 안 보이고 웬 여인이 자는지 안 자는지 몰라도 창문 쪽으로 모로 누워 있었어. 평소의 아이처럼 팬티 바람으로 이불을 다 걷어차낸 잠버릇을 하고 있는 사람은 언뜻 아이처럼 보이기도 하는 성숙한 여인이었어.

어지러웠어. 키 크는 축복의 시간이 아이에게만 몽땅 내려져 그새 아이가 성숙한 여인의 모습으로 변한 것인지, 아니면 웬 여인이 아이를 어딘가로 옮겨놓고 침대를 꿰찬 것인지 도무지 분간이 안 됐어. 난 침대 가장자리에 주저앉고 말았어. 그러자 침대의 흔들림에 몸을 뒤척이던 여인이 나를 향해 돌아누웠어. 그제야 아이의 얼굴이었어. 정말이지 내 입에선 "휴우~"가 저절로 새나왔어.

아이와 내 맘을 진정시키기 위해 아이의 엉덩이를 토닥였어. 손가락들을 통통 팅겨내는 아이의 엉덩이는 생명의 총화였어.

그런데, 그런데 손가락들을 놀래킨 아이의 엉덩이 아래로 살집이 도톰한 농염한 라틴 여자의 다리가 천천히 흘러내리고 있었어. 짐작컨대 그때의 내 동공은 무척 커졌을 거야.

고백하건대 난, 여자의 다리에서 성적 자극을 가장 많이 받아. 아마 여자의 두 다리가 합쳐진 곳에 위치한 비밀스런 나의 휴식 때문일 거야. 또한 스타킹 신은 여자의 다리는 누구의 다리인지, 다리 주인의 늙고 젊음을 도저히 파악할 수 없는 점도 나에겐 자극적이야.

그러니 어쩔 수 없이 그런 다리를 가진 구체화된 농염한 여인의 몸을 꼬옥 껴안을 수밖에 없었어. 그때 누군가 "아비로서 바람직하지 못하다!"며 막 불붙기 시작한 나의 관능을 멸절시키려 했어. 그렇지만 이국적이고 관능적인 성숙한 여인을 안고 있던 나와는 상관없는 꾸짖음이었어. 그때 만약 나의 거친 숨결에, 뜨거운 포옹에 잠을 방해받은 아이가 날 걷어차지만 않았더라면 일은 벌어지고 말았을 거야. 한 대 맞고서야 정신을 차린 난 아이의 목까지 이불을 여며줬어. 그리고 두 번의 시도 만에 겨우, 겨우 거실로 다시 나올 수 있었어.

검은 반점이 흩뿌려진 거실벽 등을 다시 켰어. 일기를 쓰면서 맘을 진정시키려 했거든. 하지만 거실을 떠다니는 귤빛의 채근에도 난 드러누운 채 천장만 바라봤어. 부녀간의 근친상간近親相姦을 애틋하게 다룬 소설이 어쩌면 실화일 수도 있겠다는 생각이 들었어.

그때였어. 거실 창을 향해 모로 누울 때, 내 두 다리의 피부가 잠깐 비벼지다가 포개질 때, 자극적이었던 라틴 여자의 다리가 떠오르면서 가슴은 관능으로 두근거렸어. 그런 나를 달이 보고 있더군. 부끄럽진 않았어. 달 아래 쭈그려 모로 누워있는 나에게 시선을 옮겨 가만히 바라봤어. 보면 볼수록 나와 닮은 사나이라 너무 놀라 벌떡 일어나 앉았어. 동시에 사나이도 일어나 앉더군. 정체를 들킨 사나이는, 그러나 도망치지 않고 자신을 소개했어.

건장한 육체를 가진 사나이는 "고대古代 시실리 섬에서 왔다"고 했어. 해서 21세기 고담시에 사는 나에겐 "전혀 해를 못 끼치니 안심하라"고 했어. 차분한 말투의 사나이를 찬찬히 살펴봤어. 친절해 보였고, 서양에서 왔다지만 사나이의 얼굴은 진지할 때도 너그러운 동양인으로 보였어. 자신의 첫인상을 호감으로 느끼고 있는 내 맘을 눈치 챘는지, 사나이는 활기찬 목소리로 "도움을 주기 위해 먼 길을 서둘러 온 것!"이라고 했어. 그래도 사나이는 여전히 불편하고 불길한 존재여서 경계를 늦추진 않았어.

나의 무반응에 사나이는 다음 말을 주저하는 듯 보였지만 잠깐이었어. 사나이는 작심한 듯 나를 향해 고개를 휙 돌려선 "딸의 초야권을 행사해본 적이 있다"고 했어. "믿을 수 없겠지만 내가 살고 있는 섬의 풍습"이라고 말해놓고선 날 살피듯 바라봤어.

사나이의 그 말에 지척에 자고 있는 딸을 둔 아비로서 발정난 사나이를 그냥 둘 수 없었어. 사나이를 제압하려 일어서자 사나이도 나의 움직임과 한 치의 오차도 없이 따라서 벌떡 일어서는 것이었어.

그러면서 재빠르게 "당신 딸이 배려 없고, 거칠고, 냄새나고, 지저분하고, 못된 남자들에게 처녀성을 뺏긴다면 후회할 것"이라고 했어. "잘 처먹은 늙은이, 탐욕스런 청·장년 그리고 대가리 피도 덜 마른 못된 오빠들에게 거칠게 당하는 아이를 상상해보라"는 말도 다급히 이었어. 사나이의 말대로 해보니 막연한 그들에게 살기가 느껴졌어.

하지만 사나이는 아랑곳하지 않고 "만약, 당신 딸이 천신만고 끝에 못된 남자들을 다 피해 성인이 되었다면, 그때는 안 불안할 것 같으냐"며 "성인이 된 당신 딸이 착한 청년을 만난다면 안 불안할 것 같으냐"며 거듭 되물었지만 난 잠자코 있었어. 그러나 "당신 사회에서의 '착한 놈'이란 성性에 대해 서툴고 무지한 놈과 동의어가 아니냐"는 사나이의 말에는 처음으로 "나도 남들이 착하다고 일컫는 놈들을 우유부단한 사기꾼 내지 멍청이로 보고 있다"고 대꾸해줬어.

사나이는 흐뭇한 미소를 지었어. 그 미소를 머금은 채 사나이는 "그런 멍청이의 손이 당신 딸의 몸에 첫 손으로 닿게 해서는 절대 안 된다"면서 미소를 거두더니 "멍청이의 행위는 자칫 당신 딸을 불행하게 할지도 모른다"는 하나마나한 말을 했어.

표정을 진지하게 바꾼 사나이는 "안 내키는 섹스에도 당신 딸이 멍청이를 배려한답시고 거짓 오르가즘을 연기한다면 얼마나

비참하겠냐”며 “그렇게 되면 당신 딸은 섹스를 고통으로만 알 뿐, 섹스를 통해 삶이 위로받을 때도 있다는 걸 평생 모를 것”이라 덧붙인 후, 침묵으로 대답을 요구했지만 난 잠자코만 있었어.

“하지만 숱한 섹스 경험을 가진 청년들도 탐탁지 않아. 그놈들은 아무 때나 불쑥불쑥 솟는 내 성기만큼이나 믿을 수 없는 놈들”이란 속말을 하면서 말야. 가슴이 답답했어. 거실 바닥에 앉았어. 앉을 때 나를 따라 얌전하게 앉는 사나이가 곁눈으로 보였어.

나의 속내를 헤아리듯 걱정스런 표정을 짓고 있는 사나이가 사려 깊은 사람으로 보였어. 그래서 도리질쳤어. 그런데 아이가 앞으로 겪게 될 남자 중에 사나이만큼 신뢰 가는 남자는 없을 것이란 확신이 강하게 일었어. 하지만 딸이 싫어할 수도 있고, 무엇보다 사나이를 두둔한 나를 용서치 않을 세상이 무서워 저절로 다시 한 번 도리질쳐졌어.

그러자 사나이는 “성에 대한 막연한 두려움과 환상을 걷어낼 수 있다”며 “당신 딸에게 본래의 성性을 거부감 없이 가르칠 수 있다”며 조심스러운 말투로 호언했어.

사나이를 노려봤어. 사나이도 안 피했어. 사나이한테 아이를 맡기고픈 맘이 생겼어. 동시에 얼른 사나이를 외면했어. 외면하는 동안 사나이를 포함한 어떤 남자라도 아이에겐 상처만 주고 말 것이란 생각이 들어 아이한테 상처줄 남자들을 없앨 수 있는 한 최대한 없앨 것이라 결심했어.

가장 시급하게 물리쳐야 될 남자는, 당연히 거실 창유리에 앉아있는, 시실리 섬에서 왔다는 사나이였어. 그러고 본 사나이의 표정은 애처롭게도 적잖게 흔들리고 있었어. 하지만 사나이의 또 다른 감언이설이 토설될까 봐 재빨리, 냉정하게 거실벽 등을 "툭!" 소리 나게 끄는 방법으로 사나이를 물리쳤어.

믿어줘! 사나이와의 만남이 역겨운 거짓말 같겠지만 생경한 사실이야. 사실, 한시도 아이에게서 한눈을 안 팔았던 아내가 있었더라면 사나이는 얼씬도 못했을 터. 그래서 비겁하고, 그래서 신중한 사나이였어.

귤빛이 사라져 캄캄해진 거실 바닥에 누워 천장을 봤어. 다시 찾아온 정적과 함께 나타난 아내. 그렇지만 벽 등을 다시 켤 엄두는 못 냈어. 견고하리라 믿었던 나의 가치관을 손쉽게 균열내버린 사나이를 다시 만난다면, 그땐 사나이의 부탁을 거부할 수 없을 것 같았거든.

담배를 피웠어. 마약이 절실했지만 담배밖에 구할 수 없었거든. 담배는 집 밖에서 피웠어. 비록 아내는 없지만 베란다보단 습관이 편했어. 허공으로 내뿜어진 담배연기. 연기는 나비의 날개짓처럼 예측 불가능한 방향으로 흩어졌어. 줄담배를 피우고서야 연기 방향은 가끔 예측 방향으로 날아갔고, 그러면서 내 맘도 진정됐어. 집으로 들어가기가 저어됐지만 혼자 있는 아이가 걱정됐어.

새벽 두 시가 가까워지고 있었어. 경험상 세 시까지는 잠이 안 올 것이란 걸 알기에 샤워하고 물을 한 잔 마셨어. 그렇지 않고선 안방엔 얼씬도 못할 것 같았거든.

아이는 작은 몸에, 다행히 어울리는 다리를 아무렇게나 뉘인 채 시름 잊은 얼굴로 자고 있었어. 평소 잠자는 아이를 들여다볼 적마다 "최상의 육체 상태를 위한 인간의 잠은 너무 길다"고 여기곤 했는데 그때만큼은 누구의 말처럼 '축복' 으로 여겨지는 아이의 잠이었어. 홑이불을 아이 배에 얹어놓고 거실로 나왔어. 누웠더니 천장이 보였고 또다시 정적과 함께 아내가 추억됐어.

부랴부랴 일어나면서 일기장을 집어들었어. "동도롱덩딩~" 늘 서늘한 연필이 거실바닥을 구르는 소리야. 딱딱한 곳을 구를 때 연필이 내는 소리를 무척 사랑하는 난 일부러 책상 상판에다 연필을 공굴리며 청량감을 즐기곤 해. 연필을 주워들다가 거실 창유리를 얼핏 봤어. 사나이 대신 엉거주춤한 내 모습만 어슴푸레 보였어.

일기를 쓰기 위해 책상의자에 앉았어. 책상에 연필을 공굴리며 끄적일 거리를 생각하다가 연필 윗부분에 이름 적는 별도의 작은 공란을 발견했어. 그건 세심한 배려라기보다는 또 한 자루의 연필을 사도록 유도하기 위한 상술로 보였어.

새벽에 깨어 있는 정신은 터무니없이 맑았으나 육체만은 게을렀어. 이런 상태를 흔히 '빈둥거린다' 고 하더군. 아내는 가끔 새벽에 빈둥거리던 날 볼 적이면 "그러다 병든다"며 졸면서까지 나무랐어.

아내의 지청구는 노예시장에서 불리하게 작용될 내 건강에 대한 막연한 염려임을, 내 건강 악화는 가정형편을 궁핍하게 하다가 궁극에는 가정을 파탄낼지 모른다는 더 막연한 두려움이란 걸 알기에, 아내에게서 직접 들은 적은 없지만, 내 건강보다는 나의 주인과 마름이 더 신경 쓰인다는 것으로 들리던 아내의 나무람이었어.

집에서도 가능한 업무를 굳이 일터에서 시키는 심보. 할 일이 딱히 없는 날에도 근무시간을 다 채우게 하는 심보. 심지어 근무시간이 지나서도 집에 안 보내는 심보들을 가진, 다름 아니라 나의 주인과 마름. 노골적인 심술보는 주인보단 오히려 마름이 더 자주 표출하곤 해.

주인과 마름의 심보엔 여유부리며 빈둥거리는 노예란 없어. 노예란 모름지기 긴장된 몸과 겁 먹고, 괴로운 표정 그리고 비굴한 미소로 아무 생각 없이 그저 주는 밥이나, 것도 처먹으면서 최상의 몸 상태를 유지해야 하는 거야. 때문에 주인과 마름은 사념 많은 불면의 노예들을 몹시 싫어하며 낯설어하는 거야. 그러니 주인과 마름을 위해서라도, 자신보다 더 많이 보게 되는 타인을 위해서라도 육체라는 자신의 짐승을 잘 다독여야 하는 거야.

짐승은 평소엔 정신에 복종하듯 하다가도 정신이 조금이라도 관심을 덜 기울이면 즉시 '애정결핍' 환자의 주증상인 자해自害소동을 벌이곤 해. 그때는 정신이 앞으로 잘해주겠다는 다짐을 해도 소용없어. 그렇게 비뚤어진 짐승을 달랠 곳은 오직 병원밖에 없어. 병원은 병원비를 활용해 정신을 괴롭히려는 짐승의 음흉한 계략을, 짐승과는 교감까지는 필요없고 약물과 차가운 매널리즘적 손길 정도면 충분하다는 것을 너무나 잘 알고 있거든.

최근에는 짐승에게 주눅 든 사람들이 부쩍 많아졌어. 너무 주눅 든 나머지 짐승을 떠받들기까지 하는 증상을 두고 사람들은 어처구니없게도 '웰비잉well-being' 이라 일컫고 있더군. 정신을 천시한 그 '웰비잉' 때문에 짐승은 더욱 기고만장해져 나날이 더럽게 버릇 들여지고 있어. 때문에 사람들은 비가 오나, 눈이 오나, 바람이 부나, 추우나, 더우나, 복장이 민망하거나 말거나, 자세와 표정이 웃기거나 말거나 거의 숭배에 가까운 정성으로 짐승을 다독거려야만 하는 지경에 이르고 말았어. 근데 사람들은 버릇없는 자신의 짐승만 다독거리면 될 것을, 짐승숭배 매뉴얼밖에 없는 같잖은 웰비잉 정보를 들먹이며 남의 짐승까지 간섭하는 짓까지 서슴지 않는 천박함을 일삼곤 해. 그 정보들과 상반되는 행동을 하는 사람들을 발견하면 즉시 불행한 사람으로 치부하며 멀리한다거나, 혹은 간섭하곤 해. "뎀, 쎄리뿔람!"

올해 봄. 난 짐승 숭배자들 때문에 적잖이 맘이 상했었나 봐. 일기장을 뒤적거리다 첫 줄에 '군수, 구청장님께' 라고 적힌, 불쾌한 감정이 가득한 편지글을 발견했어.

다음은 장문의 그 편지를 요약한 거야. 부연해둘 점은 우리집은 군청 관할이고, 수목원은 구청 관할이야.

군수, 구청장님께.

(……)

저에게 산책권散策權을 보장해주세요.

저는 집에서 수목원까지 자주 산책을 즐기는 군민郡民입니다.

산책을 하면서 곧잘 '첨단과학기술중심도시건설'에 군민으로서 일조할 수 있는 게 뭐가 있을까를 골똘히 생각하곤 한답니다.

그런데 산책길 어디에도 쓰레기통이 없어 아쉽더군요. 그 이유가 혹시 첨단과학기술중심도시건설과 관련 있습니까? 그렇다면 군민 된 도리로 산책길에선 절대 담배를 안 피울 용의가 있습니다. 그러나 아무 상관없다면 꽁초 버리는 저를 탓하진 마십시오.

(……)

날씨가 풀린 요즘. 운동하는 사람들이 많아졌습니다. 바로 이 사람들로 인해 저는 산책하는 동안 불쾌감과 두려움을 자주 겪고 있습니다.

군수, 구청장님! 운동이란 운동장에서 하는 것이 상식 아닙니까? 그런데도 운동장이 아닌 인도人道에서 사람들은 달리고, 일명 파워워킹을 하고, 심지어 개까지 운동시키는 비상식적인 행동을 거리낌 없이 일삼고 있습니다.

주인인 사람이 없었다면 어림도 없을 짓으로 저의 신발을 킁킁거리며 헐떡거리는 무례한 개들, 연신 권투의 가장 화려한 기술인 어퍼컷이 연상되는 팔 동작을 해대며 싸울 듯이 씩씩대며 다가오고 지나는 사람들, 다가오면서 계속 박수를 쳐대는 것으로 저를 길거리 광대로 전락시키는 사람들 그리고 위협적인 바람소리를 '휙휙' 내면서 저의 앞과 뒤를 달리는 사람들.

그럴 때면 저는 즉시 산책을 멈추고 높다란 옹벽에 기대 서서 그들이 지나기를 기다리는 처지가 되고 맙니다.

그들 중 일부는 이런 절 보고 한마디 툭 던지기도 한답니다.

"누가 운동하는데 싸가지 없이 담배 피우냐!"고 말입니다. 누가 담배 피우는지 뻔히 알면서도 그럽니다. 인도 어디에도 '금연'이란 표시가 없는데도 각을 세운 말을 해대곤 한답니다.

때문에 요즘 저는 무법천지인 인도 대신 야산과 옹벽 사이에 좁고 길게 건설된 배수로를 이용해 산책을 하고 있습니다.

배수로 산책이 좋은 점은 위협적인 그들을 피할 수 있다는 점과 알러지가 있는 개털을 피할 수 있다는 점, 무엇보다 담배를 맘 놓고 피울 수 있다는 점 등입니다. 하지만 배수로는 높은 곳에 위치하고 있어 가로등 불빛이 아주 약하게 닿는 터라 눈을 부릅 떠야 하는 위험한 산책길입니다. 저야 상관없지만, 그렇다고 차도車道 갓길로 산책한다는 건 운전자들이 매우 싫어하지 않겠습니까!

물론 저도 안답니다. 새벽과 겨울밤, 그리고 비 내리는 거북한 날을 이용한다면 인도에서 마음 편히 산책할 수 있다는 걸 말입니다. 하지만 그런 때는 저도 남들처럼 집을 나서기 싫다는 점, 양지하여 주시기 바랍니다.

(……)

편지 말미에 적어둔 저의 제안은 자전거를 탄 중년 아저씨(이하─자탄중)에게서 힌트를 얻은 것입니다. 관찰 결과, 자탄중은 유독 자전거 전용도로만을 고집하는 융통성 없는 아집장이더군요. 누구라도 자전거 없이 자전거 전용도로를 이용하다가는 어디선가 나타난 자탄중에 의해 쫓겨나기 일쑵니다.

사실, 어찌된 영문인지 몰라도 걷기엔 인도보다는 자전거 전용도로가 훨씬 편하더군요. 사람들이 자전거 전용도로임을 표시한 녹색길을 많이 이용하는 걸 보면 저만 그렇게 느끼는 게 아님을 알 수 있습니다.

아무튼 아직도 자탄중의 '따르릉' 소리를 듣고도 안 피하는 사람들이 있답니다. 자탄중을 모르기 때문이죠. 저도 처음엔 그랬으니까요. 저도 처음엔 자탄중의 자전거도 다른 자전거들처럼 상대적으로 한적한 인도로 에둘러 피해 갈 줄 알았으니까요.

자탄중은 자신의 경적 소리에 거들떠보지도 않는 사람들을 천천히 뒤따르며 연신 '따르릉' 소리만 울립니다. 아무런 말도 없이 말입니다. 그 소리에 성가셔진 사람들은 짜증스럽게 고개를 획 돌립니다만, 일말의 융통성도, 에둘러 피해 갈 양보의 의향도 전혀 안 보이며 "녹색길엔 자전거 외에 어떠한 다리도 허용치 않으리라"는 확고한 의지가 피력된 개구리 자세를 취하고 있는 자탄중을 발견하곤 화급히 인도로 비켜 서고 맙니다. 자탄중의 위세는 맞은편에서 자탄중을 향해 다가오는 사람들까지도 일찌감치 녹색길을 포기할 정도로, 자탄중의 모습이 사라질 즈음에야 자탄중을 '미친놈'이라며 성토할 정도로 압도적이랍니다.

그러므로 존경하는 군수, 구청장님 이처럼 녹색길조차 민원이 발생할 소지가 다분하오니 부디 다음과 같은 저의 제안을 긍정적으로 검토해 주실 것을 간절히 부탁드리는 바입니다.

첫째, 운동보다는 비밀 문자질이 목적인 사람들을 통제해주신다면 훨씬 쾌적할 것임.

첫째, 저녁이면 닫아버리는 수목원을 개방해주실 것.

첫째, 개방이 어렵다면 수목원 내 운동장이라도 개방해주실 것.

첫째, 운동장을 다섯 가지 용도, 즉 달리기, 파워워킹, 자전거, 개, 말 등이 운동할 수 있도록 트랙을 구분해주실 것.

(……)

편지는 수신자들에게 안 보내졌어. 뭐 때문인지는 기억에 없지만 안 보내길 정말 잘했어. 다시 읽은 편지는 수신자들에게 알

랑거렸고, 융통성 없는 아집장이라 비웃은 자탄중과도 별반 다를 바 없었으며, 시종일관 비웃음에 가까운 미소를 유발하는 유치한 징징거림으로 채워져 있어 안 보낸 걸 천만다행으로 여겼어.

나의 산책권은 섭섭하게도 여전히 복권 기미조차 안 보여 한 번쯤은 이러한 민원편지를 보내야겠다는 맘이지만, 다시 읽어보니 이대론 도저히 못 보내겠어. 너도 아마 경험 있을 거야. 반듯하게 놓인 걸로 확신하고 갈무리해놓은 글이 훗날 발견했을 땐 뒤집어져 있던 것을. 내 경우엔 대부분 감정으로 끼적여놓은 글이 그렇더군. 그런 글을 쓴 날은 여지없이 훗날을 창피하게 하더군.

하지만 모르겠어. 늦은 밤의 감정을 오롯이 기록 않고선 다음 날, 인상적이었던 전날 밤의 감정을 조금도 되살릴 수 없으니 훗날을 생각한답시고 그 감정을 깡그리 포기할 수도 없어. 그렇다고 '군수, 구청장님께' 이대로 보내겠다는 말은 절대 아냐. 뭔가를 쓸 때는 솔직하고 성실하게, 조금이라도 후회가 덜 되도록 고치고, 고치고, 고치는 것 외엔 다른 방법이 없을 것 같다는 말이야.

일기를 마쳤건만 나를 휴식한테 데려다줄 잠은 안 왔어. 하릴없이 기다리며 일기장을 뒤적거리다가 너에게 보내려 쓰다 중단했던 편지를 발견했어. 이번에 수정 없이 동봉해서 보낼게. 흡족해서가 아냐. 다시 읽는다면 못 보낼 것 같아서 그래. 다시 읽으려는 맘의 여지까지 없애려 얼른 그 편지에 언급해 둔 두 권의 책을 책장에서 꺼내 훑었어.

두 권의 책은 친구한테 빌린 여비旅費라서 돌려줘야 해.

친구와 헤어진 그 다음날로 그 여비를 다 쓴 직후, 친구한테 전화했어. "작가가 뭘 말하려는지 통 모르겠다"고. '쓸 때만큼은 권태롭지 않다. 해서, 난 끊이지 않는 사색을 희망한다' 는 소설의 한 구절을 들먹이며 "단순한 권태의 기록들로 보인다"며 "사색만으로 권태가 극복되는 작가가 부럽다"고 했고, 끝으로 "덕분에 즐거웠다"고 했어.

대구에 살고 있다는 두 작가가 궁금해 책 표지에 적혀 있던 전화번호까지 외우고 있지만 정식으로 출간된 작품이 아닌지라 작품을 읽게 된 연유를 설명해야 하는 것이 부담스럽고, 두 작가가 어떻게 생각할지도 몰라 아직까지 연락을 못하고 있어.

친구는 두 작가를 작년 연말과 올 초에 각각 처음 만났대. 친구를 직원으로 둔 출판사로 각각 찾아온 두 작가는 책을 출간하고 싶다면서 한 작가는 원고를 싼 보따리를, 다른 작가는 고무줄을 열십자로 고정시킨 원고를 슬며시 내놓더래.

출판사는 각각 회의를 가졌대. 회의는 두 작품 모두 '출판사 이미지와 안 맞아 유감' 이란 간단한 서신을 보내는 걸로 마무리 됐대. 회의에선, 한 참석자가 "작가 자비自費로라면 모를까. 장담컨대, 어디에서도 출판해주지 않을 것" 이라며 "자비로 출간하고선 스스로를 프루스트라고 여기면 곤란한데" 라고 하자 일동이

웃었대.

함께 웃은 친구는 "그래도 반려 이유를 솔직하고 자세히 적은 서신과 함께 원고를 돌려주는 게 도리인 것 같다"고 했대. 그러자 다른 참석자가 "그건 이례적이다. 그게 선례가 되고, 관행이 된다면 앞으로 불필요한 일에 시간을 너무 많이 뺏기게 된다. 솔직히 '유감'이란 함의도 못 읽는 작가라면 글 쓸 자격도 없다"고 퉁명스럽게 말했대. 그 말에 누군가가 "맞다. 작가가 정 원한담 원고만은 돌려주자"고 했대. 그때 원고를 가장 험하게 다뤘던 참석자가 "그렇게까지 할 필요가 뭐 있냐"는 볼멘소리를 하자마자 여기저기서 귀찮다는 뜻으로 귀결되는 여러 말들이 터져나왔대.

이 대목에서 전언傳言을 멈춘 친구는 "피로한 일은 출판근로자들도 저어하기 마련"이라며 헛웃음 쳤더랬어.

회의가 끝난 직후, 친구는 작품에 대한 애틋함으로 작가와 출판사의 의견을 고려치 않고 독단으로 컴퓨터 자판을 꼼꼼하게 두들기며 교정校正을 했대. 교정을 마친 친구는 먼저 홀수페이지들을 출력했대. 그런 다음 출력된 용지를 다시 프린트기에 넣어 이면에다 짝수페이지를 채웠대. 이후, 불필요한 여백을 잘라내고 마분지로 표지까지 만들었대. 조잡하긴 해도 그렇게 해서 두 권의 책이 비공식적으로나마 출간될 수 있었던 거야.

『나를 위해 그녀들에게 했던 말들』이란 소설은 대체로 유쾌했어. 하지만 소설에 등장하는 그녀들은 불쾌할 것 같아. 여자인 너도 불편할 것 같아 조금은 걱정이야. 그렇지만 여자를 보는 이런 시선도 있음을 너에게 빨리 알려주고 싶은 맘에 밑줄 그어놓은 부분만을(곧 지워야 해) 편지에 옮겼어. 이미 말했듯, 책은 친구한테 돌려줘야 하기에 아쉽게도 보내줄 순 없어. 복사해서 보낸다는 건 두 작가와 친구에게 죄를 저지르는 짓이겠지. 그렇다고 소설을 요약할 자신도 없거든. 그러니 감상평은 정식 출간된 후에 해도 안 늦어. 느긋하게 기다려줄 테니 조급증도 내지 마.

부디, 열린 마음으로 내가 소설에서 모아 둔 파편들을 살펴주길 바래.

나를 위해 그녀들에게 했던 말들

— 그녀들의 미소에 열광하다가, 그녀들의 갑작스런 싸늘한 외면에 맘도 상하다가 급기야 단순히 남자라는 이유로 그녀들에게 짐승으로까지 취급받는 것에 대한 불쾌의 기록.

— 영화와 드라마의 대사 그리고 연예인들의 잡담 등으로 무장된 입. 그런 입 덕분에 항상 당당하고 똑부러져 보이는 그녀. 하지만 듣다 보면 금방 알게 된다. 그녀의 당당함은 무식에 의한 것임을. 때문에 그녀가 뭔가에 대해 말하는 순간은 패고 싶은 순간이며, 미래에 살고 있는 신중한 그녀가 그리워지는 순간이다.

─ 가끔 미래의 그녀가 발견되면 나는 즉시 감상자가 된다. 아쉽게도 그동안 나의 감상은 깡그리 실망으로 끝났다. 하지만 또다시 미래의 그녀로 보이는 그녀가 발견된다면 나는 다시 한 번 들뜬 감상자가 될 것임을 알고 있다.

홍미로운 점은 작품들도 자신이 감상되고 있음을 안다는 점이다. 작품들은 감상자를 안 보고도 안면 있는 사람의 시선이 아님을 알았고, 자신의 매무새가 흐트러져 끌게 된 시선이 아니라는 것을 알면서 감상자를 지나칠 무렵에는 치켜 올려진 작품의 턱은 도도함이 절정에 달하면서 끝내 한껏 홍분되어 있는 감상자에게 따뜻한 시선 한 번 보내지 않고 지나친 그 순간 미래의 그녀에게선 볼 수 없는 무례함을 발견한 감상자는 크게 실망하면서 곧 자신의 실망을 작품에게 알리려는 맘에 작품의 턱을 패고 싶은 충동에 사로잡히기도 한다.

─ 키 크고, 돈 많고, 잘생기고, 머리와 힘이 좋고 거기다가 착하기까지 한 남자(부연하면, 그녀의 비뚤어진 허영을 다 받아줄 멍청이)와 결혼하고프다는 그녀의 말은 진심이었다.

이상형의 수컷을 말하다가 그만 주니어를 잉태하기라도 했는지 그녀의 얼굴에선 발갛게 암컷의 표시도 발현되고 있었다. 그 변화를 지켜보다가 가슴이 뭉클해져버린 나는 "암컷이라면 지극히 자연스러운 바램들"이라고 덕담했다. 그런데 그녀는 나에게 "척

쟁이"라면서 "내 바램들은 짐승들의 저급한 바램들이 아니다"라며 톡 쏘았다. 예상 못한 그녀의 반응에 놀란 나는 패고 싶은 맘으로 그녀를 응시했다. 그러자 자신의 이상형을 한 치의 수줍음도 없이 말한 그녀의 표정이 표독스럽게 변하면서 씩씩거리는 그녀의 입에서는 제기랄! 생리의 피 냄새도 풍겨 맡아졌다.

— 배우자를 선택하는 기준은 까다로웠다. 자신이 "지금보다 더 젊었을 때는 이 정도까지는 아니었다"며 "이러다가 시집도 못 가는 게 아닌지 두렵다"며 "나도 왜 이렇게까지 됐는지 모르겠다"고 했다. 그녀가 붙여준 '척쟁이' 라는 별명을 지니고 있는 내가 말했다.

젊은 남녀가 늙은 남녀한테 사랑받는 것과 일맥상통하는 것으로서, 어느 날 거울을 통해 자신의 푸석한 육체를 발견하게 된 노처녀는 그 몸으론 튼튼한 주니어를 가질 수 없음을 본능적으로 직감한다. 그래서 이를 보완補完하려다 보니 부지불식간에 까다로워지게 된 것이다.

육체적 보완이 여의치 않을 때는 주니어의 육체적 열등감을 극복할 수 있는 것은 경제력밖에 없다고 맹신하는 노처녀들도 부지기수 있음을 설명에 덧붙인다.

나의 친절한 설명에 대해 그녀는 아예 생각하는 척도 안하고 화를 냈다. 패고 싶었다. 그래서 나는 "주니어에 대한 막연한 불안만 없앤다면 성생활만큼은 내내 충만할 것"이라는 다정한 위로의 말은 끝내 못 해줬다.

— 배우자의 외도를 어떻게 생각하느냐고 물었다. 그러자 마치 배우자의 외도를 선험先驗하고 온 것처럼, 이 물음에는 지랄이 정답인 것처럼 즉시 살벌하게 농약 먹은 개 거품을 빼물었다. 이 같은 현상은 외도를 하든, 그렇지 않든, 남자든, 여자든 정도의 차이일 뿐 한결같았다.

분노한 그들은 내 생각을 되물을 맘의 여유도 없이 줄기차게 "그게 사람이냐! 짐승이지!"라는 말만 윽박의 후렴구로 사용했다. 때문에 나는 "사람도 짐승이 맞다"는 가벼운 농담은 차마 건넬 수 없었다.

— 남녀가 평화롭게 살기는 글렀다. 간통으로 고소하는 비율은 남자 배우자가 높단다. 이 같은 통계는 슬프게도 여자 배우자의 낮은 경제력 때문에 생성된 것이란다.

자신의 정자는 마구 뿌려대면서 아내에게는 남의 정자를 절대 받지 말도록 강권하는 남편들이 있다. 남편의 외도를 참으면서도 즉시 섹스리스 부부클럽에 가입한 아내들도 있다. 더 이상 잃을 것도 없기에, 잘 안 되면 또 출근하면 그만이기에 유부남의 아내한테 헤어지라고 다그치려 해도 간통죄로 징역을 살 것이 두려워 움츠리고 있는 내연녀들도 있다.

고대 그리스 철학자들 중에는 자신의 자지를 번뇌의 원인으로 여겨 절단하기도 했단다. 현대의 그녀는 정자수를 난자수만큼 감소시킬 것을 주장하면서 의학이 이를 실현시켜줄 것으로 기대하고 있다. 그렇지만 그녀의 주장은 무정자증도 성욕을 느낀다는 점을 간과한 주장이고, 그녀의 기대는 그동안 늘 오락가락했던 의학을 애써 무시한 순진한 기대였다.

다행인 건 환경오염 탓인지, 지속적이고 심해지는 본성의 억압 탓인지 몰라도 정자수가 최근 감소로 진화하고 있다는 점이다. 그러다 보면 향후에는 현대인이 틈만 나면 부르짖던, 좀 웃기는 말이지만 '인간 행위의 의미'를 섹스를 통해 드러내놓고 찾게 될 것이다. 그때가 되면 언론은 더 이상 유명인의 결혼예식을 다루지 않을 것이다. 대신 유명인들의 섹스예식을 성스러운 의미를 부여하면서 크게 다룰 것이기에 멋진 시대가 아닐 수 없다.

태초의 풍경에 더욱 가까워진 더 먼 훗날에는 정자와 난자가 내지르는 악다구니 소음들도 완전히 사라질 것이고, 마지막으로 지구를 떠나는 정자와 난자는 '평화란, 한 쪽이 사멸死滅해야 얻을 수 있는 폭력'이란 깨달음을 인간사의 마지막 문장으로 긁적여놓을 것이다.

— 약혼 전에는 자기하고만 놀아줘서 고맙다더니 돌변했다. 남

자가 챙겨야 할 그녀의 결혼 혼수 목록에는 '남자의 넓은 인간관계'도 있었던지 나의 협소한 인간관계를 타박했다. 때문에 나는 약혼녀의 바람대로 인간관계를 넓혀보려 했지만 얼마지 않아 약혼녀의 강한 반대에 부딪히고 말았다. 약혼녀가 극렬하게 반대한 이유는 상대가 모두 여자이기 때문이었다.

그래서 나는 "나의 인간관계가 협소해도 어쩔 수 없다"고 하면서 "내가 왜 만나기도 싫고, 재미도 없고, 위안도 안 되는 남자들을 억지로 만나야 하는지 모르겠다!"는 말까지 서슴지 않았다.

— 상대 있는 남녀를 상대 몰래 사귀는 애인들은 상대에 대한 질투보다는 오히려 상대에게 들통 날 것을 더 두려워한다. 그래서 애인이 어느 날 홀연히 상대에게 돌아가더라도 못 잡는 것을 서로 쿨했음으로 추억하기에 이른다. 해서 상대 있는 남녀들에게 있어 애인이란 존재는 늘 부담 없는 성적인 존재로만 여겨지는 것이다.

— 바람둥이에도 진짜와 가짜가 있다. 가짜는 상대에게 상처를 남겨 증오의 대상이 되지만 진짜는 상대에게 그리움의 대상이 되기도 한다.

오래전 검증을 마쳐 이미 시스템화되어 있는 진짜와 가짜의 공통점으로는 상대의 허영을 충족시켜주는 멋쟁이며, 삼자들은 전혀 아랑곳 않고 오로지 상대만이 즐거움을 느끼는 유머를 구사할 줄 아는 전속 광대이며, 상대의 사소한 것까지도 정확히 언급할 정도로 성실하고 배려심 많은 하인이며, 그리고 놀라운 참을성으로 어지간해서는 화도 안 내는 이해심 많은 키다리 아저씨와 닮았다는 점이다. 이러한 공통점은 섹스 외에는 관심 없는 귀여운 성도착자들로 분석되기도 한다.

아무튼 바람둥이들은 이 시스템으로 맘에 드는 상대를 옭아매는 데 대부분 성공하고 있다.

진짜와 가짜의 차이점으로는 자신의 정체를 밝히는 것과 그렇지 않은 점이다. 진짜는 자신이 바람둥이라는 사실을 먼저 밝히고 상대의 동의를 얻은 다음 시스템을 작동시키기 때문에 서로의 만남이 감정적 소비 없이 유쾌하지만, 가짜는 자신의 정체를 감추고 시스템을 작동시키기 때문에 결국 헛된 믿음만 키운 상대는 상처를 입고 만다. 그로 인해 가짜는 헤어지고 나면 상대를 늘 피해 다녀야 하는 처지가 되는 것이다.

진짜 중에서도 으뜸이 있다. 으뜸들은 섹스를 통해 자신과 상대가 즐거우면 그만이므로 상대의 인물과 나이, 돈, 지위 따위에는 전혀 신경을 쓰지 않는다. 이들이야말로 진정한 평화주의자들이기에 추앙받아 마땅한 것이다.

— 한 나라의 구성원이 되는 순간 개인의 자유는 제약을 받는다.

자유보다는 자신의 안전을 더 염려해 제약 당한 자유를 기꺼이 감수하는 사람들에 의해 국가는 존속되는 것이다.

그 사람들이 좋아하는 국기 스타일도 액자에 단정하게 감금된 국기보다는 깃대에 매달려 있어 바람을 따라나서지 못한 채 헐떡거리고 있는 국기 스타일을 더 좋아한다. 이는 필시 동병상련 同病相憐의 정이 통했을 것이리라.

그러므로 국가도 그들에게 보답해야 한다. 그 한 가지를 제안하자면 결혼제도의 영구폐기다. 더불어 걸리버가 여행한 '말들의 나라'에서 시행하고 있다는 양육제도를 도입해야만 폐기시킨 결혼제도가 향후에 다시 거론되지 않을 것이고, 그들에게도 더 많은 자유가 보장될 것이다. 말이 다스리는 짐승들의 나라에서 시행하고 있는 제도라고 무시해서는 안 된다. 걸리버가 전해준 정보에 의하면 그 나라 짐승들은 인간들보다 더 이성적이었기 때문이다.

실수든 계획적이든 태어난 아이들 모두는 말들의 나라에서처럼 국가가 책임지고 맡을 때, 부모의 감정이 아닌 국가의 이성이 맡을 때만이 아이들도 비로소 안전하고 건전하게 자라날 것이다.

— 그대 마음대로 우나요?

울지 마요. 울지 마요.

울지 말랬다고 웃나요?

웃지 마요. 웃지 마요.

그댄 무엇이든 스스로 할 필요가 없어요.
무엇이든 내가 다해줄 테야.
제발 무엇이든 내가 하라는 것만 하세요.

친절하고 세심한 마음을 나에게 준 그대는 천사.
언제나 가슴 뭉클한 이 마음 사랑 맞겠죠?
그대에게 언제나 믿음을 주고픈 난 성실한 하인.
그러니까 그대는 언제나 가만히 있어줘요.

아이를 향한 극성스런 엄마의 마음을 노래한 동요다. 거의 알려지지 않은 동요인지라 나는 자신 있게 내가 지은 것인 양 '아가' 를 '그대' 로 '엄마' 를 '나' 로 바꿔 의도적으로 그녀가 자고 있을 새벽에 메일을 보냈다. 다음 날, 그녀는 감동 먹었단다. 진심으로 보여 귀여웠지만 한편으로는 멍청했던 며칠 전의 그녀 얼굴이 떠올라 패고 싶기도 했다.

― 사람들의 수많은 낭만적 수사修辭들 대부분은 자신이 지켜보는 가운데 행해졌다고 했다. 낭만적 수사들이 염두에 두고 있는 상대로는 이성異性과 동성同性의 구체적 대상과 막연한 대상 등

다양하더라고 했다.

그러면서 갑자기 짧게 실소失笑를 터뜨린 별은 "사람들은 자신들의 낭만적 수사만이 오직 순수한 사랑의 표현으로 믿더라"고 하면서 주변을 한번 살피곤 목소리를 낮춰 "오랜 세기를 꾸준히 지켜본 바로는 예술적 경지의 수사들도 다름 아닌 성교性交를 위한 전희前戲에 불과하더라"며 조심스레 귀띔해줬다.

— 그녀들의 미덕을 경험하기 위해서는 우선 친밀해져야 한다. 그녀들은 친밀감을 느낄 때라야 진심으로 너그럽고 살가우며 더불어 성적 경계심마저 허물기 때문이다. 아무리 섹시한 남자라도 그녀들 맘에 일말의 친밀감이 우러나지 않는다면 그도 거부당하기 십상이다. 이런 점은 직업여성을 관찰해봐도 알 수 있다. 거짓 순정을 파는 그녀들의 교태는 얼핏 돈 때문인 것처럼 보이지만 실은 돈 때문에 해야 하는 섹스 때문이다. 그녀들은 곧 있을 섹스에 상처를 덜 받기 위해 자신보다 나이가 많건 적건 간에 무조건 낯선 손님들을 '오빠'로 호칭하며 친밀해지려 애쓴다.
안타깝게도 낯선 손님과 친밀해질 시간적 여유도 거의 못 가지고 섹스를 하게 되는 창녀들도 가격 흥정 때와는 달리 분紛 향기 가득한 방에 낯선 손님과 단둘이 되면 즉시 오래 알고 지내던 사이처럼 정겹고 육적인 짧은 대화들을 반말로 급히 나눈다. 이 또한 친밀해지기 위한 노력인 것이다. 이렇듯 거짓 순정을 곁들여

몸을 파는 직업을 가진 그녀들에게도 친밀감 없는 섹스는 강간 당하는 것과 동일하게 자존심 상하는 행위인 것이다.

그녀들의 진심 어린 미덕을 치명적으로 역이용하는 일부 발정기의 남자들이 있다. 욕을 먹겠지만 사실, 남자들의 발정은 그들 의지와는 아무런 상관이 없다. 때문에 그녀들은 항상 남자 안에 도사리고 있는 짐승을 경계해야 하는 것이다. 우리는 그동안 짐승이 벌인 순간적 행위로 말미암아 평생을 망친 남자들을 숱하게 봐왔지 않던가! 그러므로 그녀들은 자신에게 친절하게 구는 낯선 남자는 물론이고 이미 친밀 관계에 있는 주변 남자들까지도 항상 경계해야 하는 것이다. 그럴 때라야 친밀한 주변 남자들과 친절한 낯선 남자들까지도 그들의 짐승으로부터 지켜낼 수 있는 것이다.

그런 뜻에서 표면상 늘 친절한 나는 잘 까먹는 그녀들을 환기시키기 위해 그녀들이 경계해야 할 주변인들을 다시 한 번 구체적으로 나열해보았다.

다양한 연령대의 동네 남자들, 남 사장, 다양한 연령대의 일터 남자들, 시아버지, 시동생, 시숙, 할아버지, 아빠, 큰아빠, 삼촌, 오빠, 남동생, 사촌과 이종 그리고 고종 오빠와 남동생, 고모부, 이모부, 형부, 제부 기타 남자 친척, 남 선생, 남 교수, 학교의 남자 선 후배 및 동기, 텔레비전과 영화 그리고 인터넷에 의해 친밀해진 남자 유명인과 일반 남자들, 좋아하는 남자와 닮은 남자, 그리고 예전에 사귀었던 남자와 닮은 남자 등이다. 그 밖에도 경계해야 할 남자들은 무수하지만 나의 친절은 여기까지이므로 나머지는 알아서 챙겨야 한다.

아주 드문 경우로서 서먹한 섹스 후에 급속히 친밀해지는 경우도 있다. 적극 권장할 만한 이유로는 낯설기에 섹스는 더욱 흥분될 것이고, 서먹하기에 배려의 맘이 동반된 섹스가 이뤄질 것이기 때문이다. 하지만 그런 상대를 만나기는 거의 불가능하기 때문에 〈파리에서 마지막 탱고〉라는 옛날 영화가 아직도 인구人口에 회자되고 있는 것이다.

― 갑자기 노출된 성기는 나도 지니고 있는 것이기에 무덤덤했다. 오히려 설정된 노출이라는 의심이 강하게 들었다.

오줌관이라는 것 외에도 성기의 또 다른 기능을 알게 되면서 또래들과 마찬가지로 풍부한 감수성과 상상력으로 만화나 사진으로도 수음手淫이 가능했던 나의 어릴 적과는 달리 언제 어디서든 손쉽게 포르노를 접할 수 있는 요즘 아이들을 보면 격세지감을 느낀다.

고2 때로 기억한다. 친구 한 명과 함께 큰맘 먹고 포르노를 보러 여관에 갔었다. 포르노를 보여준다고 은밀하게 소문났던 그 여관은 동대구역 부근에 위치하고 있었다.

난생 처음 들어선 여관방은 찌든 냄새로 역했다. 그 냄새는 입대 전날 지루했던 나의 총각 딱지를 떼어준 청량리의 건조했던 늙은 창녀의 방에서도 맡았었다.

방으로 들어선 친구와 나는 앉기도 전에 텔레비전부터 먼저 켰다. 한국영화였다. 이미 세 프로 동시상영관인 사보이극장에서 봤던 영화였다. 그 시절 영화가 그렇듯 명색이 영화임에도 볼 건 없고, 신음소리만 요란했던 영화였다.

내가 여관 주인한테 전화했다. 영화가 "끝나는 대로 바로 보여주겠다"는 대답을 들었다. 그동안 친구와 나는 씻고 두루마리 휴지를 뜯어 각자의 불알 밑에 쟁이고 누웠다.

영화는 극장에서와는 달리 내 심장을 강하게 "두둥!" 때리면서 끝났다. 그 여운으로 짧은 정적을 견뎠다. 그러나 또 다른 한국영화가 화면을 채웠다. 친구가 여관 주인한테 전화했다. "단속이 심해서 그러니 일단 한 프로만 더 보라"는 대답을 들었다. 어쩔 수 없었다. 어쩔 수 없이 본 그 영화도 흐르는 시간에는 어쩔 수 없었다. 잠시 후, 고대하던 서양인들이 화면에 나타나자 친구와 나는 나직하지만 열렬히 환호했다. 당시에는 뻔치 좋은 서양인들만 카메라 앞에서 섹스하는 줄 알았기 때문에 평범한 서양영화를 포르노로 생각했던 것이었다. 결국 평범한 그 서양영화는 친구를 전화 대신 옷을 주섬주섬 입도록, 그래서 주인을 만나러 가도록 했다. 돌아온 친구는 옷을 벗으면서 "이번에는 진짜"라고 했지만 밤은 너무 깊어져 있었다. 다행히 서양영화도 무사히 끝났다. 친구와 나의 참을성이 이뤄낸 쾌거였다. 그런데 또 다른 한국영화가 화면에 나타났다. 그 영화도 이미 두 프로 동시상영 관인 미도극장에서 봤던 영화였다. 친구와 나는 시뻘개진 증오의 눈으로 서로를 궁금하게 노려보다가 먼저 울화통이 터져버린 친구가 전화기로 여관 주인한테 마구 퍼부었다.

여관 주인은 "유난히 단속이 심한 날"이라면서 "보고 있으면 상황을 봐서 도중에라도 틀어주겠다"며 미안해했다. 친구와 나는 또다시 어쩔 수 없이 얌전하게 기다려야만 했다.

하지만 영화 도중에는 창밖이 희뿌옇게 밝아졌고, 동대구역의 기차 경적소리도 잦아졌다. 영화가 막바지임에도 목 빠지게 기다리던 시뻘건 살색은 화면에 나타나지 않았다.

다시 다급하게 옷을 입은 친구가 주인을 만나고 오더니 "단속 때문에 아무래도 힘들 것 같다"는 주인의 말을 시무룩하게 전했다. 친구와 나는 실망한 채 벽에 기대 앉아 지나간 몇 편의 영화에서 그냥 흘려보내버린 성적 장면들을 아쉬워하면서 그래도 혹시나 싶은 맘으로 그 영화를 끝까지 다 봤지만 이어지는 영화는 또다시 분노의 한국영화였다.

결국 친구와 나는 여관을 나서기로 결심했다. 하지만 억울해서 순순히 나가줄 수가 없었다. 그래서 궁리 끝에 나는 텔레비전에다 난잡하게 오줌을 싸질렀고 친구는 오디를 주워 먹고 싸지른 멧돼지 똥마냥 유난히 새카만 똥이 마침맞게 나와줘서 요에다 싸지른 다음 이불로 점잖게 덮어놓고 방을 나왔다.

여관 입구에서 밤새 우리와 실랑이를 벌였던 여관 주인을 만났다. 밉살스러웠지만 나름대로 분풀이를 한 터라 친구와 나는 유쾌하게 아침 인사를 남겼다.

— 그녀들 중 창녀가 가장 좋다. 그녀들은 길을 가는 낯선 나에게도 상냥하게 먼저 말을 걸고, 질투도 없고, 자존심도 안 내세우며, 귀찮게도 하지 않는다.

이 같은 미덕을 골고루 갖춘 그녀들을 어떤 남자가 좋아하지 않을 수 있을까? 한 가지 아쉬운 건 신체적 장애를 가진 창녀를 아직 못 만났다는 점이다. 아무튼 그녀들이 좋아진 최근 그녀들을 기록하기 위해 새로 산 샤프는 그동안 애용했던 0.5mm가 아닌 0.9mm다.

— 과잉 행동을 보이는 사람들에 대한 품평은 독특했다.

깔깔 웃는 여자를 보고는 "얘기가 얼마나 지겨우면 저럴까"라고 했고, 공공장소에서 애정행위가 과도한 연인을 보고는 "얼마나 안 했으면 저럴까"라고, 게걸스럽게 밥 먹는 사람을 보고는 "얼마나 배가 불렀으면 저럴까"라고, 폭력적인 사람을 보고는 "얼마나 사랑하고 싶으면 저럴까"라고 했다.

— 충만한 호기심은 대구의 집창촌인 속칭 자갈마당이란 곳까지 이끌었다.

그곳의 누나들을 보기 위해 우리는 먼저 계획을 세웠다. 계획만으로도 여러 차례의 수음手淫이 가능했을 정도로 그곳 누나들은 당시의 우리들에겐 성적 환상이었다.

계획된 그날 우리는 자정이 다 된 시각에 독서실에서 출발했다. 한 시간여를 걸어 자갈마당 인근 동아극장 앞에 도착했다. 가슴이 터질 것만 같았다.

그래도 우리는 그날의 계획을 다시 한 번 차분하게 점검했다.

1) 최대한 빨리 달려 골목을 통과할 것.

2) 통과 즉시 달성공원 앞으로 모일 것.

3) 잡히면 퇴학생이라고 할 것. 안 믿으면 누나를 찾으러 왔다고 할 것.

4) 우리는 근처에서 만나 어울리게 된 서로 모르는 사이라고 할 것.

점검을 마친 우리는 자갈마당 골목 초입까지 단숨에 몰려갔다. 새벽임에도 골목은 흥청거리고 있었다. 내가 핑크빛으로 물든 골목에 어지러움을 느낄 즈음 우리는 그만 골목 첫집 누나들에게 들키고 말았다.

그 중 한 누나가 대뜸 "또 왔냐!"며 소리쳐놓고는 곁의 다른 누나와 함께 깔깔거렸다. 우리 또래의 아이들이 자주 출몰하고 있음을 알 수 있는 누나의 누명이었다. 곧이어 매우 도덕적인 말로 우리를 나무라는 어떤 누나의 목소리도 그 웃음소리에 섞여 들렸다. 우리는 더 이상 망설이고 있을 수가 없었다. 해서 누가 먼저랄 것도 없이 우리는 골목을 내달렸다. 무서워서 함성까지 내질렀다.

나는 골목을 달리면서 누나들의 자지러진 웃음소리와 꾸짖는 욕설, 새하얗고 무서운 누나들의 얼굴과 휘청거리는 남자들의 게슴츠레한 미소, 분粉 향기와 술 냄새 그리고 형언키 어렵지만 대체로 찌릿내를 맡았을 뿐, 당초 의도했던 누나들의 섹시함은 전혀 목격하지 못한 채 골목 횡단을 마쳤다. 아쉬웠다. 가장 빨리 달린 것이 후회스러웠다. 하지만 누구의 입에서도 한 번 더 달리자는 제안은 없었다. 아무 말 없이 저마다 가뿐 호흡을 내쉬며 달성공원을 향해 달리기만 했다. 달성공원 앞에 도착하자 친구 두 명이 먼저 와 있어 의아스러웠다. 확인 결과 골목 횡단을 못한 친구들이었다. 그래서 골목을 횡단한 다른 친구들이 두 친구한테 골목 풍경을 번갈아 들려줬다. 횡단하고도 제대로 본 것이 없던 나도 두 친구와 같이 귀를 쫑긋했다. 그날 이후 오랫동안 나의 수음手淫 생활에 도움을 준 것도 친구들이 본 누나들이었지 내가 보고, 듣고, 냄새 맡은 것들은 아니었다.

― '된장'에까지 수식어로 사용될 만큼 유행어가 된 단어 럭셔리

LUXURY. 친구의 단골 술집 간판도 LUXURY였다. 그 글자 옆에는 '칵테일 바' 라는 글자도 조그맣게 적혀 있었다.

시간은 흘러 'LUXURY'도 별 볼일 없이 권태로워져 나는 친구한테 "그만 가자!"고 말하곤 먼저 나왔다. 계단을 내려가고 있을 때 술값 계산으로 뒤늦게 나온 친구한테서 "출입금지!"라는 통보를 들었다. 내 눈치를 살피던 친구는 여종업원이 나를 "앞으로 절대 LUXURY에 데려오지 말라고 신신당부하더라"고 하면서, 내가 그녀한테 "넌 예쁘고, 난 건강하니 오늘 함 하자! 라고 했기 때문"이라는 이유를 덧붙이면서, 아무렇지도 않은 내 어깨까지 투닥이며 "술집이 뭐 LUXURY밖에 없냐!"고 했다.

나는 "진심이었기에 사정한 거나 마찬가지"라고 했다. 그러자 친구는 나의 말을 거짓말로 들었는지 연신 싱글거리면서 "말에 의해서도 가능한 사정, 그것으로 육체적 사정과 동일한 쾌감을 느끼는 넌 분명 성인聖人일 거야"라고 하더니 나를 근처 포장마차로 이끌었다.

친구는 자리에 앉자마자 정색을 하고선 "니가 한 고백은 상대를 모욕 주기 위한 의도로 저지른 자위행위와 같다"고 했다. "그런 것들한테 출입금지를 당하고도 정말 아무렇지 않다면 분명 넌 그런 고백을 아무한테나 자주 해왔고 당연히 자주 외면당했기에 무감해져서 그런 것"이라고 했다. 나에게 대답할 시간도 주지 않은 친구는 "상대를 고려치 않은 고백은 상대가 자신에 대한 공격으로 받아들일 수 있다"면서 "그 여자 말마따나 적어도 세 번 정도는 만나서 서로간의 감정적 숙성이 이뤄져야 그녀도 긍정적으로 심사숙고하지 않겠느냐"며 때문에 "처음부터 실현 불가능한 걸 뻔히 알고 한" 나의 고백은 "분명 상대를 희롱 내지는, 상대와 거리두기일 것"이라고 했다.

나는 아무 대꾸도 안 했다. 대신 '영원히 알 수 없는 상대의 마음을 눈치로 헤아리며 고백을 주저하다가는 여러 가지 명목의 비용만 축나고 만다. 그리고 고백을 받아들일지 그렇지 않을지는 순전히 상대의 고유 권한이다. 사실 자존심만 버릴 수 있다면 그 어떤 고백도 담백하게 할 수 있으며 상대가 그 고백에 대해 긍정적이든 부정적이든 무신경하게 된다. 그러므로 난 술집여자든, 일반 여자든 누구에게나 얼마든지 그런 고백을 할 수 있다. 물론 나의 고백은 언제나 진심이다. 하지만 섹스 후든, 뭐 어떤 계기로든 맘이 달라졌다면 그때도 달라진 진심을 주저치 않고 정직하게 고백할 수 있는 인간이 나란 인간이다' 라는 생각을 했다.

나는 그녀한테 정말이지 재미없기에 관심을 가지지 않아 잘 알지도 못하는 정치, 경제, 사회, 문화, 스포츠, 연예 얘기는 한 마디도 하지 않고 오로지 발정기의 생물에 관한 얘기만 했다. 그녀도 나의 얘기에 '척' 이 아니라 진심으로 재미있어했다. 그에 힘입어 나는 그녀한테 "함 하자"는 고백을 했던 것인데 그녀가 갑작스럽게 싸늘해진 것이었다.

— 매너는 참기 힘든 구토만 유발시킨다. 때문에 내가 너한테 보였던 그동안의 매너는 도道 닦는 마음으로 행했던 거북스런 이불 깔기였다. 그러므로 섹스라는 보상마저 없었다면 절대 못 견뎌냈을 것이다.

말하는 동안 나를 흘기던 그녀는 내 말이 끝남과 동시에 "나한테 매너마저 보이지 않았다면 경찰에 신고했을 것"이라고 하고선 갑자기 배시시 웃었다.

밤새도록 패고 싶었다. 하지만 그녀가 바보같이 웃을 때 따라 움직이던 그녀 뺨의 작은 점을 보다가 성욕을 강하게 느꼈다. 해서 나는 그녀에게 잠깐의 비매너를 사과하는 매너를 보였고, 그날 밤 이불은 다시 깔려졌고, 그녀를 밤새도록 두들겨 팬 도구로 나의 성기가 사용되었다.

— 폭력은 약자와 강자 모두가 두려워한다. 육체적으로 약한 사람들은 말할 것도 없고 강자들도 언젠가는 자신들보다 더 강한 자들이 등장할 것임을 알기 때문에 "폭력은 야만인이나 저지르는 행위"라는 폭력에 대한 다소 방어적인 멸시의 말이 모두에게 어필이 되어 보편적 가치로까지 굳어지게 된 것이다. 나아가 사람들은 사회적 합의만으로는 불안했던지 폭력을 아예 법으로 다스리기에 이르렀다.

(……) 텔레비전에는 파렴치한 짓을 저지른 놈들이 심심찮게 등

장하곤 한다. 한 주먹거리도 안 되는 그놈들의 공통점은 절대 대갈빡을 안 숙인다는 점이다. 더불어 쥐새끼마냥 '폭력금지법' 뒤에 숨어 기똥찬 주둥이만 나불거린다는 점이다. 이때가 내 속의 거친 야만인이 사심 없이 그리워지는 때이다.

— 의미를 찾기 위해 지구를 헤매 떠돌다 별 소득 없이 지쳐 있을 무렵 "이성을 잃은 인간의 소비 탓에 노화가 급격히 진행되고 있는 지구가 최근 심각한 고민에 빠져있다"는 소식을 접했다. 그래서 나는 길바닥에 엎드려 지구를 꼭 끌어안고선 지구의 귀에다 대고 "늙어서 겪게 될 치욕을 면하려면 너랑 나랑 자폭自爆해서 태초의 무의미로 돌아감이 최선"이라는 이기적인 충고를 속삭였다.

— 사적인 관심 분야에 대해 얘기를 나누다가 그만 죄스럽게도 남의 비밀까지 보게 됐다.
그녀는 자신이 꾼 꿈에 '오빠야가 살을 덧붙인 글'이라며 친오빠의 일기장을 펼쳐 보였다. 해서 나는 우연찮게도 소설부문 심사위원이 되어 그녀의 오빠 글을 읽게 되었다.

극소수가 다수를 지배하는 사회시스템은 늘 잔인하고도 치밀하다. 하지만 그 시스템은 극소수 자신이 갇히고 마는 자폐 시스템이기도 하다.

보통 어른 걸음걸이로 두 됫박 분량의 땅콩을 다 먹어야 한 바퀴를 돌 수 있을 정도의 저수지만한 몸을 가진 괴물을 가장 먼저 목격한 사람은 그였다. 때문에 그가 눈만 딱 감았다면 1등급은 물론이고 마음만 먹었다면 1등급의 수장酋長까지도 될 수 있었지만 괴물의 음흉한 비밀이 고스란히 담긴 파일까지 더불어 보게 된 그는 양심상 모든 기득권을 포기하고 말았다. 하지만 그의 신고를 받고 현장에 출동한 그들은 괴물을 발견하고도 아무런 조치를 취하지 않았다. 악취를 풍기면서 인간의 말까지 부드럽게 구사하는 거대한 몸을 가진 괴물한테 놀라고, 압도당한 탓도 있지만 무엇보다 괴물이 제시한 조건 때문에 즉각적인 조치를 주저했던 것이다.

괴물이 그들에게 제시한 조건이란 다름이 아니라 자신의 존재에 대한 철저한 비밀유지와 안전보장 그리고 인간에 관한 자료라면 그 어떤 것도 좋으니 분석할 자료를 넘겨달라는 것이었다. 그렇게만 해준다면 그들에게 유리한 분석 결과가 나올 적마다 수시로 알려줄 것이며 그 정보들은 반드시 그들을 평생 1등급으로 살 수 있게 해주는 알짜배기 정보가 될 것이라고 장담했다. 괴물이 절대 1등급이란 말을 내뱉지 않았음은 물론이다.

아무튼 그들은 괴물이 제시한 조건이 믿기지 않아 며칠 동안 릴레이 회의를 가졌고, 괴물한테 "정말 그 정도 조건만 충족되면 우릴 평생 보장해줄 수 있느냐?"며 삼차 사차 확인했다. 그럴 때마다 괴물은 "더 이상의 요구조건은 없다!"며 거듭 잘라 말했다.

결국 그들 스스로 악취를 막았던 손을 코에서 걷어내며 선한 마음을 가진 괴물이 어떡하다가 악취가 심한 거대하고 흉측한 몰골을 하고 있는지 모르겠다며 가슴이 너무 아프다며 눈물까지 훔치며 심지어 괴물이 제시한 조건은 어쩌면 신의 은총일지도 모르니 괴물을 실존하는 "신神으로 모시자"는 누군가의 제안에도 동의하기에 이르렀다. 그때 기쁨에 들떠 있던 또 다른 누군가가 "역시, 텔레비전에서 늘 보듯 세상을 움직이려면 일단 못생기고 봐야 한다"며 제 딴에는 존경의 뜻으로 농담을 지껄였지만 이미 성스러운 얼굴로 변해 있는 그들은 웃지 않았고, 더불어 최초 목격자인 그가 봤다던, 즉 괴물의 비밀이 낱낱이 기록된 파일을 찾으려는 마음까지 깡그리 없애버렸다. 하긴 파일을 찾으려 했더라도 끝내 못 찾았을 것이다. 왜냐하면 괴물은 최초이자 유일한 목격자인 그에게 파일을 들킨 직후, 그 파일을 폐수면 아래의 뻘바닥 깊숙한 곳에 쟁여뒀기 때문이었다.

괴물과 공생하기로 결정한 그날부터 그들은 신이 기거하는 성수聖水 (실은, 폐수廢水) 근처에는 신의 허가 없이는 어느 누구도 얼씬 못하도록 철책을 두르고 경비를 강화했으며 인간과 관련된 자료를 닥치는 대로 괴물한테 넘기기 시작했다.

주고받는 것이 확실한 괴물 또한 1등급이라고 적힌 타이틀 아래에다 그들의 이름을 한 사람도 누락 없이 꼼꼼하게 기재했고, 인간에 대하여 괴물 자신의 시각으로 분석한 자료 중 일부를 그들에게 건네면서 반드시 1등급끼리만 공유해야 효과가 있음을 명심하라는 말을 잊지 않는 것으로 자신이 내건 조건을 이행하기 시작했다. 괴물이 건넨 최초의 자료에는 1등급에게만 재량권이 주어지는 견고한 승급 시스템이, 1등급의 재량 없이는 하위등급들은 절대 승급할 수 없는 시스템이 상세히 기술되어 있었다.

1등급과 괴물의 주고받고식 밀월 관계는 날이 거듭될수록 발전, 돈독해졌지만 괴물에겐 여전히 껄끄러운 인간이 한 명 있었다. 다름 아닌 자신과 자신의 비밀이 담긴 파일을 최초로 목격한 그였다. 다행히 파일복사까지는 안 당했지만 괴물은 그 때문에 파일이 복사당하는 악몽에 자주 시달리고 있었다. 그러던 어느 날 괴물은 오랜만에 자신을 알현하기 위해 찾아온 1등급 수장한테 관심 없는 척 넌지시 최초 목격자이자 신고자인 그의 근황에 대해 물었다. 며칠 후 1등급들은 괴물한테 "그를 잡아들였다"는 보고로서 그의 근황에 대한 질문에 갈음했다. 괴물은 내심 흡족했지만 남의 일인 양 "그럴 필요까지 없었다"며 "무슨 명목으로 잡아들일 수 있었냐?"며 은근히 1등급들을 걱정해주는 척까지 했다. 그러자 1등급들은 납작 엎드리더니 "죽여 달라!"는 거짓말에 이어 "그놈을 잡으러 다니면서 알게 된 사실은 그동안 그놈은 온 나라를 헤집고 다니면서 거룩하신 분(괴물)을 폄하하고 있었다"며 그러한 불경을 "이제야 알게 됐다"며 재차 "죽여 달라!"는 거짓말을 하며 울먹이는 쇼까지 펼치자 괴물은 하위등급들한테 "소문나면 곤란하니 그에 대한 조사는 반드시 극비로 하고 조사 결과를 알려 달라"고 당부했다. 그러자 1등급들은 벌떡 일어나서 "존명尊命!"이라 씩씩하게 외치곤 그를 잡아 가둬놓은 앞산 조사실로 향했다.

앞산 조사실. 어라! 안면 있는 조사관이다. 그러고 보니 괴물한테 "못 생겼다!"는 진담을 농담 삼아 말했던 그 1등급이다.

그 : 당신들이 신神으로 추앙하고 있는 괴물……

조사관 : 닥쳐라! 어휘를 정정하라!

그 : 뭘로 호칭하면 되나?

조사관 : …… 그냥……

그 : 거봐라! 괴물이 맞지 않은가!

조사관 : 닥쳐라! …… 다시 오겠다.

조사관의 몸에서 강하게 풍기는 괴물의 악취를 맡은 그는 씁쓸한 미소를 머금은 채 조용히 조사관을 기다렸다.

잠시 어딘가 다녀온 조사관 : 네가 봤다던 '그분'의 비밀을 말하라.

그 : 악취 때문에 그러니 좀 떨어져 달라! …… 거기서도 내 말이 들리는가?

조사관 : 계속하라!

그 : 괴물.

조사관 : 닥쳐라! 방금 난 '그분'이라 했다. '그분'이라 호칭하라!

그 : 괴물한테 그분이라니 실망스럽다. 뭐, 호칭은 그닥 중요치 않으니 좋다. 폐수에 살고 있는 그분은 태생적 환경 때문에 더럽고 악취가 심하다.

조사관 : 참고 있음을 염두해라!

그 : 교활하기 짝이 없는 그분은 자웅동체雌雄同體의 몸이다.

조사관 : 교활하다니! 악의적 형용사는 안 된다. 객관적 사실만 말하라!

그 : 그분은 죽은 사람의 썩은 육체만 취하는 특이한 섭생을 지녔다.

조사관 : 컬컬. 그렇다면 그분은 지구의 고마운 환경미화원이 아니신가?

그 : 어떻게 고유한 섭생이 칭송의 대상이 될 수 있는가? 그렇다면 기부하는 섭생을 지닌 것으로 언론에 자주 언급되고 있는 큰 강도들은 세상의 빛과 소금인가?

조사관 : 전혀 설득력 없는 비약이군. 흥분 말라. 그저 웃자고 해본 소리다. 계속하라!

그 : 아무 잘못 없이 조사 받아보라. 돋칠 것이다.

조사관 : 거 참! 이 말까지 안 하려 했는데. 사실, 우리가 죽은 뒤의 일인데 뭐가 문젠가! 썩은 육체가 우리와 뭔 상관이란 말인가!

그 : …… 그분은 고기질에 따라 인간을 등급 매겨 관리한다.

조사관 : 컬컬. 내가 잘못들은 게 아니라면 넌 분명히 그분은 썩은 고기만 취한다고 했다.

그 : 분명 그랬다.

조사관 : 컬컬. 안 먹어봐서 모르겠지만 인간이 썩으면 육질이 다 똑같을 텐데. 그분이 뭐 하러 씰데없이 인간을 고기질로 등급분류 하겠는가? 안 그런가? 컬컬.

그 : …… 물론 그분은 썩은 고기만 취하기에 살아있는 인간에 대한 등급분류란 게 의미 없는 단순한 소일거리로 여겨질 수도 있다.

조사관 : 그러니까 추측은 집어치우고 사실만 말하라!

그 : 사실이다…… 그분 파일에는 처음 그분을 목격한 당신들만 1등급으로 분류 기재되어 있을 뿐만 아니라 그 외 등급들은 1등급인 당신들 재량으로 남겨둔다고 적혀 있다.

조사관 : 왜 우리가 1등급인가!

그 : 항구적으로 먹이를 공급받기 위해서는 극소수의 1등급이 필요하다는 걸 괴물이 간파했기 때문……

조사관 : 잠깐! …… 방금 쪽지를 받았다. 네가 인간을 고기로 취급한 것에 대해 명예훼손죄를 추가하라는 상부의 지시가 적힌 쪽지다. 어떻게 모면할 텐가?

그 : 깔깔깔. 괴물과 놀아나고 있는 주제에 명예는 무슨 명예. 당신들은 왜 뻑하면 명예훼손인가! 혹시 스스로를 늘 쓰레기로 인식하고 있는 건 아닌가? 이참에 참고하기 바란다!

모면할 생각은 추호도 없다! 아깝지만 당신들의 명예를 훼손한 대가로 십 원은 낼 용의가 있다. 까짓것 추가하라! 깔깔.

조사관 : 컬컬. 넌 죽을 수도 있다.

그 : 어쩌겠나. 1등급이 그렇게 결정했다면 죽는 수밖에.

조사관 : 컬컬. 오줌 지리지 말라!

그 : 능멸 마라! 불쾌하다. 전혀 겁 안 난다.

조사관 : 컬컬. 겁 안 난다는 말을 강조하는 걸 보니 무지 겁난다는 말을 하고픈 게로군. 안 그런가?

그 : …… 최근 난 괴물, 아니 그분이 그동안 인간에 대해 분석해놓은 새로운 파일을 봤다.

이 대목에선 부연설명이 필요하다. 그는 전국을 돌아다니면서 사람들에게 괴물과 괴물에게 취한 그들의 실망스런 조치를 알렸지만 아무도 귀담아듣지 않았다. 때문에 그는 "그사이 그들이 괴물을 없앤 건 아닐까?"라는 희망으로 확인차 다시 폐수로 갔지만 괴물의 생사여부를 확인도 하기 전에 실망하고 말았다. 폐수 주변의 삼엄한 경비가 괴물이 아직도 살아있음을 잘 웅변해주고 있었기 때문이었다. 그래도 그는 눈으로 봐야겠다는 일념으로 경비를 뚫으려 했지만 녹록치 않았다. 하지만 그는 운 좋게도 경비병 친구 한 명을 만날 수 있었다. 그런데 경비병 친구는 "그 곳에 뭐가 있는지 본 적도 없고, 알려고 해서도 안 되며, 누구도 들여보내선 안 된다"는 임무를 부여받았다는 말만 되풀이하며 그의 부탁을 단호히 거절해버렸다. 그럼에도 불구하고 그가 폐수 잠입에 성공했던 건 경비병 친구를 혼절시켜버렸기 때문이었다.

조사관 : 거짓말 마라! 성지에는 개미새끼 한 마리 들어갈 수 없다.

그 : 맞다. 가보니 그렇더라. 삼엄한 경비 탓에 급 실망했지만 오히려 그 덕에 아예 드러내놓고 자료를 검토하고 있는 그분을 생생히 목격할 수 있었다. 사실이다. 지금 당장 그분한테 아무 연락도 않고 가보라. 가서 몰래 지켜보라. 틀림없이 그분 파일을 볼 수 있을 것이다. 그

분 덩치에 걸맞아 멀리서도 자자구구가 뚜렷하게 보이는 자료를 볼수 있을 것이다.

조사관 : 닥치고 계속하라!

그 : 닥치고, 계속하라? 깔깔깔…… 아니, 믿지도 않으면서 뭘 계속하란 건가! 차라리 날 죽이기 위한 격식이라고 솔직히 말해라!

조사관 : 컬컬. 네 말 맞다! 그러니 어차피 죽을 것 다 말하라. 그래야 여한이 없지 않겠나!

그 : 그럼 듣기만 해라. 내가 무슨 말을 하든 듣기만 해라.

조사관 : 계속하라!

그 : 괴물은…… 듣기만 해라! 지면紙面이 아깝지 않은가!

조사관 : …… 직업 탓이다. 내 손짓에 상관 말고 계속하라.

그 : 괴물은 정보 제공자들에게 1등급 작위를 하사하며 1등급에게만 인간을 분석한 자료를 공유토록 특혜를 베풀었다. 내 말 틀렸는가! 지금도 수시로 괴물한테 자료를 받고 있잖은가! 안 그런가?

조사관 : 그분이 왜 우리한테만 자료를 주시는 걸까?

그 : 아까도 말했지 않은가! 항구적으로 먹이를 공급받기 위함이라고. 분석에는 "다수의 하위등급들이 소수의 1등급을 부러워하도록 만들어야 한다"는 내용과 "인간이란 희망만으로도 쉽게 사육된다"는 내용도 적혀 있었다.

그럼에도 불구하고 1등급들은 이유를 캐묻지도 않고 그저 괴물이 시키는 대로만 '희망'이란 사료를 양산해대고 있다. 그 사료가 어떤 용도의 사료인지도 모른 채 말이다.

조사관 : …… 희망이 뭐가 나쁜가! 궤변으로 사실을 왜곡 말라! 사실만 말하라! 지면이 아깝다고 한 건 바로 너다!

그 : 역시나 괴물의 지시에 의해서지만 얼마 전부터는 사료에다가 '소비'라는 첨가물도 섞고 있지 않은가! 안 그런가? 첨가물은 텔레비전을 비롯한 각종 매체를 통해 '소비가 최대의 미덕'이라는 구호와 함께 고가高價의 물건을 소비하는 1등급을 자주 노출시키는 것으로 쉽게 얻고 있다. 내 말 틀렸는가? 근데 한 가지 아쉬운 점은 괴물의 파일에서 '희망'과 '소비'의 배합 비율을 미처 확인하지 못했다는 점이다.

조사관 : 그분 지시가 뭐가 잘못됐다는 건가! 희망이 삶을 견디게 하고, 살기 위해선 경제가 좋아야 하고, 경제가 좋아지기 위해선 소비가 미덕이다.

그 : 깔깔깔. 희망사료는 모든 등급들에게 폭발적 반응을 얻고 있다. 심지어 괴물이 이미 먹어치운 사람까지 되살아나길 희망할 정도로 사료 효과는 기대 이상이었다. 괴물이 기대한 사료 효과는 다름 아닌 1등급은 두말할 필요도 없고, 심지어 하위등급마저도 아이를 계속 생산하는 효과인 것이다. 아마 지금도 괴물 주둥이에는 번들거리는 군침이 질질 흘러내리고 있을 것이다.

조사관 : 인내심이 벅차다!

그 : 사료를 먹은 하위등급들은 향후 자신의 아이만큼은 여러 매체에서 접하고 있는 부러움의 대상인 1등급으로 살리려는 무모한 희망

을 갖고 자신은 물론 아이들까지 살인적인 경쟁시장에 내몰고 있다. 하위등급끼리의 경쟁이라는 것도 모르고 말이다. 1등급이 견고한 승급 시스템을 운영하고 있는지도 모르고 말이다. 그렇지 않은가?

조사관 : 컬컬컬. 거참, 뭔 소린지. 그분이 뭐 때문에……

그 : 참 답답하다! 몇 번을 말해야 아나! 항구적 먹이를 공급받기 위함이라고! 희망사료를 먹여야 인간들이 끊임없이 아이를, 즉 괴물이 먹을 고기를 생산하기 때문이라고!

조사관 : 그게 다인가!

그 : 희망사료의 폭발적 반응에 고무됐음인지 괴물의 파일에는 사료공장을 전 세계로 확대하려는 프로젝트도 있었다. 괴물이 행복에 도취된 얼굴로 자신의 자웅雌雄을 폐수로 꼼꼼하게 씻는 것도 봤다. 모르겠는가? 틀림없다. 괴물은 곧 주니어를 잉태할 것이다. 그러니까 없애야 한다! 지금도 늦지 않다!

조사관 : 지어낸 얘기라고 실토하고 용서를 구하라! 안 그러면 넌 정말 죽는다.

그 : 깔깔. 사실 전국을 다니며 괴물과 당신들 1등급 얘기를 했지만 아무도 안 들으려고 했다. 내 말을 귀담아 들어준 건 당신이 유일하다. 해서 말 안하려 했는데 어차피 죽을 몸이니 당신한테는 마저 다 얘기하겠다.

조사관 : 컬컬. 뭔가? 궁금해지는군. 말해 달라.

그 : 사실 괴물의 고기등급 분류는 단순한 소일거리가 아니다. 괴물이

가장 좋아하는 먹이는 당신 같은 1등급의 썩은 고기이기 때문에 당신들이 1등급으로 분류된 것이다. 괴물이 가장 좋아하는 인간의 썩은 고기는 다름 아닌 살아있을 때부터 대가리와 심장이 부패된 당신 같은 1등급들의 썩은 고기인 것이다.

조사관 : 컬컬. 잘 들었다! 내 생각해줘 고맙지만 별 재미는 없군. 근데 한 가지 궁금한 건 그분은 왜 모든 인간을 육질이 가장 좋다는 우리와 같은 1등급으로 안 만드신 걸까? 컬컬.

그 : 오랜만에 들어보는 상쾌한 질문이다. 그건 괴물도 당신들 못지않게 맛있는 것은 가끔 먹어야 더 맛있다는 것을 알고 있는 미식가이기 때문이다.

희망사료와 괴물의 비호 아래 보장된 삶을 살고 있는 1등급들은 정략관계를 맺으며 자진해서 많은 자식을 낳는 것으로 스스로 수를 늘리고 있다. 물론 전체 인구로 보면 비율은 그대로지만 말이다. 깔깔.

조사관 : 그러니까, 컬컬. 인간들 모두를 1등급으로 만들면 매일 맛있는 걸 먹을 수 있지 않겠느냐 말이다. 컬컬.

그 : 한 번 더 말해주겠다. 괴물의 궁극적 목적은 맛있는 먹거리가 아니라 먹거리의 항구적 공급이기 때문이다. 역시 당신 표정을 보니 또 다시 죽은 뒤의 일이므로 상관없다고 할 태세군. 사는 동안에 잘살면 그만이라고 씨부릴 태세군. 안 그런가! ……

쪽팔리지도 않는가! 흉물스런 괴물한테 인간이 고작 고기로 치급되고 있다는 게! 사료에 속아 허덕이고 있는 대다수의 고단한 하위등급에게 죄스럽지도 않은가!

조사관 : 다 말했는가?

그 : 책임져라! 괴물을 신으로 만든 건 당신들이다. 허나 도와주겠다. 같이 괴물을 없애자! 얼마지 않아 괴물 주니어가 태어난다. 지금 당장 괴물을 조져야 하는 이유다.

조사관 : 네가 죽는 건 더욱 자명해졌다. 죽이는 방법은 논의해서 결정하겠다. 오래 걸리진 않을 것이다. 각오하라! …… 딱하군!

충격적인 그의 증언을 청취하고도 1등급들은 괴물을 때려잡을 군대를 동원하기는커녕 오히려 괴물의 감정이 상하지 않도록 그에 대한 조사서만 세밀하게 각색했다.

며칠 후 괴물은 다른 1등급들 몰래 자신을 편두통과 악몽에서 벗어나게 해준 공로로 조사관을 특등급으로 분류해뒀다.

같은 날, 괴물은 배가 불렀는지 "그놈의 고기는 생각만 해도 역겨우니 짐승에게나 던져줘라"며 음식투정을 부렸다. 그래서 1등급들은 그를 희망사료공장이 아닌 일반사료공장으로 끌고 가 산 채로 대형 믹스기에 집어넣어 곧 살殺처분될 병 걸린 닭들의 모이로 전락시키고 말았다. 그런데 그를 취조했던 특등급 조사관은 그의 살점들로 최후의 만찬을 즐기고 있는 닭대가리들을 보면서 괴물이 무심결에 말했던 음식투정을 곱씹고 있었다.

— 끝

나는 그녀한테 "오빠 글이 일기장이란 사유思惟에만 머물고 있음이 천만 다행"이라는 심사평을 속삭여줬다.

— 그녀를 만나면서 남자임을, 주인임을 그리고 신神임을 자주 느꼈지만 패고 싶은 맘도 자주 들었다. 섹스도 못 나누고 헤어진 건 그녀가 처음이었다. 그것은 그녀의 숭고한 순정을 지켜주고 싶었기 때문이지 절대 그녀가 못 생겨서가 아니었다. 헤어지면서 운 것도 그녀와의 이별이 처음이었지만 절대 섹스 없이 헤어진 것이 섭섭해서 운 건 아니었다. 내 눈물은 순전히 그녀가 그동안 나에게 보여준 순정에 바쳐진 것이었다.

그녀와 이별하던 날. 눈물까지 흘리고도 내가 그녀를 붙잡지 않았던 건 순정적인 그녀는 과거의 그녀였지 내가 찾는 미래의 그녀가 아니기 때문이었다.

그녀와 헤어지고 나자 주변에서는 다분히 질투어린 어투로 "잘난 것도 없는 놈이 예쁘고 맘도 고운 아까운 여자를 버렸다"며 나를 나무랐다. 주변인들은 그녀의 얼굴을 두고 "예쁘다"고 입을 댔지만 내 기준에서는 성형외과 애프터after 사진에서 흔히 볼 수 있는 그녀의 얼굴은 결코 예쁜 얼굴은 아니었다.

해서 그녀를 사귀면서 나는 순정적 역할을 할 여주인공들은 자고로 못생겨야 리얼리티를 구현할 수 있음을 확신했다. 내 경험에 비춰보면 순정적인 캐릭터는 그녀처럼 성형외과에서 생산된

개성 없는 여배우로 캐스팅해야 영화든 드라마든 구현된 리얼리
티로 인해 성공할 수 있을 것으로 믿게 됐다.

― 그녀의 공허 또한 여느 그녀들과 마찬가지로 아래를 향해 벌
어져 있어 안타깝게도 채우기만 하면 즉시 비워졌다. 이미 배워
서 알고 있듯이 중력 탓이다.

남녀 차이 없는 패고 싶은 현상 중의 하나로, 허영을 만난 속물
이 광적인 소비를 일삼는 현상이 있다. 하지만 오랫동안 이런 만
남을 지속해온 그녀만은 너그럽게 봐줄 수 있었다. 그녀는 여느
속물들과 달리 자신의 공허를 늘 당당하게 드러냈다. 그녀는 뭔
가를 소비할 때마다 자신의 가랑이를 언급하면서 그것 때문이
아니라고 했고, 휘황찬란한 잡지를 뒤적거릴 때도 자신의 가랑
이 때문이 아니라 늘 허허로운 마음 때문이라고 했다. 그래서 나
는 그녀와의 섹스 직후에는 측은하고 안타까운 맘으로 그녀한테
늘 "떼 줄까?"라고 진지하게 묻곤 했다.

― 자신을 '속물'이라 밝히곤 소파 등받이에 등을 털썩 붙이더
니 '비난할 테면 해보라!'는 냉소적인 자세와 표정으로 나를 빤
히 쳐다보는 그녀를 나는 이미 자신을 '속물'로 소개하던 그녀
에게 감동받았기에 부드러운 표정으로 말없이 맞보았지만 섭섭
하게도 그녀는 어떤 의도가 깃든 쌀쌀맞은 목소리로 "돈만 벌 수

있다면 그 무엇도 마다하지 않겠다"는 말을 마침과 동시에 고개를 숙여 나를 외면해버려 마음이 급해진 나는 "그렇게 돈 벌어 뭐 하려고?"라는 바보 같은 질문을 하고 말았지만 다행히 그녀가 나의 바보 같은 질문을 나무람 없이 "입구들한테 복수하기 위해, 날 깔보던 입구들을 무시하기 위해 돈을 많이 벌어야 한다"는 결의에 찬 대답을 하기에 난 "그녀가 말한 입구란 필시 많은 돈을 들여야 출입할 수 있는 어떤 곳의 입구"로 짐작하면서도 어설픈 추측은 내 성격이 아닌지라 "입구가 무슨 뜻이냐?"고 묻자 그녀는 갑자기 짧고도 크게 "까르르" 웃더니 소파에서 테이블로 재빠르게 '왈칵' 몸을 옮기는 것으로 자신이 품고 있던 향기들을 퍼뜨리더니 이내 정색을 하곤 나직한 목소리로 "남자들의 진심은 선물을 받아보면 알 수 있다"고 하고선 대답 없이 조용히, 하지만 적극적으로 경청하려는 의지를 보이기 위해 자세까지 고쳐 앉은 나를 잠시 바라보더니 "가장 감동적이었던 선물은 비록, 고가高價는 아니었지만 가난한 어떤 남자가 빚을 내서 나에게 바쳤던 선물이었다"며 순식간에 잔인한 미소를 지어 보이고 거두더니 "남자도 다 똑같은 거 아니냐?"는 윽박투의 물음에 나는 '그로 인해 양심의 가책을 받았던, 그러한 선물을 받은 자신을 합리화시키려고 의도한 물음'으로 여기면서 '딴소리 말고 네 얘기나 계속하라'는 뜻으로 물끄러미 그녀를 응시하자 그녀는 나에게서 대답 듣기는 걸렀음을 눈치 챘는지 다시 등을 소파 등받이로 털썩 붙이곤 "애인의 환심을 사기 위해 바람난 보바리 부인들이 선택하는 대부분의 선물들이 명품일색인 걸 보면 알 수 있거든. 선물이란 원래 상대방에게서 받고 싶은 걸 주는 것"이라며 "가장 꼴불견인 여자는 자신의 능력은 돌아봄 없이 남자의 능력만 저울질하는 것들로……" 그녀가 '그런 년들은'이라고 하는 바람에 '그런 여자들은'으로 순화해 적는 수고까지 기울이게 된 나에게 "영혼까지 창녀라고 생각지 않느냐?"고 묻곤 잠시 물을 한 잔 마시던 그동안에도 내가 아무런 대답을 못 하고 있어도 상관없다는 듯 그녀는 같은 색깔의 목소리로 "적어도 나는 능력 향상을 위해 성기를 중심으로 더 나은 육체적 인프라를 구축하기 위해 노력 중"이라는 재밌고도 다소 놀라운 말을, 그것도 아무런 변화 없는 표정으로 미뤄 짐작컨대 자주 말해왔음으로 확신되는 말에 이어서 "성형외과, 피부과 각종 부위별 샵들을 부지런히 들락거린 결과 우수고객이 될 수 있었다"며 "남자 하나 잘 못 만났다고 여자 인생이 하루아침에 끝장난다면 너무 억울한 경우이기 때문에, 한 남자만 바라보며 자신을 희생하다가는 자신의 인생도 망칠 수 있기 때문에 여자는 항상 자기관리를 꾸준히 해줘야 한다"는 자답自答을 끝으로 나의 의견 따위는 안 들어도 된다는 듯 창밖을 응시했지만 난 나의 반응을 확인하려는 듯 보이던 그녀의 곁눈질을 얼핏 본 것 같아 그녀를 패고 싶었지만 꾹 참고 잠자코 있으려니 다시 나를 향해 고개를 돌린 그녀는 자신의 눈빛으로 내 눈을 짧고도 강하게 한 번 '쿡' 쥐어박더니 "하긴 남자 때문에 인생을 망쳐도 억울해 할 필요는 없을 것 같아. 물론 망해버렸기에 결국 못난 남자로 전락하고 말았지만 여자가 그 남자를 선택할 당시에는 여자에겐 그 남자가 가장 멋져 보였을 것이기 때문이야. 어쨌든 남자 때문에 자신도 덩달아 망하는 걸 피하려면, 자신이 선택한 남자로 인해 인생이 억울해질 것이라는 직감이 들 때면 과감하게 어설픈 희망과 미련을 내던지고, 절대 주저치 말고 즉시 헤어져버리는 것이 최상의 선택일 것"이라는 말을 남자인 나에게 왜 하는 것인지 몰라 의아했지만 나에게는 그녀의 말이 그녀 자신이 겪었던, 유쾌하지 못했던 경험에 대한 넋두리로밖에 안 들렸기 때문인지 문득 '사주는 못 고쳐도 팔자는 얼마든지 고칠 수 있다' 그리고 다소 거칠고 조롱기 가득한 표현으로 회자되고 있는 '여자는 빤스만 잘 벗으면 팔자 고친다' 는 말까지 새삼 떠올라 웃음이 났지만 내 앞에서 여전히 진지한 표정을 견지하고 있는 그녀한테 실례인 것 같아 나는 급하게 우습지 않은 생각, 즉 '요즘 남자들도 여자 팔자와 별반 다르지 않다. 남자든 여자든 맘에 드는 이성의 빤스를 부드럽게 벗기려면 돈이 있어야 용이해진 작금昨今' 이라는 생각을 하다가 그만 몹시 궁금했던 '입구' 에 대한 정확한 의미에 대해 다시 캐묻는다는 걸 까먹고 말았지만 돈을 향한 자신의 집념을 전혀 부끄럼 없이 솔직하게 피력한 그녀의 붉은 입술이 울적하게 보일 때쯤

그녀가 잠깐 바라본 적 있던 창문은 어느덧 해가 지는지 불콰해
져 있어 누군가 나에게 '그녀는 지금 몹시 술을 마시고 싶을 거
야'라는 짐작을 하게끔 의도적으로 만든 풍경이라 여기며……

― 결혼식이란 또 하나의 감옥이 신축되었음을 알리는 준공식이
기에 절대 축하해선 안 되는 의식이다. 굳이 축하를 하고자 한다
면 먼 훗날로 인해 늙어버린 부부가 회상하는 결혼생활을 들어
보고 결정해도 늦지 않다. 이때 꼭 염두에 둬야 할 점으로는 부
부 중 한 사람만 일방적으로 위안 받은 결혼생활은 아니었는지,
서로 "위안 받았다"고 할 때도 그 말이 진심인지, 마지못한 것인
지 살펴야 한다는 점이다. 더불어 꼼꼼하게 검증해서 오랜 세월
서로 위안이 된 결혼생활이었음을 확인했더라도 반드시 축하해
야 하는 건 아니라는 점도 명심해야 한다.

― 우리나라에서는 간통은 범죄다. 하지만 사람들은 간통죄에
대해서만큼은 유독 신고정신이 희박해 거리에서, 영화관에서, 식
당에서, 술집에서, 차 식사 라이브까페에서, 관광지에서, 등산로
등에서 범죄 용의자를 목격하고도 신고하지 않을 뿐만 아니라
오히려 그 범죄 용의자들을 부러워하기까지 한다. 이러한 현상
은 간통죄를 친고죄로 다스리기 때문이다.
따라서 국가는 간통죄를 친고죄 규정에서 삭제하고 간통죄에 대

해서도 하루빨리 신고포상금제도인 일명 ‘간파라치’ 제도를 도입해야 한다. 나아가 해외여행객 숫자가 해마다 증가추세를 보이는 요즘 상황에는 세계인들의 공조 없이는 국내법인 간통죄의 완전박멸은 요원遙遠하기 때문에 세계의 언론매체를 통해 한국인의 간통죄를 신고하면 내국인과 동일한 포상금을 달러로 지급받을 수 있다는 점을 세계인들에게 적극적으로 홍보해야 실효를 거둘 수 있다. 더불어 국가는 언제든 누구나 들어갈 수 있는 각종 방들을 단속할 탐방팀을 별도로 조직해서 간통 범죄자의 색출은 물론 각종 방들이 간통죄의 은닉, 방조 내지는 조장해서 벌어들인 매출액을 전액 몰수, 국가에 귀속시키는 업무까지 탐방팀이 담당토록 해야 한다.

— 생일을 당해 우울하다는 그녀를 위로하기 위해 나는 그녀에게 딜도Dildo와 함께 “너의 어둑한 새벽 풀숲에 투명하게 맺힌 이슬을 마시고 싶어. 그러니 넌 쉬~만 해. 다 누면 휴지 말고, 부끄러워도 말고 날 불러줘. 사랑해”라고 적은 쪽지를 건넸다. 쪽지를 다 읽은 그녀는 숨이 넘어갈 정도로 깔깔거렸다. 웃기려고 적은 것이 아니었기에 심정 상해 패고 싶었지만 잠자코 그녀의 웃음이 사위어지기만을 기다리면서 ‘그녀가 곧이곧대로 소변 뒤처리를 요구하면 어떡하지?’ 라는 걱정과 ‘괜히 건넸다’ 는 후회를 했다.

— 그녀와 나 또한 남들처럼 영화 보고, 밥 먹고, 차 마시고, 쇼핑과 드라이브 그리고 섹스를 했다. 그러던 어느 날 섹스 전의 행위들이 삽입 전의 전희들로 여겨져 나는 그녀한테 "섹스에 필요한 에너지를 쓸데없이 소진시키지 말자"고 제의했다. 그녀도 부끄러워 먼저 말하지 못한 점을 사과했다.

그로부터 그녀와 나는 만나면 가장 먼저 서로의 성기를 게걸스럽게 탐했다. 그 결과 섹스 횟수는 늘고 낭비적 행위들은 대폭 줄게 되었고 섹스 이후에 행한 밥 먹고, 차 마시고, 영화, 쇼핑 그리고 드라이브 등은 더 이상 마지못해서가 아닌지라 무척이나 즐거웠다.

— "재미없다!"며 징징거리는 그녀한테 화를 냈다. 그러자 그녀는 배시시 웃었다. 비굴해 보였다. 내가 만난 그녀들 중에 가장 멍청한 그녀한테 성적 매력마저 없었다면 벌써 패고 헤어졌을 것이다. 사실, 영혼이 통하지 않는 그녀와 친밀해질 수 있었던 것도 성적 매력에 서둘렀던 섹스 때문이었다. 그러나 잦은 섹스로 권태로워진 친밀은 이제 그녀에게서 성적 매력마저 앗아가버렸다. 그래서 나는 헤어지지 않으면 '인생 낭비'로 여기고 전과 전혀 다른 얘기들을 마구 지껄인 것이다.

나는 "유명한 은행가이자 철학자였던 나체가 유일하게 유한한 신은 돈이라고 했다"는 말로 다시 포문을 열었다. "자본주의의 신神인 돈은 인간이 창조했기에 인간의 멸종과 함께 사라지고 말 유한한 신"이라고 쏘았다. 그리고 그녀들을 유혹하기 위해 그동 안 설렁설렁 봐뒀던 음악가 칸딘스키로, 화가 베르그송으로, 문 학가 프란츠 분드리히로, 철학가 루이 페르디낭 쎌린느로 마구 쏴댔다. 짐작대로 귀담아 듣지도 않고 "지겹다!"고 말한 그녀에 게 난 다시 의도적으로 화를 냈다. 그러자 그녀는 또다시 배시시 웃었다. 그 미소에 놀아날 내가 아니었기에 더욱 거세게 쏴댔다. 급기야 그녀는 갑자기 내가 "귀엽다"고 했다. 예상 못한 나른한 반응이었지만 나는 그만 쏴대길 바라는 그녀의 술수임을 알아차 렸다. "지겹겠지. 그래 지겨울 거야. 나의 육체에 의해 황홀했던 네 육체를 기억하는 너는 지금 섹스에 몹시 조바심 나 있겠지? 하지만 이제 너와는 섹스 안 해. 그러니 패지 않음을 다행으로 알고 닥치고 듣기나 해! 아님 지금 즉시 헤어지자고 소리치시든 가!"라는 생각으로 더욱 거세게 쏴댔다.

이윽고 그녀는 손도 안 가리고, 몸도 안 돌리고, 머리도 안 숙인 채 하품을 했고 곧이어 물기 젖은 뻘건 힐난의 눈으로 나를 노려 봤다. 그 눈을 보자 갑자기 평화로워지고 싶어진 나는 그녀한테 "안녕!"을 마지막으로 쏴주고 총총걸음으로 찻집을 먼저 나와 버렸다.

— "남편은 아이와 함께 시댁에 다니러 갔다"고 했다. 궁금한 척

"왜 같이 가지 않았냐?"고 물었다. "가기 싫어 안 갔다"는 그녀의 에두른 진실의 말에 살짝 패고 싶었지만 "싫으면 안 가도 되는 곳이 아니지 않느냐?"고 되물었다. "직장 핑계면 괜찮다"고 대답한 그녀는 나를 빤히 보더니 자기 "집에 가자"고 했다. "조선족 보모도 하루 휴가 보내줬다"며 짐짓 마님 같은 미소를 짓고 있는 그녀를 패고 싶었지만 불쑥 내 팔짱을 끼는 바람에 팰 수는 없었다.

대담한 여자는 섹시하다. 그녀를 좋아하지 않을 수 없는 이유다. 안 가면 바보.

그녀 집으로 향하면서 나는 그녀의 속내를 "자신의 침대에서 남편과 할 적마다, 혹은 남편이 안 해줄 적마다 나와의 섹스를 적극적으로 추억하기 위한 의도"로 즐겁게 짐작했다.

그녀는 집에 들어서자마자 나에게 거실 소파를 권했다. 남의 집이라 시키는 대로 했지만 앉으라고 하지 않은 소파에서 나는 맘대로 드러누웠다.

벽 등을 켜서 은은한 분위기를 만든 그녀는 풍성한 주름치마 장막에 가려진 자신의 엉덩이를 나에게 향한 채 오디오를 켰다. 그리고 나를 향해 우아하게 돌아서더니 음흉한 미소를 지으며 "심장에 좋은 이디오피아 음악"이라 소개하곤 사뿐히 사라졌다. 그녀의 음악 소개를 듣는 순간 난 즉시 짐 자무쉬 감독의 영화 〈broken flowers〉에서 들은 음악임을 기억해냈고, "심장에 좋은 이디오피아 음악"이란 말도 그 영화의 대사였음을 기억해냈다. 그녀의 깜찍한 입에 키스하고 싶었다.

음악을 듣다가 실제 내 심장이 좋아졌는지 어땠는지 몰라도 그녀 남편에 대한 염려가 말끔히 사라져 그녀의 사려 깊은 가슴에다 거듭 키스하고 싶었다.

거실 소파에 누운 채 심장에 좋은 음악을 들으면서 그녀의 다음 지시를 기다리던 내 눈에 휴식으로 옷을 갈아입은 그녀가 나타났다. 다시 사라진 그녀는 나에게 차를 한 잔 주기 위해 잠시 나타났다가 또다시 사라졌다.

나타나고, 사라지기를 반복하는 그녀의 걸음걸이가 왠지 우아해 보여 눈여겨보았더니 그녀는 까치발 행보를 하고 있었다. 심심하던 차에 나는 그녀가 집에서까지 까치발 행보를 하는 이유를 생각해봤다. '그녀는 층간 소음으로 아랫집과 매우 불편한 사이로서 항상 조심하다 보니 그만 까치발 행보로 굳어져버린 것이리라. 아니라면 아랫집과 매우 친한 사이로서 아랫집은 오늘 윗집이 빌 것이란 점을 알고 있을 것이다. 해서 자칫 소음을 일으켰다간 윗집의 부탁을 받은 아랫집이 살갑게도 확인차 윗집으로 올라올 것이다. 그렇게 되면 그녀와 나의 관계도 들통 날 것이기 때문에 그녀는 내내 빈집임을 견지하기 위해 까치발 행보를 하는 것이리라. 그녀가 집에 들어서자마자 나를 곧장 거실 소파로 안내한 것도 같은 맥락일 것이리라. 이 정도의 조심성이라면 그녀로 인해 그녀와 나의 관계가 발각될 일은 없을 것이리라. 만약, 이도저도 아니라면 그녀의 까치발 행보는 자신의 성기능을 향상시키기 위함이리라. 시장에서 이미 경험했듯이 그녀는 충분히 그러고도 남을 정도로 엉큼하기 때문이다. 종합해보면 그녀는 대담성과 조심성 그리고 유머까지 두루 갖춘 유부녀임에 틀림없다.'

나의 짐작이 사실이든 아니든 그녀가 나를 소파에서 꼼짝 못하게 한 점은 다행이었다. 그녀가 집안 이곳저곳을 나를 끌고 다니며 전혀 관심도 없는 그녀의 살림살이를 소개할 적마다 맘에도 없이 머리를 끄덕여야 하고, 덕담해야 하는 상황을 겪고 싶지 않았기 때문이다.

— 텔레비전에 화류계 삼 년차라는 어느 술집여자가 나와서 "월 팔백에서 천만 원을 번다더라"며 피식 웃었다. 나는 "그 정도로 많이 버는지 미처 몰랐다"는 말로 호기심을 표하면서 "그렇게 많이 벌면서도 술 취한 남자를 후리다니 가증스럽다"며 "하긴 후렸기에 그렇게 벌지도 모를 일"이라며 호들갑을 떨었다. 그러자 사장은 미소를 지으면서 자세도 나를 향해 고쳐 앉는 것으로 혼자 술집에 나타난 나에 대한 경계를 거두었다.

사장은 경험상 술집여자의 그 인터뷰는 "거짓이 분명하다"고 했다. "한 달에 그 정도 수입을 올리려면 상당히 무리한 스케줄로 기계를 가동해야 한다"고 했다. "기계를 그런 식으로 사용하다 간 채 석 달도 못 넘기고 기계는 폐기처분될 것"이라고도 했다. 따라서 그 수입이 사실이라면 "화류계 삼 년차라는 말이 거짓말일 것"이라고 했다. 만약 그 수입도 사실이고 화류계 삼 년차라는 말도 사실이라면 "그렇다면 그 여자는 분명 누구에게나 있는 그 흔한 기계로 폭리를 취하고 있음이 분명하다"고까지 단언하면서 신중하게 빨아당김이 무안할 정도로 긴 한숨으로 담배 연기를 몰아낸 다음 술집여자의 성기를 닦고, 조이고, 기름 치는 기계로 비유하던 놀라운 말들을 계속 이었다.

사장은 자기와 같은 성性상인들 중에서 "창녀를 가장 양심적인 상인으로 생각한다"며 "기계 사용에 대한 가격을 매우 합리적으로 책정하고 있는 창녀들은 옵션가격도 기계 사용자가 납득할 만한 가격으로 메뉴판에 한 점 부끄럼 없이 표시하고 있다"면서 "창녀들의 기계는 국가가 의무적으로 매일 유지보수를 하고 있어 기계 사용에 따른 하자는 거의 발생치 않는다"며 "그렇지만 술집사장들의 저열한 강요도 한몫하고 있지만 일부 술집여자들은 자신의 기계 사용을 원하는 손님에게 창녀들과는 달리 각자 개인이 관리하기 때문에 기계 상태를 믿을 수 없음에도 적반하장 격으로 터무니없는 가격으로 바가지 씌운다"며 "그러면서도 이차 방값까지 손님들에게 부담지운다"면서 전혀 영문도 모르는 나에게 언성을 높였다.

사장은 "가끔 풍악마저 꺼져 있는 재판정과 같은 분위기의 룸을 볼 수 있다"며 그녀들은 "술에 취해 헬레레거리고 있는 손님들을 판사 같은 근엄한 표정으로 내려다보면서 그러면 얼마 내야 한다, 그 정도 팁은 기본상식이다, 얼마를 주느냐에 따라 서비스가 달라질 수 있다는 말을 하더라"며 "그런 말들을 들을 때면 이른바 '화류계 법전'이 실제로 존재하는 것처럼 여겨지더라"며 깔깔 웃었다.

사장은 담배를 비벼 끄면서 "먹고살기 힘들어서 그런지 화류계에 종사하는 여자들이 많아졌다"고 하고선 주류도매상에다 술 주문 전화를 넣었다.

사장이 전화를 끊자마자 나는 "기계 하나씩을 달고 나온 여자들이 부럽다"고 했다. 그러자 사장은 "부러워할 필요 없다"며 "요즘에는 경제적으로 능력 있는 여자들이 많아졌기 때문에 남자들도 마음만 먹으면 애완남, 호빠, 아빠방, 호다방, 탬버린보이스 그리고 남창男娼으로 얼마든지 돈을 벌 수 있다"고 했다. 고객층이 주로 어린 여자애들이라는 아빠방이라는 곳에 관심을 보인 나에게 사장은 자신은 "아빠가 아니라서 어린 여자애들을 접대하는 기분이 어떤지 잘 모르겠다"고 하고선 벌떡 일어났다. 비틀거리는 한 무리의 손님들이 "마담 오래마이네!"라는 말을 앞세우고 들이닥쳤기 때문이었다.

사장의 말마따나 어려운 경제 탓일까? 그렇지만 우리에게는 한 번도 경제가 좋았던 적이 없었지 않은가! 그렇다면 비주얼한 가치가 득세한 시대 탓일까? 비주얼한 가치의 실현을 위해서는 돈이 필수이며 돈을 번다는 건 곧 권리를 획득하는 것으로 여기게 된 시대 탓일까? 다시 내 앞에 앉은 술집사장의 짧은 스커트 속에서 더 이상 올라가지 못하고 끼여 있는 술집사장의 검붉은 팬티를 노골적으로 바라보다가 문득, 비주얼의 가치관은 돈이 불필요하게 많이 필요한 일부 장사꾼들이 만든 천박한 가치관이라는 생각이 들었다.

알고는 있지만 너무 비열하고, 졸렬해서 안할 뿐인 짓도 서슴지 않는 일부 장사꾼들. 불필요한 물건을 유행이라는 말로 필요한 물건인 것처럼 사람들을 세뇌시키고 있는 일부 장사꾼들. 때문에 중국 대륙도 모자라 전 세계 공장에서 물건을 만들어대도 필요한 물건은 늘 부족한 지경이기에 가격은 자꾸만 비싸지고 있다. 그로 인해 비주얼의 시대를 사는 사람들은 많건 적건 늘 돈이 궁하다는 강박에서 헤어나지 못하고 있는 것일지도 모를 일이다.

그럼에도 불구하고 졸렬한 짓을 일삼는 교활한 장사꾼들을 누구 하나 나무라는 사람이 없다. 오히려 그런 장사꾼들을 두고 "머리 좋고, 능력 있다"며 칭찬을 한다. 그런 짓으로 인해 돈을 벌었기 때문이다.

가슴 아프지만 어찌해볼 수 없는 현실이기에 나도 비주얼의 가치관으로 살 것을 결심하고 가장 먼저 술집사장한테 "사장님, 팬티를 볼 수 있는 호사를 누렸으니 이제 저한테 벗기는 영광까지 달라"고 졸랐지만 사장은 "그럴 거면 나가라!"며 화를 냈다.

씨발! 이게 뭔가! 지금이 어떤 시대인데 비주얼화된 팬티에 적극적인 반응을 보인 나에게 퇴짜를 놓는단 말인가! 순간 내가 돈을 꺼내 보이지 않았음이 환기됐다. 해서 사장한테 보여줄 돈이 없는 나 자신을 질책했다.

― 곧잘 과거를 망각한 채 현재만 얘기하는 여느 그녀들처럼 모순이 많은 말이었다. 하지만 그녀의 말은 비록 재미는 없었지만 새롭기는 해서 패지 않고도 귀기울일 수 있었다.

만난 지 며칠 만에, 만날 때마다 너그러움을 견지했던 나에게 그녀가 넘어오던 날. 그녀는 "일 년여를 사귄 재혼 유부남과 이별한 지 며칠 되지 않았다"고 고백했다. 나는 몰랐다. 그녀는 "가슴 아픈 추억"이라고 했지만 나와는 상관없기에 그저 "상실의 아픔을 겪고 있는 그녀들은 유혹에 잘 넘어온다"는 경전 카마수트라의 경구만 떠올렸을 뿐 그 어떤 위로의 말도 해주지 못했다. 내가 원했기에 그녀는 재혼남과의 추억을 들려줬다.

재혼남과 이별하던 날. 그녀는 재혼남에게 "해준 게 뭐 있냐!"고 따졌단다. 재혼남도 숙맥은 아니었던지 덩달아 화를 내면서 "하여튼 여자한테는 잘해줄 필요가 없다!"는 말끝에 이별까지 선언했단다. 뜻밖의 이별 선언에 그녀도 자존심이 상해 이별에 합의

하고 말았단다.

하지만 재혼남이 찻집을 떠나자마자 즉시 그리워졌단다. 그날 밤에는 재혼남과의 추억마저 상세하게 떠올라 보고 싶어 미칠 것 같아 더럭 전화를 했단다. 그리움에 겨웠던 나머지 전적前續이 있어 늘 불안한 재혼 가정에, 그것도 새벽인 줄도 모르고 말이다. 아니나 다를까 재혼남은 그녀가 말하려던 그리움을 들어보지도 않고 불같이 화를 내면서 급기야 "죽어버리겠다"고까지 했단다. 그녀도 덩달아 살기를 느껴 먼저 죽이고 싶었단다.

그날 이후 그녀는 재혼남에게 복수한답시고 새벽마다 재혼 가정의 집 전화를 울렸단다. 될 대로 되라는 자포자기의 심정으로 재혼남의 아내가 받으면 끊기를 반복하니 쾌감마저 느껴져 "이게 뭐하는 짓인가!"라는 자괴감은 느낄 새도 없었단다. 하지만 나를 만나 "재혼남에 대한 그리움과 분노를 완전히 죽일 수 있게 돼서 고맙다"고 했다. 그녀의 진심이 얼마 못 갈 것이란 걸 알았지만 나도 "고맙다"고 대답했다. 그녀는 나를 만나기 전만해도 "재혼남에 대한 분노 때문에 정신이 몹시 박약했었다"는 쓸데없는 말까지 덧붙이며 거듭 "고맙다"고 했다. 그래서 나도 현재만 살고 있는 그녀를 이해 못 해준 재혼남에게 "고맙다"는 속말을 했다. 그리고 "그녀들을 사귈 때는 그녀들이 아무리 사랑이라 우겨도 반드시 우정의 감정으로 거리를 둬야 한다"는 평소 소신을 다시금 중얼거렸다.

― 약간 기울인 노력에도 곧잘 넘어온 것은 그녀들이 뜨거웠기 때문이지 절대 내 노력이 기술적이어서가 아니었다. 반면 상당한 노력을 기울여도 이불 깔기까지 많은 시간이 걸린 것은 그녀들이 차가웠기 때문이지 절대 내 노력이 기술적이지 못해서가 아니었다.

뜨거운 그녀들과 달리 차가운 그녀들은 남자들의 구애를 즐기는 잔인한 습성을 지녔다. 차가운 그녀들은 장기간의 구애로 남자가 지칠 때쯤에야 고작 붉은 빙과를 쪽쪽 빠는 모습을 스스럼없는 척 일부러 보여줄 뿐, 이불 깔기까지의 진척은 한없이 더디기만 했다.

다행히 나의 참을성은 신이 내린 축복. 해서 이불 깔기까지 아무리 오랜 시간이 걸려도 차가운 그녀들을 패지 않고도 각 분야의 지식과 예술을 얄팍하게 편집해 둔 나의 얇은 공책이 너덜해질 때까지 노력을 지속할 수 있는 것이다. 그러다 보면 차가운 그녀들도 비로소 잦은 오르내림 탓에 많이 헤진 내 팬티에도 관심을 보이며 세 장이 한 팩에 든 새 팬티를 나에게 선물하는 것으로 성적 신호를 보내오곤 했다.

내가 이처럼 더디기만 한 친밀의 과정을 즐길 수 있는 것은 그럴 만한 가치가 있는 차가운 그녀들이었을 경우에 가능했음은 두말할 나위도 없다. 아쉬운 점은 차가운 그녀들과의 섹스가 대부분 실망스러웠다는 점이다. 기나긴 구애의 시간만큼 한없이 부풀려진 기대감 탓에 빚어진 체감 실망은 충격적이기까지 했다. 오랜 기다림 끝에 접하게 된, 차가운 그녀들이 내지르고 행한 신음소리와 체위들이 그동안 기울였던 내 노력의 1%도 부응하지 못했기 때문이었다. 그럴 때마다 뜨거운 그녀들이 무척 그리워지곤 했다. 하지만 감정적 찌꺼기 한 줌 남지 않았던 뜨거운 그녀들과의 이별과는 달리 결국 실망만 안겨줬던 차가운 그녀들과의 이별은 의외로 아쉬웠다. 그 또한 누적된 그동안의 내 노력 때문일 것으로 짐작된다.

— 결코 오롯이 알 수 없는 존재들이기에 예술의 영원한 모티브다. 존재 자체만으로도 단연코 미래의 예술작품인 것이다. 그러므로 그녀들을 볼 적에는 작품을 대하는 감상자의 자세를 견지해야 된다. 진지함과 끈기, 그리고 편견을 없애는 것이 바른 감상법으로서 그런 감상태도일 때라야 아주 드물게나마 무릎을 탁치는 깨달음의 전율도 맛볼 수 있을 것이다.
그렇지만 그 깨달음만으로 절대 그녀들을 완전 이해했다고 해선 안 된다. 더군다나 지극히 개별적이고 부분적일 수밖에 없는 그 깨달음만으로 세상의 그녀들을 단순화 일반화시켜서는 더더욱 안 되는 것이다.

— 차라리 전날 허름한 식당에서 먹은 정식을 게워 내놓은 토사

물이 더 나았을 것이다. 성욕에 눈이 멀었다고 이마저도 참을 줄 알았는가! 사람을 불러놓고 이 따위라니! 정성을 기울였다는 음식이 이 따위라니! 음식물쓰레기 따위에다 정성을 쏟다니! 도대체 정성마저 안 기울였다면 그 음식물쓰레기는 무엇이 될 뻔했는가! 설사 백 번을 양보해 그 음식물쓰레기가 먹을 수 있는 요리라고 해도 문제가 아닐 수 없다. 알다시피 인간이 늘 엄청난 에너지 소비가 따르게 마련인 정성으로만 인생을 살기엔 애당초 걸렀기 때문이다. 미치지 않았다면 나를 짐승으로 여기는 것이 분명한 그녀가 딱 보기 싫어졌지만 그녀와 할 일이 한 가지 남았기 때문에 나는 아무런 내색을 않고 점잖게 말했다.

"창조의 맥락에서 보면 요리도 엄연히 예술이다. 해서 요리를 맛깔스럽게 하는 아내들을 예술가라 칭함이 마땅하다. 그 아내들이 속상할 때 요리하기를 거부하는 것도 그런 기분으로는 작품에 흠이 날것이란 걸 알기 때문에 창작을 거부하는 예술가적 기질 때문이지 절대 그런 기분을 들게 한 남편들이 미워서가 아니다. 그럼에도 거듭 요리를 강요당하면 결국 예술을 흉내낸 키치, 즉 외식을 선택하고 만다. 물론 이때도 예술가적 기질이 발휘됨은 두말할 필요도 없다. 그 아내들은 조미료로 교묘하게 예술요리를 흉내낸 키치요리에 속지 않으려고, 비록 자신의 예술요리에는 못 미치지만 그에 버금가는 외식 메뉴를 고르느라 무척 신중해지는 것도 예술가적 기질 때문이다." 그러자 그녀는 "요리 못하는 아내들도 별반 다르지 않다. 그런 아내들도 속상하면 요리하기 싫고, 그럼에도 강요당하면 결국 외식을 선택할 것”이라며 불퉁하게 말했다. “그건 예술가적 기질 때문이 아니라 단순한 ‘척’ 일 뿐이다. 그런 아내들은 애당초 예술요리가 뭔지도 모르기 때문에 당연히 예술요리를 만들 재능조차 없을 뿐만 아니라 노력마저 게을러 자신이 만든 요리보다는 항상 맛이 나을 수밖에 없는 키치요리를 예술요리로 확신, 추앙하기에 이르러 외식이 잦은 것이며, 예술적 안목 또한 없기 때문에 조미료가 듬뿍 든 키치요리도 가격만 비싸다면 예술요리로 확신하고 만다. 더욱 슬픈 건 예술을 모른다고 조롱당할 것이 두려워 비싸기만 할 뿐, 누가 먹어도 맛없는 키치요리임에도 제대로 항의도 못한 채 ‘예술이란 원래 이런 것일 거야’ 라는 속말로 자기 최면을 걸어 군말 없이 꾸역꾸역 쑤셔 넣으며 키치요리가 거의 비워질 때까지도 모욕감과 불쾌감을 전혀 느끼지 못한 채, 오히려 드디어 드러난 접시바닥을 보면서 크게 안도하며 이상하게 맛없기만 했던 예술요리를 잘 참고 먹어준 본인한테 감동받아 자신의 카타르시스를 널리 뽐내고 싶어 키치요리 전문식당에 오래도록 앉아 자신을 좀 봐달라는 허영의 눈동자를 식당 통유리 안팎으로 연신 공굴리는 것이다”라는 말은 하지 않았다. 그녀와 이런 대화를 계속 나누다간 싸움이 벌어질 것 같아서였다.

대신 나는 배가 너무 고파서 식탁 언저리에서 먼저 그녀의 성기

부터 게걸스럽게 탐했다. 하지만 배만 더욱 고파지고 말았다. 그
래도 나는 인간이기에 그녀가 정성껏 만들었다는 음식물쓰레기
에는 절대 손을 대지 않았다.

— 육적인 충만을 얻기 위해 그녀들이 내 유혹의 변辯을 진지하
고 고급스럽게 여기도록 예술과 인터넷 기사를 신중하게 발췌
인용한다.
발췌 인용하는 예술과 세상은 깊이 알 필요는 없다. 얕고 다양한
것으로도 그녀들의 허영심과 호기심 그리고 눈동자는 쉽게 사로
잡아놓을 수 있기 때문이다. 오히려 깊이 있게 떠벌렸다간 잘난
척으로 오해받기 십상이다. 해서 내가 지껄이는 예술과 세상에
대해 그녀들이 굳이 맞장구를 안 쳐줘도 아무 상관없다.

— 고개를 살짝 기울이자 머리칼도 한쪽으로 풍성하게 쏠렸다.
한 손으로는 입을 가린 채 고양이 웃음소리를 냈고, 드러난 목덜
미에서는 귀여운 향이 맡아졌다. 완벽한 교태였다. 어린것이 어
디서 그런 교태를 배웠는지가 궁금해서 나는 "요즘 여학교에서
는 교태도 가르치냐?"고 물었다. 그러자 그 아이는 어디서 배웠
는지는 모르겠지만 "웃을 때 입을 가리는 건 교태가 아니라 예
의禮義로 배웠다"고 했다. "아냐. 니가 방금 한 행동은 교태야"
라고 맞받는 나의 말에 그 아이는 뚱해져서 "다른 여자들도 다

그러지 않느냐"고 했다. 교태라는 말이 제 또래에는 흉임을 아는 눈치였다.

결국 "다른 여자들이 다 하면 교태가 아니냐?"는 나의 반문에 그 아이는 더 이상 대답을 못했다. 그래서 나는 "다행히 너의 교태는 귀여웠지만 대부분은 보기 안 좋다. 특히 늙은 여자들이나 못생긴 여자들의 교태는 살기를 느낄 정도의 추태에 가깝다. 해서 부탁이니 앞으로는 웃을 때 절대 손으로 입을 가리는 어리석은 짓은 하지 마! 뭐가 꿀려서 그런 짓을 해! 분명히 말하지만 그건 예의가 아니라 비굴하고 천박하고 얄궂은 교태에 불과해"라고 했다. 그 아이는 여전히 아무 말이 없었지만 얼굴에는 어느새 동의의 표정이 환하게 떠 있었다. 그 표정을 보면서 나는 "역시 나이 먹은 것들은 말할 것도 없고 어린것들조차도 어려운 말을 섞어야 화자話者를 신뢰하는구나. 그리고 보면 단어에도 분명히 계급이 있어!"라는 생각을 했다.

— 짧고도 격렬하게 부르르 떨면서 상체를 곧추세우자 그녀의 짐승이 재빨리 나의 짐승을 꽉 붙들었다. "놔! 안 놔?" "안 돼! 절대 안 놔줄 거야!"라는 말과 동시에 일순간 소름이 끼얹어진 나의 몸이 신음소리까지 내뱉은 건 그녀의 짐승이 더욱 세게 나의 짐승을 부여잡았기 때문이었다. "그럼, 떼아~주우아~까?"라고 겨우 속삭이던 나에게 나른한 덩어리는 "그냥 이렇게 좀 있

어. 너무 좋아서 그렇단 말야"라고 했다. 그래서 나는 "죽기 전
에 빨리 떼내야 된단 말야. 좀 있음 저절로 빠져버린단 말야"라
는 말을 서둘렀다.

— 자라온 환경에 비해 억울하게도 있어 보이게만 생겼을 뿐 잘
생기지는 못했다. 하지만 추나사(추상화에서 나온 사람)와도 상당히
거리가 멀다. 내 옷가지들은 거의 어두운 색이며 반팔로 대변되
는 여름옷은 하나도 없다. 실제로도 가난하지만 계절과 맞지 않
는 옷을 걸친다는 건 분명 없어 보이는 스타일이다. 하지만 계절
과 동떨어진 어두운 색 옷들을 잘만 활용한다면 정신적으로는
매우 있어 보이는 스타일로 거듭나기도 한다.

그렇게 애를 써봤자 돈 없음은 자명하기에 난 또다시 친구가 운
영하는 공장에서 두 달 동안 삽질 노동을 시작했고, 얼마지 않아
내 손바닥에는 다시금 익숙한 굳은살이 꼈다.

어느덧 여섯 달 정도를 살 수 있는 돈을 모은 두 달은 채워졌고,
난 여느 때처럼 공장을 그만두기로 했다. 물론 여섯 달 후면 나
는 또다시 친구의 공장을 기웃거릴 것이기에 나의 퇴직은 늘 한
시적이었다. 노동이 힘들어서가 아니라 두 달 동안 못한 것을 계
속하기 위함이었다. 두 달 동안 게을렀던, 낮엔 물론이고 늦은
밤과 새벽에도 성실했던 그동안의 공상을 계속하기 위함이었다.

퇴직하던 그날 밤, 고용주인 친구가 사주는 저녁을 먹고 퇴직 위

로주까지 얻어 마시기 위해 그녀들이 있는 술집으로 갔다.

그녀는 굳은살 박인 내 손바닥을 연신 만지작거리다가 이윽고 큰 소리로 내 굳은살의 정체를 물었다. 형식은 질문이었지만 이미 어떤 답변일지를 확신한 물음이었다.

지껄이는 말과 있어 보이는 나의 풍모 때문에 내 굳은살의 정체를 노동에 의한 것이 아니라 부자들만 즐긴다는 몇 가지 여가 활동으로 생긴 것으로 확신한 질문임에 틀림없었다. 그렇지만 그녀의 잘못된 확신을 정정해줄 틈도 나에겐 주어지지 않았다. 두 달간 나의 고용주였던 맞은편 친구 때문에 내 굳은살에 얽힌 슬픈 사연을 들려줄 틈도 나에겐 주어지지 않았던 것이다. 그녀가 질문을 마치자마자 자기 파트너의 가슴을 주물럭거리던 친구는 대뜸 "골프를 자주 쳐서 생긴 굳은살"이라는 말로 그녀가 듣고 싶어하던 대답을 했다.

친구의 대답을 듣고도 한 치의 동요도 없이 그윽하게 나를 바라보는 그녀의 눈을 보면서 난 거듭 내 짐작이 옳았음을 확신했다. 그녀는 급기야 내 손을 슬그머니 이끌어 자신의 가슴에 대고 부비면서 "자기 굳은살 때문에 흥분된다"는 촌스러운 수작의 말까지 덧붙였다. 하지만 그녀의 가슴에서 손을 거둔다는 건 내 양심이 가증스러운 허위로 간주했기 때문에 나의 손은 촌스러운 말을 한 그녀의 따뜻한 가슴에 계속 머물렀다. 그러다가 문득 그녀를 통해 휴식하고 싶은 맘이 생기고 말았다.

상관 있는지는 모르겠으나 간혹 정략적으로 돈과 권력이 사돈을 맺고, 대부분은 돈 있으면 자신이 사랑하는 사람과 결혼할 수 있으나 돈 없으면 돈과 결혼할 수밖에 없는 것이 알기 쉬운 현실이기에 난 그녀의 잘못된 믿음을 정정해주려는 생각을 접었다. 그 결과 나는 술자리 내내 굳은살의 정체에 대해서만큼은 친구의 거짓말보다 더 나쁜 침묵의 말을 하고 말았다. 하지만 돈이 자아낸 이 같은 풍경 속에서 마신 생수는 무척이나 씁쓸했다.

— 요약된 나의 우울한 개인사를 들은 그녀는 물기 젖은 눈으로, 그 눈에 부합되는 표정으로 날 바라봤다. 그 표정은 패고 싶은 표정 중 으뜸, 바로 연민의 표정이었다. 꼴 보기 싫었다. 그래서 한마디 했다. "왜 오늘 함 주려고?"

— "니가 뭔데 따스하고 안락한 내 곁에 있는 거야! 밖을 봐! 미안하지도 않아? 너보다 백 배는 괜찮은 그녀들이 저렇게 많은데 너 따위가 무슨 자격으로 내 곁을 꿰차고 있냔 말야!
아직도 모르겠어? 비바람 치는 을씨년스러운 날씨를 견디며 버스를 기다려야 할 건 그녀들이 아니라 바로 너란 말야! 신호 바뀔 때가 다 돼가는 데 도대체 안 내리고 뭐하는 거야! 제발 이제 좀 내려줘! 니가 이렇게 고집 부리는 동안에도 너로 인해 쾌적한 공기가 자꾸만 사라지고 있잖아! 괜찮은 그녀들이 밖에서 더러운 공기를 마시며 오들오들 떨고 있잖아! 그러니 제발! 지금 즉시 내려줘! '탐욕 없었던 너' 로 추억할 수 있도록 지금 당장!"

― "부자가 피는 바람은 용서되는데 개뿔도 없는 놈이 바람 피는 건 도저히 참아줄 수가 없대. 흥! 창녀와 뭐가 달라? 지린내 나는 입구에 소금 뿌리는 창녀와 뭐가 다르냔 말야.
이유 불문하고 감정도 공유해야 하는 것이 부부라던데, 배우자의 행복에 다른 배우자도 이유 불문하고 행복감을 느껴야 부부라던데, 그런데 아내가 행복해 보이는 난 왜 평소보다 더 고통스럽고 불행한 기분이 드는 것일까? 부부는 왜 한 사람만 행복하면 안 된다는 거지?"라고 했다. "내가 안 그랬다"고 농담했지만 친구는 여전히 어두운 표정으로 "부부는 왜 둘 다 불행해야 하고 둘 다 행복해야 돼? 흥! 인간이 어찌 같을 수 있단 말야. 안 그래? 근데 난 왜 행복한 아내를 보면서 초연하지 못하고 평상시보다 더 불행한 기분이 드는 걸까? 이건 뭐야 대체! 응?" 그의 넋두리를 듣는 내내 나는 그의 아내를 떠올렸다.

― 일부 정치인들이 어느 예술작품을 호명할 적이면 호명된 그 작품은 갑자기 현저히 격조가 떨어져버린다. 또한 일부 장사꾼들이 저작권 보호기간을 넘긴 오래된 예술작품을 활용할 적이면 그 작품은 갑자기 천박해 보인다.

고로 예술가들이 죽어서도 모욕을 모면하기 위해서는 반드시 요런 자들을 경멸할 작품을 창조해야 하는 것이다. 그럼에도 불구하고 자신이 "죽은 후의 일이므로 상관없다"는 말을 하면서 요런 자들을 염두에 둔 작품을 창조한다면 나는 후제 반드시 쓰레기를 세상에 남긴 그런 예술가들을 별도로 질겅질겅 씹어줄 것이다.

— 패고 싶었던 순간들만 기록, 정리해둔 건 막연하기만 한 미래의 그녀를 나름대로 구체화시켜보기 위함이었다. 그래서 "사랑의 감정보다는 우정의 감정을 더욱 신뢰하는, 자궁 없이 오직 교접交接을 위한 질膣만 가진 그녀"로까지 구체화시킬 수는 있었지만 완성까지는 아직도 요원하기만 하다.

그럼에도 불구하고 난 이제 그녀들 없이 살이가 닳아져도 허허롭지 않다. 나에 대한 성찰의 시간을 자주 가지면서, 그동안 이불 깔기용으로만 얄팍하게 활용했던 음악, 그림, 책 등을 진지하게 대하면서 "이것이 삶의 전부일 것"으로 위안 받으며 충만한 시간을 보내고 있기 때문이다. 물론 패고 싶었던 그동안의 그녀들 덕택에 나의 몸과 마음이 충만함을 누릴 수 있게 된 것임을 알지만 그녀들과 화해하고픈 맘은 추호도 없다. 왜냐하면 언젠가 또 다시 나는 미래의 그녀를 찾아나설 것임을 잘 알기 때문이다.

정적의 두려움을 피하려 훑은 책. 여전히 안 오는 잠. 고요한 천장에 다시금 홀연히 나타난 아내. 갑갑해지는 가슴. 빈틈없는 새벽 공기. 떠오르는 영상映象. 그건 공기에 갇혀 서로의 독방을 포옹한 사람들. 두려움과 더불어 외로움까지 받아들이라는, 그걸 본 정적. 그 아슬아슬한 순간, 가물거리며 나를 내면內面으로 데려 간 다행스런 새벽 공기.

독방의 울림과 냄새 그리고 열기와 냉기를 전하는 새벽 공기. 포옹한 그들의 피부와 피부 사이에도 차단막으로 존재하는 새벽 공기. 그로 인해 새벽 공기를 따라 즉시 부유浮游되고 마는 독방의 통신, 통신들. 때문에 포옹하고 있을 때 더욱 외로워진 사람들.

정적과 함께 다시금 보이는 천장. 하지만 곧, 근실근실 떠오르는 앞으로의 살이에 의해 가려지는 아내. 색다르게 들뜨는 기분. 마지못했던 그동안의 삶을 끝낼 수 있다는 홀가분한 기분.

어느 작가는 글을 쓰기 위해 동사무소 직원이 되기를 희망했대. 소설『남회귀선』의 주인공은 '내게 필요한 건 일이 아니라 넘치는 삶'이라고 했어. 나도 이번 기회에 그리 살아볼까 해.

그동안 아내와 아이, 차車, 그리고 빚이 더 많은 집도 마련했어. 다른 걸 생각할 겨를도 안 주는 거북한 존재들이지. 헤헤.

겨를을 즐기려면 가진 게 아주 많든가, 아니면 의지대로 아주 없어야 가능하다고 생각했더랬어. 어중간한 자산으로 섣부른 짓 하다가는 그나마도 몽땅 잃을지 모른다는 두려움이었지. 때문에 하고픈 것들은 늘 유보해둔 채 그것을 희망하며 살이를 닳게 했어. 그것이 보통의 삶이라 여기며, '불만'은 배부른 하소연으로 치부하며 잠자코 살았던 그동안이었어.

직장을 그만두는 다음 주를 상상했어. 아내를 여읜 남편의 보편적 얼굴 표정으로 직장을 그만둔다고 선언한다면 눈치 줄 사람은 아무도 없을 것이란 확신이 들었어.

그런데 일하면서도 얼마든지 '넘치는 삶'을 살 수 있을 것이란 자신감이 생기더군. 나의 일은 그리 나쁘지 않아. 반복적이라 지루하지만 숙련되었기에 부담 없는 일이기도 해. 현재가 만족스러우니 고용에 대한 불안도 심각하진 않아. 그러므로 맘만 먹는다면 나의 영혼은 일하면서나 퇴근해서나 언제라도 지루하지도, 피로하지도, 돈도 안 드는 환상적인 여행을 이곳저곳 자유롭게 할 수 있을 것 같아.

급여도 노력한 이상이야. 이것도 기술이라고 나의 일터는 나에게 많은 급여를 챙겨주고 있어. 그래도 난 한 번도 반려하지 않고 꼬박꼬박 받아 챙겼어. 가끔 누군가 염치없는 나에게 "선량하다"고 할 적이면 몸 둘 바를 모르겠더군. 손사래까지 쳐가며 적극적으로 "안 선량하다"고 대답했지만 그 이유에 대해선 절대 말하지 않았어. 대신, 들켰을 때를 대비해서 "먹고살기 위해" 어쩔 수 없었다는 말만 곱씹을 따름이었어. 그러니 누군가에게 안 선량한 내 맘만 안 들킨다면 얼마든지 일하면서도 넘치는 삶을 살 수 있을 것 같아.

어느새, 작은 방에 걸맞는 귀여운 창에 검주황 색지를 걷어내고 희푸르스름한 깨끗한 색지를 붙여놨어. 그것으로 네 번째 아침이 왔음을 알 수 있었어. 누가 뭐 때문에 매일 그러는지 몰라. 어쨌거나 색지의 변화를 즐기려면 그런 이유까지 알 필요는 없을 거 같아.

넷째 날

태양빛은 어디에나 가지만 눌러 있지도 않기에 떠난 자리는 거울 앞을 벗어난 형상처럼 머물렀던 흔적조차 없어. 그렇다고 아쉽지는 않아. 거둬진 그 빛은 다시 올 것이 확실하고, 거둬짐과 동시에 뿌려지는 어둠과 그 빛을 지구로 반사해주는 거울 같은 달이 있기 때문이야. 모조리 뿌려진 어둠과 밝음이, 밝음과 어둠으로 깡그리 거둬지는 정밀한 하루하루. 뿌려지고 거둬지는 접점의 풍경은 늘 아름다워.

아름다움에 이끌려 나가게 된 바깥 공기는 신선했어. 바람이 날 반갑게 맞았어. 바람은 어떻게 생겨났을까? 인터넷 검색하면 알 수 있을 테지만 벌써 저만치 가버린 바람한테 물었고, 별 기대

없이 대답은 다시 올 때 듣기로 하고 서성거렸어.

예상보다 빨리, 다시 온 바람은 담백한 밥 냄새를 전해줬어. 그 바람에 내 오래된 밥 냄새가 고스란히 추억됐어. 그러자 바람은 "맞아! 네 어릴 적에 생겨나 여기까지 온 거야"라는 대답을 속삭였어.

어릴 적, 안방보다 낮게 자리했던 정지의 아침 풍경을 사랑했어. 특히, 증기 가득한 겨울 아침의 정지는 환상적이었어. 그 증기를 구름이라 여기며 그 속에서 보이기, 안보이기를 반복하는 엄마와 누나들을 선녀들이라 우겼어.

쪼대흙(검은 찰흙)으로 다져진 정지 바닥은 평상시엔 딱딱하지만 물을 뿌리면 금세 유순해졌어. 물을 안 뿌리면 바닥에선 먼지가 났고 많이 뿌리면 진창이 됐어. 때문에 정지일을 하려면 우선 정지를 골고루 다니며 신중하게 손을 놀려 바가지 물을 바닥에 흩뿌려야 했어. 검증 결과 그건 꼼꼼한 셋째누나가 적임자였어. 집집마다 달랐지만 우리집 정지 바닥은 중간 크기의 빨간 플라스틱 바가지 한 바가지가 적당했어. 정지 바닥 먼지가 간수되고 나면 엄마는 수건으로 다시 한 번 머리카락을 단속한 후, 아궁이 주위에 옹기종기 쭈그리고 앉아 코를 훌쩍거리며 졸고 있는 누나들에게 정지일을 분담시켰어.

난 새의 지저귐, 누나들의 조잘거림과 웃음소리, 누나들을 나무라는 엄마의 고함소리, 양은 그릇들이 달그락거리는 소리, 그리고 라이브로 반복되는 장사치 아저씨의 "간장, 쥐~약" 소리에 잠을 깨곤 했어. 잠을 깨 식전食前의 방을 둘러보면 대식구가 누웠던 전날 밤과는 달리 항상 형과 여동생 그리고 나밖에 없었어.

그러면 난 이불을 둘둘 감고 누운 채 아랫목으로 쌀벌레처럼 이동해서 사람은 조아리고 밥상은 의젓하게 드나들 수 있는 크기로 방과 정지를 이어주던 작은 미닫이 방문을 힘차게 밀어 제쳤어. 내가 깼으니 서두르라고 말야. 그러고는 눈 아래 펼쳐진 정지를 살폈어.

증기 속을 부산하게 움직이는 엄마와 누나들의 눈과 마주치는 걸로 아침인사를 대신했고, 오뎅이 간장에 쫄리는 냄새를 맡으며, 막내누나가 광을 낸답시고 참기름을 입혀 놓은 김이 연탄불 위에서 몸을 배배 꼬는 모습을, 엄마의 식전 심부름 중에 제일 신나는 것으로서 내 발길질에 잠 깬 형이 반쯤 정신 나간 얼굴로 비척거리며 닭장으로 향하는 모습을 보면서 곧 있을 식사를 떠올리며 누워 있었어.

엄마는 방 식는다며 문 닫으라고 하면서도 갓 만들어진 반찬을 내 입에 넣어주곤 했고, 뚱한 표정으로 반찬을 우물거리며 누워 있는 나에게 소매를 걷어올린 하얀 팔의 누나들이 빨간 손가락에 맺혀 있는 차갑고도 매서운 물방울들을 내 얼굴에다 팅기는 장난을 걸면 난 연신 이불을 들썩이며 물방울들을 막았고, 그러다 보면 여동생도 깨어났고, 자기한테도 물방울을 튕기라는 여동생의 이상한 떼에 깔깔거리다 보면 잠이 싹 달아나곤 했어.

엄마는 정지일 하기엔 이른 겨울 아침이면, 가끔 싸늘한 방 윗목에서 무시를 썰곤 했어. 그 소리에 잠 깬 나에게 엄마는 빙그레 웃으며 조각내 놓은 무시 몇 점을 입에 넣어주곤 했어.

그 즈음이면 아버지도 일어나 녹슨 대못 옷걸이에 어울리는 작업복을 주섬주섬 걸어입고는 한 방에 자고 있는 오남매와 이미 깨어 있는 엄마와 나를 스윽 훑어보곤 아침인사말 한 마디 안 건네고 무뚝뚝하게 방을 나섰어. 그래도 그 순간은 형제들 중 내가 부모로부터 가장 사랑받고 있다는 느낌을 받았어.

아버지가 나간 잠시 후면, 둘째누나가 있는 골방 문이 여닫치는 소리가 났고, 그 방의 연탄아궁이 뚜껑 여닫치는 쇳소리까지 이어지고 나면 천천히 잦아드는 아버지의 팔자걸음 소리가 들렸어. 늘 식전에 집을 나서는 아버지는 밥상이 차려질 즈음에 내가 데려와야 할 '소╇'였어.

어릴 적의 회상은 청소차의 소음에 중단됐어. 도로 갓길을 천천히 움직이며 쓰레기를 빨아들이는 청소차의 소음은 평소 하루를 시작했던 아침 6시 부근임을 환기시켰어. 문득 나의 하루는 늘 소음으로 시작된다는 생각을 하다가 다시금 나의 어릴 적이 돌이켜졌어.

어릴 적, '간장과 쥐약'을 판다는 장사치 아저씨의 목소리는 일정한 시각의 이른 아침이면 어김없이 들을 수 있었어. 지금의 청소차처럼. 아저씨의 목소리가 안 들리는 날에는 동네엔 아침도 안 올 정도였지. "간장, 쥐~약"을 반복 읊는 아저씨의 목소리는 새벽 염불만큼이나 청아했어. 지금도 '간장'과 '쥐약'이라는 단어들을 들을 때면 기분이 상쾌해지곤 해.

말이 '간장과 쥐약'이지 아저씨의 자전거 짐칸에는 간장과 쥐약 외에도 콩나물, 오뎅, 두부 등 부식재료들로 가득했어. 시장이면 한적한 동네 아줌마들은 매일, 그것도 식전에 와주는 아저씨를 반겼고, 아저씨도 엄마를 따라나선 식전의 아이들에게 공짜 오뎅 한 장을 주는 것으로 고마움을 표하곤 했더랬어.

청소차의 소음은 집요했어. 쓰레기를 빨아들이는 기계음으로 삭막한 아침을 맞는 아이에겐 이젠 엄마의 열광적인 뽀뽀마저 사라지고 말았다는 측은한 생각을 들게 한 소음 때문에 집으로 발걸음을 서둘렀어.

규정상 아이는 학교에 며칠 더 안 가도 돼. 그러나 어른들끼리 합의한 사항이므로 아이한테 의향을 묻기로 했어.

아이가 학교에 간다고 해도 걱정이었어. 아무리 편견 없는 아이라도 등교 준비는 엄마 손에 길들여졌기에 아빠의 서툰 손길을 못 참아낼 것이었어. 그렇지만 어차피 겪어야 할 일상이기에 현재 내 맘이 측은지심으로 충만할 때 아이의 짜증과 맞닥뜨린다면 큰소리를 안 내고도 충분히 참아낼 수 있을 것이고, 그러다 보면 서로에게 길들여질 것이라는 생각을 했어. 한없이 추락한 감정의 바닥에는 이성이 싹트고 있을 것이라는 확신 때문이었어.

전날 천장을 흐르던 불빛의 반대 방향으로 차량 소음들이 잦아들었어. 잦아듦이 빈번해진 그만큼 아침은 깊어졌어. 그래도 아이를 깨우기엔 이른 시각이었어. 학교 갈 의향을 묻고, 간다면 준비할 시간까지 감안하더라도 일렀어.

안방 문을 열었어. 모로 누운 아이는 여전히 자고 있었어. 발치께로 내동댕이쳐진 돌고래 인형을 아이의 다리 사이에 끼웠어. 아이가 '으~음' 거리며 바로 누웠어. 그 바람에 돌고래 인형 입이 그날 아이 고추를 지키던 당번인 곰돌이 푸우와 입을 맞췄어. 민망하고 불쾌해서 돌고래 인형을 멀찌감치 치워버렸어.

아이 얼굴을 봤어. 보노라니 선량해지더군. 표정 때문일 거야. 잠자는 얼굴이 주검의 얼굴보다 더 슬퍼 보이는 이유도 그 때문일 거야.

그럼 뭐해! 잠 깬 사람들의 표정은 무표정으로 한결같은데. 세상이 무표정을 선호해서 그런 걸까? 그래서 사람들은 밖을 나설 때 몸에만 옷을 걸치는 게 아니라 얼굴에도 교묘하게 만든 두터운 밀랍투구를 뒤집어쓰는 걸까? 그렇게 단도리해본들, 사람들은 또다시 세상에 의해 하루를 모욕 당하고 마는데. 밀랍투구를 벗어놓고 잠자는 모욕 당한 사람들의 얼굴을 보면 또다시 애틋해지고 마는데.

‘세상’ 이란 놈은 아무래도 탐욕스런 자신을 감추려다 그만 표정까지 잃어버리고 만 씹흝놈인 것 같아.

위안받기 위해 무표정한 자신과 빼닮은 ‘아래’ 를 더욱 게걸스레 흝아대며 집착하는 세상은 또한, 그래도 자신을 아름답다고 씨부렁대는 사람들까지 더럽게 쭉쭉 빨아대는 통에 온 천지에 정치적인, 변태 같은 징그러운 놈들로만 채워놓은 씹흝놈의 세상.

나도 무거운 밀랍투구를 쓰고 하루를 견뎌내려면 쌀을 씻어야 했어. 밥통 물기를 닦으려 행주를 찾다가 개수대 수도관에 널려 말라있는 걸 발견했어. 하얀 행주에 청초한 느낌을 받아 잠시 깔끔 떨던 아내를 추억했어.

밥솥 전기를 꽂고 안방으로 가 여전히 천진난만한 잠에 빠져 있는 아이를 보고 다시 집을 나왔어. 아침마다 완벽하게 소외되는 아파트 공동 정원에서 예측 가능한, 질서정연한 지루한 풍경을 보면서 줄담배를 피웠어.

배달하는 사람, 운동 가는 사람, 운동하고 오는 사람, 출근하는 것으로 보이는 사람, 일찍 집으로 돌아오는 것으로 보이는 사람, 학교 가는 것으로 보이는 교복 입은 학생들이 연출하는 지루한 풍경들. 그렇지만 오늘도 그들이 나의 아내처럼 모욕을 안 당했으면 하고 주제넘게 바랐어.

작은 벌레들의 주검들이 화강석 바닥 여기저기에 방치돼 있는 걸 보다가 축적을 모르고 이미 배를 채운 새들은 어딘가에 모여 명랑하게 지저귈 것이라 맘대로 생각했어.

부지런한 아낙에 의해 막 쏟아지던 신선한 음식물쓰레기에 벌레들의 주검들이 안타까워 다시 보게 된 바닥엔 크고 작은 개미들의 행렬이 이어지고 있었어. 벌레들의 주검들을 취하고 있는 행렬이었어. 곧 지루하고 역겨워져 행렬에다 마지막 담배꽁초를 던지곤 슬리퍼 바닥으로 모질게 비빈 후, 예상대로 압사당한 개미들의 주검들을 확인하곤 침도 안 뱉고 외면했어.

그때 차 소리가 으르렁거림으로 들렸어. 그 소리에 놀라 허겁지겁 집으로 향했어. 코끝이 찡했어. 잠 깬 아이가 상황의 몰이해로 공포에 휩싸여 울고 있을 것 같았거든.

다행히 아이는 자고 있었어. 부여받은 소임을 제대로 못하고 있는 아파트 방음벽에 농락당하고 만 거지. 시계를 보니 정원에서 서성거린 시간은 불과 십여 분 남짓이었어. 아내 없는 세상에 화가 치밀었어.

압력밥솥의 추를 제치자 하얀 증기가 내뿜어졌어. 생명 없는 것들이 만든 증기는 경이로웠어. 예상된 발현임에도 그랬어. 죽은 아내가 잠깐 와서 다 된 밥을 일구더라도 그 놀라움에는 못 미쳤을 거야.

밥을 일구면서 아이가 좋아하는 김, 김부각 그리고 달걀 후라이를 내야겠다고 생각하고 안방 문을 닫은 후, 거실 소파에 앉았어. 그랬더니 정적. 낯선 아침 정적에 날선 짜증은 텔레비전과 라디오 소음으로 거실을 채워버렸어.

텔레비전에선 뉴스가, 라디오에선 음악과 DJ의 말 그리고 광고가 번갈아 나왔어. 뉴스는 지루한 리메이커 드라마의 전형답게 출연자들만 다를 뿐 연출은 변함없었어. 사기, 살인, 강도, 강간 그리고 국고國庫로 지어진 여의도 다방 단골 한량들의 말장난 등 별게 없었어.

세계적인 주인공을 끊임없이 배출하고 있는 중동지역을 현지 올로케한 전쟁드라마도 변화 없는 스토리와 연출 탓에 식상했어. 돈 없는 복수는 자살 공격으로, 돈 많은 보복은 미사일 공격이란 철저한 상호주의 공식에 의한 구성이었어. 상호주의의 결과물인 주검들을 부여잡고 오열하는 여인들. 그녀들 곁에서 커다란 어린 눈망울을 뚜릿거리며 자살폭탄으로 죽은 주인공의 어린 시절을 연기하는 미래의 주인공들도 밋밋했어.

나만 그런지 몰라도, 뉴스를 오래 보다 보니 인간사에 가장 큰 비극인 전쟁조차도 참담함이 선험되기는커녕 지겹도록 편성되고 있는 하잘것없는 드라마로 보이곤 해. 이렇게까지 인간사를 망쳐 놓은 세계의 위정자들에게 심히 유감이야.

개중 가장 유감스러운 놈은 단연 원숭이황제야. 인간스러움을 가장 잘 흉내 내서 황제로까지 추대된 못생긴 녀석의 말은 언제나 대변인이란 역할을 맡은 인간이 전하고 있어. 전할 적의 표정은 늘 진지해서 접할 때마다 폭소가 터져 원숭이황제보단 그나마 거부감이 덜해.

날씨뉴스는 오전에 내릴 비가 내일까지 이어지다가 그 다음날 맑아진다고 했어. 이틀 후의 맑은 날이 나랑 뭔 상관이람. 그전에도 날씨뉴스는 ‘하지만, 그러나’란 접속사를 활용해 장마 시작을 예보할 때는 장마가 물러나는 먼 훗날을, 여름과 겨울을 예보할 때는 가을과 봄이 오는 때를 예보했었어.

그러한 예보는 정상인이라면 맑고 따뜻한 날을 좋아해야 한다는 압박으로 들렸더랬어. 때문에 날씨뉴스가 혹시, 좋은 날은 반드시 오므로 오늘이 억울하더라도 투덜대거나 반항하지 말고 내일을 희망하며 살도록 ‘계몽’하라는 누군가의 지시를 받은 것이라는 의심마저 들곤 했어.

할당 시간이 짧아 계몽할 시간이 모자랄 때의 날씨뉴스는 가급적 밖에 나가지 말라는 둥, 우산 챙기라는 둥, 세차 하지 말라는 둥, 두꺼운 옷 입으라는 둥, 운동해도 좋다는 둥 하나마나한 말을 했어. 일방적으로 그런 말을 하다 보니 일급일식日給日食하느라 가뜩이나 피곤한 일소들도 “팔자 좋은 소리하고 자빠졌네!”라든지 “집구서억~ 있으만 누가 밥 처미주냐!”라는 실없는 빈정거림을 일방적으로 작렬시키곤 했어.

여전히, 스트레스 받은 몸짓들을 계량화해 놓은 짐승스러운 결과들을 신나게 읊어대는 스포츠뉴스 앵커는 역겨웠어. 그 와중에도 라디오DJ는 스피커를 통해 연신 침을 뱉어대고 있었어.

틈틈이 라디오를 들으면서 알게 된 건 아침DJ들은 멍하고 우울한 공복의 사람들에게까지 아침은 무조건 상쾌해야 된다고 했고, 오전DJ들은 할랑하고 말랑한 시간을 보내야 된다고 했고, 점심과 오후DJ들은 졸거나 자면 "죽인다!"고 협박했고, 저녁DJ들은 저녁에 출근하는 사람들한테도 "퇴근시간"이라며 "수고 많았다"는 경박한 말로 경멸했고, 밤DJ들은 어린 사람들을 상대로 뚜쟁이 못지않은 몹쓸 언사를 남발했으며, 한밤과 새벽 DJ들은 무조건 누구를 그리워해야 하고 감상에 젖어야 하며 직접적인 언급은 안 했지만 "내일을 위해 이젠 디비자야 한다"는 뜻으로 잠 오는 음악만을 틀어대곤 했더랬어.

역시나 아침DJ는 상쾌한 아침이라고 하더군. 아랫배에 힘주고 활기차게 아침인사를 해야만 만만치 않은 하루를 견딜 수 있다고 하더군.

귀담아듣지 않았어. 그러자 아침DJ는 정색한 목소리로 그래야만 밤새 자느라 못 본 가족들과 이웃들 그리고 동료들이 안심한다며 멍청하게 있지 말고 아침 습관이나 서둘러 깨우라는 뜻으로 방방대다가, 좀 심하다는 PD의 지적이 있었던지 이내 생글 방긋 나긋한 목소리로 "오늘도 희망으로 살 것을 약속하자"며 댄스가요 양을 나의 거실로 들여보냈어. 헤헤.

편해서, 한때는 아침DJ가 약속하자던 '희망'을 믿었었어. 희망 때문에 내 삶이 억울하게 소진되는지도 모르고 희망의 삶을 기꺼워했더랬어. 매번 집을 나설 때마다 맞닥뜨리는 유들유들한 자들의 번지르르한 말들에 의심 한 번 제대로 못하고 당해도 희망 때문에 감내했더랬어.

과연, 돈 한 푼 안 드는 '희망'을 툭 던져주고 득을 보는 것들은 어떤 년들인지. 끊임없이 희망을 말하라고 아침DJ를 매수한 것들은 어떤 놈들인지 궁금해.

그때였어. 거듭 '아침습관을 깨우라!'는 아침DJ의 극성에 전혀 생각지도 않았던 녀석이 불쑥 일어났어. 미안. 시슬리룩의 미덕을 모르는 바 아냐. 하지만 나를 싸그리 보여주고픈 편지니까 구역질 나더라도 참고 읽어주길 바래.

나 혼자임을 알았는지 녀석은 거침없이 솟아올랐어. 곧 아이를 깨워야 한다고 해도 막무가내였어. 미웠어. 미웠지만 우선은 달래야만 하는 녀석이기에 급한 맘에 바삐 채널을 바꿨어. 그러다가 OCN 영화채널에 멈췄어. 화면 상단에 15라는 자막이 걸린 미국 영화였어. 그 많은 아침 프로그램 중에서 녀석의 정염을 도와줄 건 휴양지 바다가 배경인 그 영화가 고작이었어.

각 티슈를 무려 넉 장이나 뽑았어. 성적 암시들이 농후하기를 바라면서 모로 누웠어. 각 티슈를 말아 쥔 건 왼손이고 녀석을 꾹 모듬어 쥔 건, 그동안 한 번도 녀석을 배신한 적 없는 오른손이었어. 오른손으로 녀석을 쓰다듬었어. 늘 노골적인 녀석은 "짝짝!"

소릴 내며 드러내놓고 좋아했어. 그 소리가 민망해서, 그보단 자칫 안방 기척을 놓칠까 봐 쓰다듬기를 멈추고 같은 소리를 못 내도록 녀석을 툭 쳤어.

녀석을 다시 쓰다듬게 된 건 키스 장면에서였어. 짧은 키스 후, 남자 혼자 차를 운전하는 장면에서는 눈을 감고 녀석이 그동안 열광했던 성애 장면들을 떠올리며 계속 쓰다듬었어. 급기야 녀석을 패는 지경에까지 이르렀지만 녀석은 역시나 변태였어. 그렇게 맞으면서도 녀석은 더 세게 때려달라고 요동치며 떼 썼어. 이윽고 녀석이 신호를 보냈어. 눈을 떴어. 애석하게도 영화는 남자가 공부하는 장면이었어. 다시 눈을 감으려는 그때, 참을성 없는 녀석은 그만 찰라와 같은 행복을 "후다닥!" 추락시키고 말았어.

그러고도 녀석은 여전히 솟아 있었지만 당황하지 않았어. 그즈음의 녀석은 경험상, 외면만으로도 쉽게 달래진다는 걸 알거든. 휴지와 왼손 그리고 거실 바닥으로까지 흩어진 못 말리는 정액, 말리다간 불결한 냄새만 풍기는 정액을 빨리 치워야 했어.

하지만 팬티는 바로 입을 순 없었어. 그랬다간 중력에 의해 여분의 정액이 팬티를 적시고 말거든. 젖었으니 마르겠지. 마르면서 녀석과 팬티를 붙여놓고 말거든. 그래서 팬티를 무릎께에 걸치고 어기적거리며 화장실에 갔어. 중량감마저 드는 온기 어린 휴지를 변기에 버린 후, 여분의 정액에 이어지는 소변까지 변기로 보내는 데 용쓰다가 그만 똥통에 걸터앉게 됐어. 새로 뜯어낸 휴지를 감싸 쥐고 가만히 앉아 있었어. 그럴 때면 똥통은 언제나 나를 사색으로 데려갔지만 똥구멍을 닦자마자 그곳 정경은 다 잊어졌어.

한가득, 내 몸의 잉여물들이 뒤섞여 있는 똥통은 불결했어. 수치스러운 잉여물들은 지구 어딘가에 누적되어 이젠 거대한 산더미를 이루고 있겠지. 그렇지만 상관없어. 절대 내 것으로 지목되지 않을 것이 확실하거든. 눈앞의 수치 또한 손가락질 한 번이면 "꾸르륵!" 상쾌한 소리와 함께 모조리 사라지고 말거든.

하루에도 몇 번이나 오물을 뒤집어쓰고도 언제나 해맑은 똥통, 아내의 손길에 말쑥해져도 갓 목욕한 사람과 달리 당장이라도 오물을 뒤집어쓰고 말겠다는 기꺼운 자세를 취하는 똥통. 그런데 나의 수치를 자꾸 떠맡기다간 언젠가는 똥통이 궁디 까고 앉은 나를 확 집어삼켜 거대한 수치더미로 처박아버릴지도 모른다는 생각에 간혹, 똥통이 무서울 때도 있어.

가슴이 철렁했어. "엄마!"라고 부르는 소리에, 그 부름에 반응해야 할 사람은 나이기에. 한 번 더 "엄마"라 부르는 목소리엔 기대와 체념이 묻어 있었어. 반가움과 실망감을 곧 터뜨리고 말겠다는 불안정한 목소리에 얼른 안방으로 건너가 아이를 껴안았어. 안고 있다가 손 안 씻은 게 생각나 찝찝했어. 그래도 아이 등을 토닥이며 "엄마는 하늘나라에 있어서 대답을 못 해"라고 했어. 말로 하니 진부하고 뻔뻔한 거짓말은 더욱 도드라져 아이를 안은 팔에 힘이 들어가더군.

아이는 안 보챘어. 지난 밤, 아이 육체로 집중됐던 성숙이 아이 맘으로 몽땅 간 듯했어. 기특하다고 생각하고 있는데 아이가 내 볼에 입을 맞추고는 자기 방으로 쪼르르 가버렸어.

아이의 피아노 소리를 들으며 밥을 폈어. 내가 최근 즐겨 듣는 모차르트의 피아노 소나타 16. K.545였어. 아비를 위로하기 위한 선곡으로 여겨져 흐뭇하게 들었어. 너도 알 거야. 내 블로그 배경 음악이니까.

아침 상식을 차린 후 나직이 곡하며 세 번 절했어. 그런 다음 아이한테 학교 갈 의향을 묻는 대신, 학교 갈 준비를 하라고 일렀어. 아이도 응당 가야 된다고 생각했는지 피아노 치기를 멈췄어. 거실로 나온 아이는 바닥에 눕더니 장난기 가득한 얼굴로 팬티를 벗었어. 벗은 팬티를 내게 획 던지더니 깔깔대며 다리를 활짝 벌렸어. 오해하지 마. 작은 잠지를 닦아달라는 아이의 평소 습관이니까. 팬티 던지는 행동 말고는 아침이면 늘 봐오던 아이의 습관적 행위니까.

그런데 흘려 보는 입장이 아니라 행동해야 하는 입장이 되고 보니 민망했어. 청결한 습관이기에 혼낼 명분이 없었고, 무엇보다 습관이 거부된다면 아이가 혼란스러워할 것 같아 안 닦아줄 수가 없었어.

　다행히 아이의 분홍빛 작은 잠지는 전혀 관능적이지 않았어. 지난밤 라틴여자의 다리와는 달랐던 거야. 지난밤 아빠가 뭐 때문에 겨워했는지 모르는 아이의 해맑은 잠지를 보니 자꾸 안도의 웃음이 났어. 아이의 잠지는 정말 작은 꽃잎이었어. 미안, 진부해도 정확한 표현이라 어쩔 수가 없네.

　그동안 본 게 있어 꽃잎 소제掃除 전용 극세사 수건을 정수기 물로 적셨어. 그러나 깜냥으로 봐왔던 탓에 꽃잎 가장자리를 닦으면서 "엄마가 어디어디 닦아주더냐"고 물어야 했어. 그 물음에, 아이는 즉시 장난기를 걷어낸 표정을 아래로 핀 꽃잎에다 집중시키더니 "조금 옆에, 거기, 위에, 아니 더 위에"라고 했어. 신중히, 아이의 지시사항을 행하다가 작은 꽃잎의 놀라운 예민함에 또 웃음이 났어.

　똥꼬는 "아빠! 똥꼬도 닦아야 된데이"라고만 할 뿐, 이렇다 할 지시사항이 없어 시원하도록 약간 힘을 줘 닦아줬어. 아이는 새 팬티를 입고 씻으러 갔어. 난 식탁을 차렸어. 차리다가 식판이 효율적일 것 같아 식판을 사기로 맘먹었어.

　아이는 어느새 거실 유리창 앞에 앉아있었어. 지난밤 사나이가 머물렀던 그 유리 앞에 말야. 그러나 유리에선 아이 모습만 흐릿하게 보일 뿐이라 아이의 아침 습관을 내버려뒀어. 빗을 들고 아이 뒤에 앉았어.

아이의 손가락들은 바닥피아노를 치느라 연신 꼼지락거렸어. 머리칼을 천천히 빗어 내렸어. 그런데 한 차례도 채 못 빗어 내렸는데, 아이는 뚱한 목소리로 "엄마처럼 잘 묶을 수 있겠나?"라고 물었어. 묻고는 의심의 눈초리로 빙긋이 웃고만 있는 날 거실 유리를 통해 살피는 것이었어. 놀랐어. 먼 산과 하늘, 그리고 악보를 보는 줄로만 알았거든.

벌써부터 집 밖의 시선들을 걱정하는 어린것한테 서툰 빗질을 안 들키려면 주의를 돌려야 했어. 해서 재빨리 "엄마가 없어 좋은 점이 뭐야?"라고 물었어.

일이 초 후, 아이는 "잔소리 안 들어 좋다, 맛없는 거 억지로 안 먹어 좋다, 아빠와 매일 같이 잘 수 있어 좋다"며 줄줄줄 조잘조잘 댔어. 즐거웠어. 그 기분으로 한 가지 더 물었어. "엄마가 없어 나쁜 점은?" 아이의 손가락들이 일제히 멈췄어. 육칠 초 후, 아이는 시무룩하게 "심심하고, 집도 더럽다"고 했어. 동시에 몸을 홱 돌려 안기더니 엄마 보고 싶다며 울음을 터뜨렸어. 그 바람에 애써 모아 쥐었던 머리칼들이 와르르 흩어져버렸어. 어린 사람들의 공통점은 상대를 배려할 줄 모른다는 점이야. 왈칵! "마찬가진데! 어쩌란 말야!"라는 짜증이 치밀어 울음소리는 현악 중주단의 비올라 소리쯤으로 들렸어. 다독여주지 않았어. "학교 늦겠다"고만 무뚝뚝하게 말했어. 의도한 협박이었지. 의도한 대로 아이는 큰 울음을 그쳤어. 원래 자세로 돌아앉으면서는 울먹였어. 울먹임까지 그친 아이는 어깨를 늘어뜨린 채 바닥피아노도 안 치고 먼 산을, 하늘을, 엄마를 보는지 고요했어. 다시 머리칼을 빗어 내렸어. 딱해서 정성 들였어. 다시 모은 머리칼을 서툴게 묶을 즈음이었어. 아이가 "빨리 묶으라!"고 화를 냈어. 그래 봤자 귀여웠어.

사실, 너에게 동정심을 구하려고 "겨우 달랬다"는 거짓말을 하려 했어. 그럼에도 불구하고 부녀의 아침이 측은하게 읽혔다면 사과할게.

밥 먹기 전에 음악으로 집을 채웠어. 웬 음악이냐고? 매일, 깨자마자 떠오르는 음악으로 집을 채우던 아침 습관이 좀 늦어졌을 따름이야. 내게 음악은 아침마다 새로이 배달되는 신선한 식량이거든. 모녀도 나의 그 습관을 무언無言으로 동의했더랬어. 가끔 나만 귀기울인다는 느낌이 들 적엔, 아내가 진공청소기를 돌릴 적엔 언짢아지기도 했지만 소음으로는 안 여긴 모녀였기에 대체로 고마웠어.

아내가 죽은 후, 집에서의 첫날 아침에 듣고파 들은 음악은 King's Singers가 부른 〈Early One Morning〉이란 곡이었어. 적고 보니 유치한 선곡 같아 부끄럽군. 그렇지만 절대 의도한 선곡은 아냐. 믿어줘. 외국어라서 곡 내용은 몰라. 나에게 외국어 곡은 악기와 다름없어. 해서, 독서할 적이나 업무를 위한 공부를 할 적에도 방해가 안 돼.

아이를 무릎에 앉히고 밥을 떠 먹였어. 그런데 아내가 하얀색으로 리폼한 식탁이 그지없이 휑뎅그렁해 보였어. 사인용 식탁의 빈 식탁 의자들까지 도드라져, 며칠 전만 해도 빈 식탁 의자는 하나뿐이었다는 생각에 미쳐 쓸쓸했어.

아이의 표정은 편해 보였어. 안심이었어. 음악을 듣는지 안 듣는지 몰라도, 어쨌거나 습관적 음악이 선물한 표정이라 믿었어. 헤헤.

게으른 반찬임에도 아이는 군말 없이 받아 먹었어. 아이가 씹는 사이마다 난 물밥과 깐 양파를 고추장에 찍어먹었어. 양파는 먹기 좋은 크기로 썰어져 작은 종지에 담겨 비닐 랩에 씌어져 냉장고에 보관돼 있던 거야. 아내가 죽은 날 아침에 못 다 먹은 거야. 그 양파를 씹다가 문득, 아내가 죽어서도 날 챙긴다는 생각이 들더군. 알아, 알아. 부질없다는 거.

아내는 요즘이 양파 수확철이라며, 양파가 몸에 좋다며 끼니때마다 생양파를 한약처럼 챙겨줬더랬어. 그렇지만 양파가 어디에 좋은지 몰라도, 내 몸 어디가 양파의 영양분에 열광하는지 몰라도 안 질리더군.

아내의 잔소리 대부분은 내 건강과 관련된 것이었어. 그 잔소리는 항상 "보험이나 많이 들라!"는 빈정거림으로 마무리됐어.

그래서 어느 날, 별 소득 없이 나의 일터에 자주 나타나던 보험사 직원을 통해 보험에 가입했어. 월 이 만원짜리 보험상품을 아내 몰래 가입했더랬어. 그런데 석 달도 채 못 돼 아내한테 들키고 말았어. 보험사 직원이 나의 신신당부를 실적으로만 들은 결과였지.

퇴근한 나에게 아내는 다짜고짜 우편물을 흔들어대며 "왜! 상의도 안 했냐!"며 화를 냈고, "정말 죽기로 작정한 거냐!"며 무서워했어.

아내의 잦은 잔소리는 무덤덤하던 내게도 부지불식간에 영향을 끼쳤나 봐. 고맙기는커녕, 끊임없이 이래라 저래라 간섭하는 여자 목소리가 너무 듣기 싫으니 말야. 때문에 내 차엔 그 흔한 음성 길 안내 기계도 없으니 말야. 그 기계가 달린 일터 동료들의 차를 탈 적마다 짜증이 치미니 말야.

얼마 전만 하더라도 동료들한테 "집에서도 모자라 돈까지 주고 잔소리를 듣냐"며, "지겹지도 않냐"며 "필시 속이 좋거나 아내가 곰이거나 둘 중 하날 거야"라며 투덜댔더랬어. 그런데 나의 투덜거림이 밑도 끝도 없다며 부연설명을 요구하는 동료들이 더 짜증스러워 요즘은 차를 얻어 탈 적이면 암말 않고 차창 밖만 응시해.

아내의 잔소리가 흠뻑 묻은 양파를 먹다가 그 잔소리가 그리워졌나 봐. 감시하는 아내가 있기라도 하듯 맞은편 빈자리를 힐끔거리며 천천히 씹었거든. 그러한 행동은 아내의 잔소리 한 자락을 듣고픈 그리움의 발현이거든. 안다니까. 부질없다는 거.

아이도 자신의 내면에 빠졌는지 부녀의 아침식사는 조용히 끝났어.

아이가 이를 닦는 동안 옷을 갈아입었어. 아이와 함께 집을 나왔어. 아파트 건물을 나서자마자 아이 손을 꼬옥 쥐었어. 하늘은 일기예보가 알려줬듯 곧 비를 내릴 태세였어.

그러고 걷다가 뭇 시선들을 느꼈어. 활동적이었던 아내의 사망을 알고 있다는 시선, 바로 이웃들의 배려 없고 무지막지한 시선들이었어.

아파트 단지를 막 벗어날 무렵이었어. 건너편 인도에서 한 아줌마가 아이 이름을 부르며 목례를 하더니 손을 흔들며 알은 체했어. 아줌마의 팔 살점들은 지나치다 싶을 정도로 오래 철럭철럭대며 부녀를 꼴사납게 연민했어. 아내는 데면데면한 사이인 그 아줌마를 몹시 싫어했어. 아이도 엄마 편 든다고 그 아줌마는 물론이고 한 번도 같은 반이 된 적 없는 아줌마의 딸까지 싫어했어.

아이와 달리 아내의 싫어하는 이유는 구체적이었어. 어느 날, 아내는 아파트 아줌마들과 막창을 먹으러 간다며 나갔어. 말이 막창이지 술 마시러 간 거였어. 그런데 아내가 일찍 돌아온 거야. 의아했지만, 기분도 안 좋아 보였지만 캐묻지 않았어. 잠자코 기다리다 보면 정성스런 세안을 마친 아내가 얼굴에 화장품을 바르면서 말해줄 게 분명했거든.

이윽고 날 한 번 흘긴 아내가 말했어. 술자리 초반엔 애들 얘기, 선생들 얘기로 화기애애했대. 이어 자신들의 남편들을 흉볼 때는 재미도 있었대. 그러다가 대화 주제가 주식과 부동산으로 넘어갔대. 그 주제로 대화 중일 때, 아내의 말에 의하면 재수없게 조신한 척하던 그 아줌마가 말했대.

우유배달사원 모집 전단지가 각 동 게시판에 나붙었을 무렵 아파트단지 이 동 저 동을 다니다가 발견한 사실은 다름 아니라 전단지 하단에 뜯기 좋게끔 문어발처럼 해놓은 연락처가 우리 가족이 사는 동에서 제일 많이 뜯겨진 것이었대. 그 발견에 아내는 자존심이 팍 상했대. 연락처를 안 뜯었음에도 그렇더래. 그런데 누구도 그 아줌마를 안 나무라더래. 오히려 맞장구를 치더래. 아내는 불쾌했대. 그리고 그 순간 깨달았대. 공교롭게도 자신을 제외하곤 모두 평수 넓은 동에 사는 아줌마들이란 사실을. 때문에 일찍 집에 돌아올 수밖에 없었대.

그 말 끝에 아내는 짐작대로 나의 무능력을 흘겼어. 그러곤 그날 마지막 소변을 누러 가는 것으로 설명이 끝났음을 알렸어.

그리고도 내 곁에 누운 아내한테 난 "우리가 넓은 평수에 사는 그 아줌마들의 삶을 모르듯 그 아줌마들도 우리 삶을 모르기 때문에 맘에 둘 것 없다"고 했어. 그래 놓고 머쓱한 척했고, 나 또한 맘 상한 척 깊은 한숨을 내쉬었어. 그리고 담배를 집어들고 집을 나왔어. 자신이 규정해 놓은 금연시간이 지났음에도 아내는 담배 피우러 나가는 날 제지하지 않았어. 내 연기에 속은 거지. 헤헤.

시간 외 담배를 즐기며 그런 얘기들로 막창을 태웠을 아줌마들의 술자리를 잠깐 상상하자 고만큼만 우스웠어.

나도 목례를 했어. 하지만 아이는 그 모녀를 외면했어. 외면한 채 꼭 달라붙어 내 반바지만 우물쭈물 매만졌어. 어른을 보고도, 동기를 보고도 인사 않는 아이를 나무라지 않았어. 내키지 않는 허위의 인사보다는 무례가 낫다는 생각에서였지. 그렇지만 칭찬할 짓도 아니기 때문에 암말 안 했어.

다시 손을 잡고 학교로 향했어. 몇 걸음 걸었을까, 아줌마의 고성이 들렸어. "야가 와 이카노! 같이 가주면 뭐 어때서 그카는데!"라는 고성이었어. 불쾌했어. 부녀에 대한 아줌마의 감정이 어떠한지가 여실히 증명되는 "같이 가주면"이란 고성 때문이었어.

돌아봤어. 모녀는 마주선 채 그 자리에 있었어. 아줌마 딸은 얼굴을 찌푸린 채 발까지 구르며 온몸으로 허위를 거역하고 있었어. 이런 아이들이 항상 나를 열광시키곤 해. 그렇지만 아줌마는 딸의 머리를 쥐어박아버렸어. 결국, 두 아이와 나의 거부로 관철되지 못한 아줌마의 숭고한 동정심은 아줌마 딸을 울리고 말았던 거야.

미안한 맘이 들었어. 아줌마 딸한테. 그래서 쪼그려 앉으며 아이한테 "업자"고 했어. 동정심 많은 또 다른 아줌마가 아이들한테 안 내키는 동행을 강요하지 못하도록 하려는 생각에서였어. 그런데 아이는 부끄럽다며 거부했어. 아이는 내 손을 잡고 걸으면서 모녀를 자주 돌아봤지만 난 안 봤어.

학교 건물이 보일 즈음 비가 내렸어. 우산은 필요 없을 정도였어. 그래도 아이는 우선을 폈어. 한 방울의 비도 안 맞으려는 아이의 극성은 아내 극성의 유전이야. 아내는 쓰레기 버리러 갈 적에도 비 올 징조가 조금이라도 엿보이면 우산을 챙겼더랬어.

학교에 다다를 즈음 빗방울은 제법 굵어졌어. 우산들은 학교 정문께에서 강을 이루고 있었어. 귀엽다는 생각으로 강을 굽어보던 그때 툭 솟아있는 암초를 발견했어. 반드시 피해야만 하는 암초. 바로, 한 무리의 아줌마들이었어. 아줌마들은 우산을 받쳐 들고 얘들을 학교로 들여보낸 홀가분한 몸매로 뭔가에 대해 얘기하고 듣고 있었지만, 시선들은 얘들만큼이나 산만하게 두리번거렸어. 소문에 따르면, 등교 때 학교 정문에서 시작된 수다는 수다 무리 중의 한 아줌마 집에서 점심까지 해먹으며 계속되다가 아이들 하교에야 끝난다는 것이었어.

그러니 아줌마들의 하루 수다거리로 부녀가 남용된다는 건 끔찍한 치욕이야. 때문에 최대한 머리를 숙여야 했어. 앞서 가는 아이들 우산을 은폐물 삼아 조심조심 걸어야 했어. 그런데 그만, 아이가 무리 중의 한 아줌마에게 발견되고 말았어.

아이 이름을 천박하게 부른 그 아줌마는 이어 "밥 먹었냐!"고 상스럽게 물었어. 때문에 무리의 시선들은 부녀에게 모였고, 들을 만한 게 들려줄 만한 게 없었는지 수다까지 뚝 끊겼어.

아이의 "네"라는 대답은 시무룩하고 너무 작아 내게만 겨우 들렸어. 그런데도 그 아줌마는 재차 묻지 않았어.

무리는 아이에게서 나에게로 일제히 시선을 옮기며 목례를 했어. 얼결에 나도 따라 했어. 서먹한 고요. 부녀를 휘감은 무리의 시선. 때문에 움쩍도 할 수 없는 부녀. 곧 뿔뿔이 흩어져 다시 무리한테로 모이는 무리의 시선. 그때 재빨리 아이가 쓰고 있던 우산으로 가려 아이와 입을 맞추고 돌아서 걸었어. 그런고로 아이가 우산을 가져가라고 했을 때는 아이와 제법 멀어져 다시 아이한테 다가갈 수가 없었어. 대신 손을 흔들었어. 흥겹게. "이따 데리러 오겠다"는 말을 하면서.

무리의 시선은 싱그러운 가로수 길을 걸을 때도, 횡단보도를 건널 때도 뇌리에서 안 떠나다가 숭고한 동정심을 가진 아줌마의 딸과 마주치자 순식간에 사라졌어.

웃으며 "안녕"이라는, 미처 못 했던 인사를 건넸어. 그런데 운 흔적이 고스란히 남아있는 불퉁한 얼굴은 들은 척도 안 했어. 덕분에 기분이 진정 유쾌해졌어. 그 기분으로 그 표정과 꼭 닮은 뒤통수한테도 "잘 가아~"라는 다정한 인사를 건넸어. 짐작대로 골난 뒤통수 또한 요지부동이었지만 미안하게도 귀여웠어.

다시 걸었어. 걷자니 다시금 무리의 시선이 나타났어. 종일 이런 식이었어. 참다 못해 그날 밤 일기장에다 무리의 시선을 감금시켜버렸어.

아줌마들은 오늘 저녁 메뉴로 우리 부녀를 올렸을 것이다.
남편에게 혹은 애들에게 아내를 여읜 남편과 엄마를 잃은 아이를 본 소회所懷를 말할 때는 필시, 연민의 소회, 즉 추악한 자기연민의 소회였을 것이다.
목적은 그동안 가정에서 잊혀지고, 억눌렸던 자신의 존재를 자연스럽게 위로받기 위함이고, 엄마인 동시에 아내인 자신의 존재가 가정에서 얼마나 소중한 존재인지 환기시키기 위한 것이다.

아내도 몹시 추운 겨울밤이면 극빈자와 노숙자를 들먹이며 "추위에 어떻게 지낼까?"란 터무니없는 말 걱정을 해놓고는 자신은 안락하고 따뜻한 곳에 있으니 행복하다고 했더랬어.
그놈도 마찬가지였어. 그놈은 있어 보이게 만든답시고 도시를 최대한 복잡하게 설계해 부와 명성을 얻은 놈이야. 도심의 고층 호텔 꼭대기 객실 침대에 누워 극심하게 정체된 도로를 내려다보면서 "다이내믹한 도시를 만들었다"며 어이없는 자찬을 했던 놈이야.
이렇듯 그놈과 아내처럼 그리고 아줌마들처럼 타인의 불행을 짓밟고 있는 행복이란 절대 악惡인 거야.

편의점에 들렀어. 아이의 간식거리로 과자와 우유를, 아내의 상식喪食거리로 끓는 물에 넣기만 하면 간단히 조리되는 국을, 그리고 나를 위해 담배를 샀어. 인근 점방에 가면 더 싼 가격으로 구입할 수 있지만 안 그랬어. 치욕적이라 아무에게도 말하지 않은 몇 달 전의 유감이 여전히 숙지지 않았기 때문이야.

몇 달 전이었어. 평소처럼 그 점방엘 가서 아내가 지시한 물건만 골라 계산대에 올렸어. 그런데 물건 값으로 백 원이 부족한 거야. 서둘러 점방 주인한테 백 원 갖고 다시 오겠다고 했어. 맞아. "그라소"와 "담에 주소" 혹은 "놔두소"란 점방 주인의 말을 기대하며 서둘렀던 말이었어. 하지만 점방 주인은 씨알도 안 먹힐 표정과 단호하고도 딱딱한 말투로 "마저 내고 가아~ 가소!"라고 했어. 그 서슬에 암말도 못 하고 물건 하나를 빼놓고 잔돈을 거슬러 받아 나올 수밖에 없었어.

너무했어, 아무리 동전 마진 보는 업종이지만 동네 장산데. 섭섭했어, 추호도 백 원을 떼먹으려는 마음은 아니었기에. 불쾌했어, 나의 신뢰가 의심받았다는 사실에. 점방을 나오면서 결심했어. 다시는 그 점방 매상에 일조하지 않을 것을. 그래서 돈을 챙겨 다시 나와 백 원 때문에 못 산 물건을 산 곳은 편의점이었어.

당시엔 내가 안 가면 그 점방은 애먹을 줄 알았어. 그렇지만 지금도 여전히 동네에서 가장 장사 잘되는, 말 그대로 슈퍼점방이야. 쩝……

편의점을 나오니 소나기가 내리고 있었어. 편의점 처마 밑에서 그치길 기다렸어. 이웃들에게 의심스러운 검은 봉지를 든 채 비 맞고 싸돌아다니는 홀아비의 모습은 안 보이고 싶었거든. 그랬다간 진짜 동정의 대상이 될 것 같았거든. 편의점 외부스피커를 통해 흘러나오는 노래보단 빗소리를 골라 들으며 기다림의 단짝친구인 담배를 피웠어. 어김없이 정다웠어. 빗속으로 막 여행을 떠나고 있는 담배연기도 쫓았어. 사라진 담배연기에 대한 그리움은 새로 산 담배 덕에 가벼웠어.

아마 모공이 넓어졌다는 이유만으로 금연을 결행한 사람은 나밖에 없을 거야. 몇 해 전 어느 날이었어. 그날 거울을 통해 본 나의 얼굴 모공은 너무나 징그러웠어. 한숨을 길게 내쉴 때는 모공을 통해 몸속에서 묵은 담배연기가 누렇게 배어나왔어. 그로 인해 담배를 끊기로 결심했던 거야. 하지만 부끄럽게도 금연은 채 이틀을 넘기지 못했어. 그래도 이틀간의 금연은 이십 년의 세월을 체감한 귀한 경험이었어.

나 말고도 소나기 때문에 이동을 유보한 사람들이 또 있었어.

교복 입은 여중생 두 명이 소나기한테 토달거리며 황급히 뛰어들었어. 내가 머문 편의점 처마로 말야. 그 바람에 하마터면 두

팔 벌려 "어서 오라!"고 할 뻔했어. 여중생들의 원기 왕성한 맥박은 로션과 오이 그리고 라벤더 향을 퍼뜨렸어. 상큼한 기분이 들었어. 그렇지만 여중생들은 감동받은 조향사에게 눈길 한 번을 안 줬어. 쫑알거림에도 전혀 거리낌이 없었어. 말하자면, 날 편의점 외부에 비치된 비품으로 취급하고 있었던 거야. 그 바람에 잊고 싶어 잊은 줄로만 알았던 깡패들과 두 할매들이 떠올랐어.

오래전 저녁 무렵이었어. 호텔 앞 노상에 대부분은 서 있는 게 신기할 정도로 뚱뚱한 깡패들이 여럿 모여 있었어. 때문에 사람들은 가두리 철망도 없이 방치된 맹수들을 눈치껏 구경하며 에둘러 간다거나 오던 길을 되돌아가고 있었어. 그런데 두 명의 할매들만은 그렇지 않았어. 웃는 얼굴로 담소를 나누며 천천히 깡패 무리를 향해 걷는 발걸음은 전혀 주눅듦 없이 오히려 여유롭기까지 했어. 깡패 무리를 지날 때, 그것도 한가운데를 통과할 때도 할매들의 담소와 웃음 그리고 여유로운 걸음은 흔들리지 않았어. 마찬가지로 지들끼리 주고받는 깡패들의 온갖 험한 잡담들도 지척에 할매들이 지나거나 말거나였어. 그랬어. 놀랍도록 서로의 존재에 무관심했던 거지. 정말이지 그 순간은 서로가 물건으로 여기는 것처럼 보였더랬어. 어떻게 자세히 아냐고? 미안. 갑자기 기억 안 나네. 헤헤.

두 여중생들은 지각이 일상인 듯했어. 유치원아들이 노란 버스를 타는 시각임에도 담소는 한가로웠고, 얼굴에도 급한 기색

따윈 안 보였어.

그러다 한 여학생이 갑자기 산만함의 전형을 발산했어. 말하다 말고 편의점에서 흘러나오는 노래를 따라 불렀던 거야. 희한한 건 나머지 여학생이 전혀 당황해하거나 불쾌해하지 않는 것이었어. 신기한 건 내게도 경쾌한 노래가사가 들리는 것이었어. 머리 까닥이며 노래 부르는 내 옆 여중생 덕분이었지. 여중생이 리듬과 가사를 알고, 얼마 전에 들었던 노래와도 흡사해 최신가요로 짐작했어.

우연히 주말 가요프로그램을 접한 얼마 전, 노래 가사자막을 읽다가 요즘 세태를 짐작했더랬어.

프로그램에 출연한 남자가수들 대부분은 징징거렸어. 가사자막이 없었다면 대체 뭐 때문에 그러는지 알 수 없을 지경의 징징거림이었어. 하지만 어느 여자가수는 여중생이 따라 부른 그 노래와 비슷한 경쾌한 리듬에 맞춰 발랄한 춤을 춰가며 비록 애인은 있지만 지금은 널 원하니 쿨하게 하룻밤 즐기자는 도발적 가사를 서슴지 않았더랬어. 이에 그날 밤 일기에다 요즘 청춘들의 세태를 나름대로 진단해 놨더랬어.

자유분방한 현대 여자와 그게 못마땅한 현대 남자. 그러거나 말거나 육체적 신호에 솔직하고 적극적으로 응답하는 현대 여자. 때문에 가슴 아프다며 징징 짜는 현대 남자. 그마저 가볍게 일축해버리는 현대 여자.

여중생들 몰래 흥얼거렸어. 흥얼거리자 흥이 나더군. 하지만 흥겨움은 얼마 가지 못했어. 앙칼진 목소리가 번쩍 거렸거든.

앙칼지게 "씨~ 짱나! 졸라 독하네!"라는 말은 따라 부르던 노래까지 뚝 그친 여학생이 한 말이었어. 나도 반드시 들어야 한다는 발칙한 고성高聲이었어. 그 말과 함께 그 여학생은 내게서 멀어지는 애석한 행동, 즉 친구 곁으로 물러나며 날 힐끔거렸어. 그러더니 "완전 똥냄새다, 똥냄새. 아~ 짱나! 야! 어데서 양파 썩은 냄새 안 나나?"라고 친구한테 물었어. '양파' 라는 말에 흥얼대다 벌어졌던 내 입이 꽉 다물어졌어.

질문 받은 친구는 냄새 "안 나는데"라고 하더니 맡은 여학생이 '양파 썩은 냄새' 라고 알려줬음에도 과감하게 코를 벌름거렸어. 몇 초 후, 재차 "아무 냄새 안 나는데"라고 하면서 날 힐끔거렸어. 내 입에서 뿜어진 악취는 기적적으로 벌름 코에까진 안 닿았던 거지.

거듭된 부정의 대답에 맡은 여학생이 언성을 높였어. "뽕치지 마라 가시나야! 두태 오빠 짱께통이랑 똑같은 냄샌데 뭐라카노!! 진짜 냄새 안 나나?"라며 못 맡은 여학생을 매섭게 다그쳤어. 그래도 못 맡은 여학생의 대답은 "안 난다"로 한결같았어. 나아가 맡은 여학생한테 "니가 양파 묵은 거 아이가?"라는 고소한 질문까지 던졌어. 만만치 않은 성격이 엿보이는 대목이었어.

그때, 못 맡은 여학생이 "냄새 난다"고 거짓말했더라도 그건 맡은 여학생의 서슬 탓이라 이해하려 했어. 그렇다고 정직하게 대답한 못 맡은 여학생이 고맙지는 않았어. 도발적 벌름코로 날 잠깐 긴장시켰거든.

못 맡은 여학생의 반문이 뜻밖이었는지 맡은 여학생은 허공을 에두르며 헛웃음을 퍼뜨렸어. 그런 후 "됐다! 가시나야!"라고 하더니 날 슬쩍 흘겼어. 그 흘김으로 옥신각신했던 서로의 후각기능 점검은 마무리됐어. 이후, 서먹한 침묵이 따랐어.

정답던 동기 간의 분위기가 일순간 소나기만 바라보는 험악한 분위기로 변하고 만 거야. 나 때문이란 자책감이 들었어. 견디다 못해 소나기 속으로 내달리고 말았어. 두 여중생들을 웃게 하려고 넘어지기 일보 직전의 미끄러지는 시늉까지 해보였지만 두 여중생들이 웃었는지 꼴 사납다는 눈으로 노려봤는지까지는 확인할 수 없었어.

걱정했던 것과는 달랐어. 소나기 속에서도 두 여학생들의 서먹한 영상映像 때문에 즐겁기만 했거든.

집에 다다를 즈음 소낙비는 내릴 때와 마찬가지로 예고 없이 멈췄어. 허탈하고 억울했어. 머리칼의 물기를 털어내며 걸었어. 우리 동棟에 이르러 긴 의자에 앉았어. 긴 의자는 흠뻑 젖어 있었지만 상관없었어. 간수 잘 한 담배를 피웠어. 담배연기를 따르다가 열려진 우리집 베란다를 보게 됐어. 빗물로 흥건해졌을 베란다를 걱정하다가 베란다 창을 통해 스멀거리며 배어져 나오는 기운氣運을 봤어. 단박에 알 수 있는 그 기운의 정체는 빈집에만 똬리를 트는 공허의 기운이었어. 쓸쓸하기만 하던 그 기운은 그날은 여느 때와 달리 두려움과 함께였어. 다시 걸었어. 우리 동棟을 지난 발걸음은 수목원 길로 이어진 아파트 쪽문을 향했어. 쪽문을 나서기 전에 발걸음은 잠깐 멈추기도 했어. 경비 아저씨에게 편의점 봉지를 맡겨 두기 위함이었어.

하늘을 본 다음에 쪽문을 나섰어. 수목원까지 내리막진 길은 가로수뿐 텅 비었고, 완벽하게 복권된 나의 산책권을 축복하기 위함인지 하얗게 빛도 나고 있었어. 슬며시 웃음이 났어. 그 웃음에 다시 정답게 조잘대는 두 여중생들의 모습이 어우러졌어.

아파트가 신축될 때 아파트 뒤로는 새 도로가 닦였어. 사람들이 아파트에 입주할 즈음, 새 도로 갓길엔 은행나무들도 나란히 입주했어.

방 확장과 하자 보수로 소란스럽던 아파트 입주 초기엔 은행나무들도 뽑혀진다거나 새로 심겨진다거나 보호대가 둘러진다거나로 분다웠어. 아파트 입주민들이 고요해졌을 무렵, 은행나무들도 조용히 잎사귀와 열매를 맺었어. 그 후로 입주민들과 은행나무들은 몇 해째 고요하고 조용한 이웃으로 살고 있어.

하지만 도둑이 기승이라는 관리사무소의 방송과 아파트 으슥

한 곳에 버려진 젖비린내 나는 담배꽁초와 생리대 그리고 높아만 가는 담보대출 이자율과 실업에 대한 스트레스로 인해 아파트 입주민들은 고요 속에서도 늘 불안했어. 은행나무들도 심심찮게 처박는 차들과 날카로운 바람소리로 위협하는 차들과 가을이면 심해지는 사람들의 발길질과 멱살잡이, 그리고 작대기찜질 때문에 조용한 가운데서도 늘 불안했어.

얼마 안 걸었는데, 그 멋진 길에서 그만 쓸쓸해졌어. 원인 모를 쓸쓸함 때문인지 드물게 오가는 차량에서 쏴대는 눈총은 아무렇지 않았어.

일터에서도 가끔 쓸쓸해지곤 했어. 대부분은 견뎠고 드물게는 아내한테 전화도 걸었어. 운 좋으면 묻지도 않은 아이와 자신의 현황을 말하는 아내의 고음高音을 들을 수 있거든. '우울' 이라곤 없는 나라에서나 들을 법한 아내의 고음을 듣다 보면 좋은 그 나라는 일 마치면 곧장 갈 수 있는 곳이란 생각에 닿아 쓸쓸함이 사그라지곤 했거든.

반대로 운 없으면 쓸쓸할 때는 물론이고 그렇지 않을 때도 툴툴대는 아내의 목소리를 듣게 돼. 그러면 평소보다 더 집에 가기 싫어졌어. 그래서 어지간하면 전화를 안 했어. 아내가 전화를 어떻게 받을지 종잡을 수 없었기 때문이야. 그로 인해 '무심한 남편' 이란 소릴 들어야 했지만 어쩔 수 없었어.

간혹 아내가 밤에 모임을 나갈 때면 난 아이를 재우다가 대부분 같이 잠들었어. 그런 나를 늦게 돌아온 아내는 반드시 깨웠어. 깨워선 "부인이 밤 늦도록 안 들어왔는데 어떻게 잠을 잘 수 있냐"며, 모임에 나온 아줌마들은 모두 "남편 전화 받더라"는 잔소리를 퍼붓다 속이 더 상하면 "결혼에 회의감이 든다"고까지 했어.

그러던 어느 날 난 변명을 했어. 같은 이유로 잔소리를 듣다가 잠이 달아나 아내가 좋아하던 드라마인 〈사랑과 전쟁〉을 아내와 함께 보게 됐어. 드라마 속 무심한 남편이 나랑 똑같다는 아내의 지적에 난 "무심해서가 아니라 잠 와서 잔 것"이며 "매일 보는 부부들의 통화 내용은 현실적으로 잡담이 대부분이므로 국가가 낭비적 전화질을 통제해야 한다"며 "배우자를 감시하기 위해 다정함을 빙자한 교활한 부부들의 전화질도 허다하다"고 했어. 하지만 아내는 궤변으로 들었는지 "시끄럽다"며 텔레비전 볼륨을 높였더랬어.

후회가 들어. 아내한테 안부 전화를 자주 못한 것이. 국가, 회사, 동료 등 그 누구도 제재하지 않았던 전화였는데 말야.

한낮의 길에서 맞닥뜨린 쓸쓸함은 아내의 고음과 더불어 투덜거림도 간절히 듣길 원했어. 무턱대고 전화를 걸었어. 집으로 아내의 휴대폰으로. 하지만 계속되는 신호음이 무심해 울적해지고 말았고, 받지 않으리란 걸 알면서도 확인된 당연한 결과에 신경질도 났어.

몇 번이고 다시 걸었어. 그런데 한 번의 신호음이 끝나기도 전에 "사랑합니다"라는 고음의 여자 목소리가 들렸어. 어떤 목소리도 기대하지 않았기에 너무 놀라 아무 대꾸도 못했어. 그러다 "고객님"에 이어 언급되던 취급상품에 114임을 알아챘어.

울적함과 신경질이 빚은 위기상황이었어. 하지만 탁월한 나의 위기 대처능력은 나의 일터 상호를 말하는 걸로 발휘됐어. 외우던 번호와 같은 번호를 기계가 즉시 또박또박 말했어. 다 들었어. 미안했거든. 추가비용 때문에 늘 기피했던 자동연결까지 이용했어.

동료 여직원이 전화를 받았어. 여기서 팁Tip. 여직원이 전화 받는 일터는 자리 잡혔다고 확신해도 돼. 여자란 먼저 자리 잡고 난 다음에 모셔야 하는 귀한 존재들이니까. 아니라면 미안.

아무래도 전화는 여자가 받아야 거는 사람이 당황하지 않나 봐. 계속 되는 여직원의 "여보세요? 누구세요?"란 말에 전혀 동요되지 않았거든. 불현듯 아내와 같은 고음의 여자 목소리를 갈구한 맘이 환기되어 부끄러웠어. 다행히 여직원은 인식하지 못했어.

수상한 전화의 정체를 알게 된 여직원의 음성은 다소곳했고, 우습지도 않은 안부의 말에 이상한 웃음소리도 냈어. 상처喪妻한

날 어려워하고 있다는 증거였어. 아침부터 여직원한테 몹쓸 짓을 저지른 것 같아 미안했어. 해서 "와줘서 고마웠다"고 하고 용건도 없는 '채워'를 바꿔달라고 했어. 그래야만 여직원이 나의 부끄러운 의도를 눈치 못 챌 것 같았거든.

그러자 여직원은 불행한 나에게 풀려나기라도 한 듯 쾌활한 목소리로 '채워'란 호칭을 따라하더니 익숙한 웃음소리에다 채워한테 메시지를 남기겠다는 말을 실었어. CEO로 불리길 좋아하는 사장을 동료들은 '돈만 밝힌다'는 의미로 '채워'라는 조롱 어린 호칭으로 부르고 있어.

함께 처음 외근을 갔던 날, 그 여직원은 내 차 안을 두리번대더니 아내도 권하다가 포기하고 말았던 아내와 아이 사진이 없는 점과 내 책상에도 그러한 사진들이 없음을 무례하게 궁금해했어.

그래도 "미안하고, 원망스러워서"라고 말해줬어. 그 말에 여직원은 부연 설명이 필요하다는 뜻으로 "네에~"라고 했지만 이후, 그와 관련해선 침묵했어. 못됐지? 하지만 너한테는 알려줄게.

나와 가족이라는 인연을 맺게 된 아내와 아이한테 미안해서야. 가정을 원했던 당시엔 아내와 아이한테 미안함으로 살게 될 줄은 몰랐어. 그래서 당시의 신중치 못한 내가 원망스러워 지갑에도 가족, 아내, 아이 사진이 없는 거야.

전화가 왔어. '채워'를 바꿔주겠다는 그 여직원이었어. 멍청하게도 메시지 전하지 말라는 전화를 되건다는 걸 까먹고 있었던 거야. 채워한테는 정말 할 말이 없었어. 그렇더라도 거듭되는 채워의 만류에 고집부리지 말았어야 했어. 전화를 끊자마자 화가 치밀었어. 내 안의 바보가 내뱉은 '출근'이란 폭언 때문이었어. 다음날 출근해야 된다는 생각만으로 피로해졌고 우울해졌어. 노예상태임이 증명되는 증상이지. 매주 겪는 것으로 금요일 오후에 달뜨고 일요일 오후부터 우울해지는 증상도 마찬가지야.

수목원으로 들어서면서 공익근무자들에게 인사했어. 늘 그렇듯이 그들의 화답은 화들짝이었어. 누군가의 말처럼 '지루함의 노고勞苦'를 치르고 있는 그들은 내 인사를 늘 기습공격으로 받아들이곤 했어.

싱그러움이 붐비는 오전 수목원은 한산했어. 관리동에 이르러 멋드러진 주엽나무가 드리운 그늘에서 쉬고 있는 벤치의 유혹에 풍덩 빠지고 말았어.

하늘은 쾌청했어. 자랑하고픈 하늘이었어. 뜬금없는 말이지만 편지가 지겹지? 해서 말인데 곧잘 이런 하늘을 찬양하던 친구 얘기를 들려줄까 해. 호주의 하늘을 찬양한 후에는 항상 고담의 하늘은 차마 못 봐주겠다는 말을 덧붙이던 친구 얘기야.

십년 전, 친구는 삼 년간의 일본 생활을 접고 호주로 갔었어. 집 나서는 것조차 꺼리던 나로선 친구의 대범한 이동은 경이롭기까지 해.

친구는 호주 갈 때도 한국에서 일본 갈 때처럼 무작정이었대. 그 후에는 중국도 무작정 갈 작정이었대. 말장난 쳐보면 '무작정 작정'으로 세계를 누빌 작정이었대. 하지만 세계 어디에나 있는 '여자', 구체적으로 호주에서 만난 '마미'라는 일본 여자와 결혼하면서 그 다음 목적지였던 무작정 중국행과 무작정 세계행을 다음 생에다 미룬 채 지금도 호주에 살고 있어.

호주 도착 첫날이었대. 이곳저곳을 배회하다가 지치고 배도 고파 공원 벤치에 앉아 호주 개만 먹는다는 값싼 소시지를 배부르게 먹고 눕자 금세 잠이 오더래. 그런데 잠결에 유창한 영어가 들리더래. 알아들을 수는 없었지만 첫날부터 영어 꿈을 꾸게 돼 잠결에도 기뻤대. 하지만 반복되는 명령조의 영어가 금방 성가셔지더래. 동시에 현실의 누군가가 자신을 나무라는 영어라는 느낌이 들더래. 일본에서의 눈칫밥이 감지해낸 느낌이라 눈뜨기가 두렵더래. 그래도 당할 수만은 없다는 생각에 벌떡 일어나 앉았대.

저만치에서 크기와 무늬가 똑같은 자전거 두 대와 반바지와 상의 그리고 머리에 뒤집어쓴 물기 마른 징그러운 뇌와 유치한 각종 장구들도 똑같은 걸로 꼴사납게 착용하고 나란히 한쪽 다리만을 땅에 디딘 채 보는 사람이 더 쪽팔릴 정도로 자전거 따위에 왜 꼈는지 모를 선글라스 눈으로 자신을 향해 있는 두 남자가 보이더래. 친구의 표현인 그 꼬라지 때문에 친구는 몸은 어른인데 정신은 그에 못 미치는, 한마디로 바보들로 확신했대. 그래서 대수룹지 않게 외마디 옹알이 영어를 구사하며 가로로 손을 흔들어주다가 피곤해서 후다닥 세로로 손을 내젓고 다시 벤치에 드러누웠대.

그러자 바보들이 현란한 영어를 구사하며 바삐 자전거를 세우더니 씩씩대며 힘차게 걸어오더래. 친구도 바보들을 한국식으로 혼내주리라 작심하고 일어섰대. 그런데 가까워질수록 바보들은 탈피를 거듭하더니 코앞까지 왔을 땐 더 이상 바보들이 아니더래. 다행히 그동안의 눈칫밥 덕에 아주 짧은 시간에 자전거로 순찰 중인 호주경찰들임을 알아챌 수 있었대. 그렇지만 친구는 신분증을 제시하면서도 자신이 뭘 잘못했는지 몰라 그 표정 그대로 호주경찰들을 응시했대. 이윽고 신분증 감상을 마친 호주경찰들은 신분증을 되돌려주면서 영어와 행동으로 극동아시아인의 잘못을 친절히 알려주더래. 친구가 저지른 위법행위는 벤치에 누운 것이라고 하더래. 호주의 공원벤치는 앉는 것만 허용된다고 하더래. 공원에서 굳이 누우려면 잔디밭을 이용해야 된다고 하더래.

친구는 호주경찰의 친절이 고마워 먹다 남은 소시지를 권했대. 하지만 호주경찰들은 뇌물을 극구 사양하는 청렴까지 선보이더니 자전거를 타고 어디론가 사라졌대. 어때? 재밌지, 재밌지. 여기까지가 떠오를 적마다 우스운 친구의 일화야.

눕기는커녕 들어갈 수조차 없는 수목원 잔디밭. 그렇다고 벤치에 눕지도 않았어. 고담시에선 위법이 아님에도 그랬어. 사실은 그럴 새도 없었어. 맹렬한 더위에도 불구하고 내 육체가 앉은 채로 까무룩 잠들고 말았거든. 가물거리는 영상이 꿈인지, 생시인지도 모른 채 '꾸' 에 놀라고 '벅' 에 두리번거리길 반복했어. 그러다 날 보고 낄낄대는 태양을 목격했어. 즉시 그늘로 숨어들었어. 숨다가 선잠을 잃고 말았어.

반바지만큼의 맨다리가 가려웠어. 참을 수 있을 정도라서 빼꼼이 내려다 봤어. 벤치 다리와 가려운 지점을 이은 거미줄이 보였어. 보고 나서 '늘 공평한 곤충' 이라 평했어. 그러자 송충이 한 마리가 천천히 움직이며 나의 감상평을 듣고 싶어했어. 귀찮아서 '끊임없이 꼼지락대는 3' 이라고 평했어. 내쳐, 노래만 하는 매미도 듣고 싶어할 것 같아 '청량한 공기로 들린다' 는 감상평을 담배연기에 실어올려 전했어.

출근 않고 행선지도 안 밝히고 집을 나왔건만 아내의 전화는 없었어. 혹시 몰라 휴대폰을 확인했으나 한 시간쯤 졸았다는 것만 알 수 있었어. 그로 인한 홀가분함도 잠시. 긴가민가했었던 아내의 죽음과 여러 추억들이 사실이란 자각과 함께 죽음의 행패에 당했다는 억울한 생각이 들었어. 죽음의 어떠한 신호도 없이 아내가 가버릴 줄, 아무 징조도 없는 아내의 죽음을 맞게 될 줄은 몰랐어. 아무리 누구나 겪는 흔한 죽음이라지만, 몇 초만이라도 삶의 마지막 과정을 함께 할 수 있게끔 말미를 줘야 하지 않는가 말야.

그날 밤 일기를 쓰다가 문득 생각나 묵은 일기장을 들춰보니 십년 전, 삶을 주려는 아내와 그걸 거부하던 아기가 벌인 한판 승부에서 이미 죽음을 선험先驗하긴 했더랬어. 주먹을 움켜쥐고 울부짖으며 "원치도 않았는데 왜 호흡하도록, 허기를, 찝찝함을, 아픔을, 긴 고통과 짧은 기쁨 그리고 권태와 회한뿐인 죽음을 깨웠냐"고 온몸으로 항의하던 아기와 고통의 악다구니를 막 끝내고 침대에 고요히 널브려져 있던 아내의 모습에서 죽음을 선험했더랬어.

그런 아기와 아내는 전혀 예쁘거나 성스럽지 않았기에 주변에서 지껄이던 수천만 가지의 알랑방구적 수사들이 몽땅 개소리로 들렸더랬어.

당시의 결심 한 가지도 일기장에 적혀 있었어.

"죽음이 깃든 생명은 더 이상 안 내지를 것이다. 누구라도 나에게 하나 더 낳으라는 협박과 감언이설을 한다면 '아기란 죽음이 무료함을 달래기 위해 만든 흉물!!' 이라 고함지를 것"이란 결심이었어. 그 결심에 대한 부연 설명은 이랬어.

죽음은 유희를 지속하기 위해 인간에겐 찰나적 쾌락만 제공한다. 그것만으로 죽음은 인간에게서 손쉽게 엑기스를 제공받는다. 죽음은 제공받은 엑기스를 고요히 잠들어 있는 조상에게 끼

없는다. 마치 땅으로 변해가는 생선을 바다에서 갓 건진 걸로 위장하기 위해 색소를 끼얹듯이.

죽음은 그렇게 깨운 조상을 또 다른 저승인 이승으로 패대기친다. 이를테면 죽음이 갖고 놀 새로운 장난감의 탄생인 것이다.

패대기쳐진 조상 피부에 덧칠된 엑기스의 강한 살 냄새에 이성이 마비된 후손들은 그 조상을 영혼까지 싱싱한 어린 생명으로 착각해서 기저귀와 분유 그리고 예방접종으로 노심초사 건사한다. 말하자면 죽음이 갖고 노는 장난감에다 정성을 쏟는 것이다. 부질없이.

태양은 내가 못 마땅했는지 눈총을 작렬시키고 있었어. 그래도 난 어느새 저만치 이동해 있는 방공호 그늘로는 대피하지 않았어. 그러고 앉아 주변만 둘러봤어. 그런 날 보는 성가신 시선을 찾기 위함이었어. 아무도 없었어. 사뿐하게 날고 있는 나비가 있었더랬어. 어디로 날지 예측할 수 없는 나비의 날갯짓은 '상상을 유발시키는 존재야말로 보석' 이란 평소 생각을 환기시켰어.

사람들은 곧잘 처음으로 시각화된 누군가의 상상력에 대해 상상도 못 했다며 경이롭고 충격적이라고 해. 하지만 이러한 감정들은 심장엔 별로 안 좋으니 넌 담담했으면 좋겠어.

그동안을 떠올려봐. 시각화된 상상들은 곧 지루해졌잖아. 좋은 것이든, 나쁜 것이든 시각화된 상상들은 하나같이 곧 시들해져버렸잖아.

뽐내려는 게 아니라 살인, 외계인, 기상이변, 복권 당첨, 전쟁, 천국, 지옥 등이 내 눈앞에서 혹은 나마저 휩쓴대도 담담하리라 자신할 수 있어. 상상에서 이미 경험한 것이기에 나에겐 재방송일 따름이야. 지금도 많은 일들이 벌어지고 있지만 나에겐 새로운 것이 아니기에 전혀 자극받지 않고 무심하게 지구를 배회할 수 있는 거야. 하니 너도 그랬으면 좋겠어. 헤헤.

나에게 경이로운 순간은 아마 나의 주검을 목격하는 순간이 될 거야. 그 순간은 영원히 상상에서만 머물 것이란 확신 때문이야. 물론 그 순간을 실제로 경험한다면 즉시 지루해지겠지만 아직은 그렇다고 믿어.

나의 감상평이 어땠는지 몰라도 나비는 멋대로의 방향으로 날아갔어. '멋대로'는 당연히 나의 상상이야.

아이를 마중하러 학교로 향했어. 땡볕에 내팽개쳐진 오르막길을 걷다가 문득 홀아비의 삶이 만만치 않으리란 생각이 들었어. 곱씹어지는 '홀아비'란 단어는 성적으로 자유로운 사람을 알리기 위한 호칭 같아 우스웠고 동시에 신분이 나락으로 곤두박질쳐지는 느낌을 들게 했어.

경비실에 맡겨둔 편의점 봉지를 되찾았지만 집에는 안 들르고 곧장 학교로 향했어. 학교에 다다를 즈음 얼굴만 아는 한 아줌마

와 마주쳤어. 목례를 나눴어. 그날 나눈 목례 중에 유일하게 유쾌
한 목례였어.

목례 후 곧 지나쳤지만 이내 아줌마 얼굴이 나타났고 자연스
럽지 못한 미소를 흘리던 아줌마의 입술이 촌스러움으로 유난히
붉게 도드라지더니 "정임이 엄마는 전혀 안 가꾼다"던 아내의 말
이 떠올라 아줌마한테 중요한 볼일이 있을 것이라 짐작했어.

아줌마의 입술 루즈가 촌스럽게 보였던 건 파운데이션 때문이
었어. 통통한 얼굴에 창백할 정도로 발라진 파운데이션이 낸 효
과였어. 어린 여자들의 서툰 화장이 풋풋함으로 보이는 것과 달
리 아줌마의 서툰 화장은 희극적으로 보였어.

파운데이션이란 말을 들을 때면 혼자 웃곤 해. 웃음을 남들과
공유하지 못하는 건 웃기는커녕 억지라며 놀릴 것 같아서 그런
거야. 그래도 너한테는 얘기해줄 테니 비웃지는 말아줘. 밖을 뜻
하는 '한데' 라는 고담의 말과 '파운데이션' 이란 영어가 비슷하
게 들려 지구촌이 실감 나서 그런 거야. 헤헤.

아줌마의 정신은 약간 지체遲滯 중이야. 그래서 희망의 증거이
기도 해. 내 딸과 같은 학년인 아줌마의 맏딸 정임이는 또래들보
다 작고 말랐으며 학력도 많이 뒤처졌어. 모두가 영양이 부족한
탓일 거야.

학교에서의 정임이는 외톨이였고, 방과 후의 놀이터에선 유일

한 친구인 남동생과 함께였어. 동네에서 가끔 마주치는 정임이 눈을 보면 신산한 삶을 살고 있는 어느 어른의 눈처럼 분노와 갈구, 그리고 처연함이 보여 움찔해지곤 해. 비밀인데, 그런 정임이의 일화 중 아내가 어느 학부형에게서 들었다는 얘기를 해줄게.

학교 소풍 때였대. 그 학부형은 몇몇 다른 학부형들과 함께 학교 소풍에 따라갔대. 저학년이라 학교에서 우회적으로 요구한 것이었대.

아이들 대부분은 소풍이랍시고 소풍가방을 메고 왔는데 정임이는 책가방을 메고 왔더래. 제법 불룩한 책가방인지라 웬일로 정임이 엄마가 먹거리를 많이 챙긴 것이려니 짐작했대.

'점심시간' 이었대. 아내의 '점심시간' 이란 말에 외롭게 오전을 휘청거렸을 정임이 모습이 떠오르더군.

아무튼 극성스런 점심을 먹으려 아이들이 삼삼오오 둘러앉을 무렵 홀로 한쪽에 멀뚱히 서 있던 정임이를 발견했대. 데려다 앉혔대. 그리고 점심을 차려주려고 학부형은 정임이 책가방을 열었대. 불룩하고 묵직한 책가방인지라 잔뜩 기대하며 열었대. 그런데 책가방에는 뜻밖에도 교과서만 한가득이었대. 그 순간 "어이없고, 우습고, 화나고, 급기야 눈물까지 핑 돌더라"고 했대.

마찬가지로 비밀인데, 아내가 어느 이웃한테 들었다는 정임이네 얘기도 마저 해줄게.

정임이 엄마는 한때 "셋째를 임신" 했었대. 아내의 그 말에 난

"남매로는 제대로 된 놀이를 할 수 없어 그랬겠지"라고 토 달았어. 그런데 유감인지 다행인지 몰라도 셋째는 곧 유산流産하고 말았대. 그건 정임이네 이웃들 '덕분'이었대.

이웃들은 정임이 엄마가 셋째를 임신했다는 소식을 접한 즉시 유산을 권했대. "모자라든 넘치든 너그 부부 금슬은 좋은갑다"라는 류의 덕담과 "둘도 옳게 못 키우민서 셋째가 뭔 소리냐!"라는 류의 나무람으로 틈만 나면 유산을 종용했대. 결국 정임이 부모는 유산하기로 결정했대. 이에 이웃들은 "참 잘했다"며 "테레비에까지 나와서 얼라만 자꾸 내지르라카는 놈들보다 우리 말을 더 믿어주이 얼마나 고마운지 모르겠다"며 환영했대. 그런데 막상 수술날이 임박하자 이웃들은 정임이 엄마가 걱정되고 태아한테도 미안하고 까닭 없이 서러워지더라는 감정을 서로 나눴대. 그래서 수술당일에는 수술비까지 더해져 바쁜 정임이 아빠 대신 이웃들이 대거 병원으로 동행했대.

정임이 아빠는 여러 직업을 전전했지만 단 하루도 쉬어본 적이 없대. 예컨대 오늘 헌 직장을 관두면 내일 새 직장으로 출근하는 식이었대. 그러면 뭐해 대통령이 세 번이나 바뀌었음에도 정임이네 살림살이는 전혀 안 나아졌는걸.

정임이 아빠 애길 들을 적이면 지금이 탐욕의 시대란 걸, 게으름으로 빚어진 필연적 가난이 아니라면 절대 부끄러워할 이유가 없다는 걸 새삼 깨닫곤 해.

지금 생각난 건데 관련 있는 것 같아 적었어.

한번은 어느 어른한테 "텔레비전을 봐도 그렇고 요즘 부자들이란 사람들 얼굴이 왜 하나같이 사기꾼, 냉혈한, 협잡꾼, 모사꾼처럼 생겼는지 모르겠다"고 물은 적 있어. 이에 그 어른은 "부자가 되려면 운도 있어야겠지만 옛날엔 부지런하고 아끼면 정직해도 부자가 될 수 있는 환경이었기에 옛날 부자들 얼굴은 믿음직한 호감형이 많았지만, 요즘은 대충 눙치고 얼버무리고 잘 속이고 비굴하고 잔인해야 부자가 될 수 있는 환경이기에 그런 게 아니겠냐"고 하셨더랬어.

정임이네 얘길 계속하자면, 이웃의 한 아줌마가 정임이 엄마한테 "남편이 저래 고생하는데 니는 우예된 인간이 천 날 묵고, 만날 노노. 부업이라도 해가 살림에 좀 보태라"고 했다는 충고와 "안 그래도 돈 벌라 캤는데예, 우리 신랑이 내가 좀 모자란다꼬 마저 메까지거덩 돈 벌러 댕기라캐예"라는 정임이 엄마의 대답이 온 동네에 퍼져 한동안 일부 이웃들은 소문으론 성에 안 찬다며 직접 같은 대답을 듣기 위해 기어코 정임이 엄마한테 같은 충고를 했었대.

정임이 아빠가 택시회사 다닐 적에는 정임이 엄마가 이웃들에게 인심도 냈었대. 정임이 아빠가 가져온 오뎅으로 낸 인심은 오뎅을 삶아 먹은 이웃들에게는 찝찝함을, 오뎅을 버린 이웃들에겐 양심의 가책까지 덤으로 줬대. 오뎅은 정임이 아빠가 새벽 무렵,

공단에서 태운 손님에게서 받은 것이었대. 작은 종이박스로 된 짐을 여럿 들고 탄 손님은 목적지에 도착하자 택시요금으로 그 종이박스 두 개를 제시했대. 박스 내용물은 납작 오뎅이었대. 그 오뎅으로 정임이 엄마는 이웃들한테 인심내면서 "얼어 묵은 기 많아서예"라는 말을 잊지 않았대. 하지만 많은 이웃들은 "고맙다"면서도 "그단새 때리치우고 오뎅 공장 댕기나!"라고 비꼬았대. 지저분한 정임이네 집에서 나온 오뎅인지라 꺼림칙해도 거절할 수가 없기에 화가 나서 그랬대.

이웃들의 중언에 의하면 정임이네 집 거실에 앉으려면 발 디딜 틈 없이 빼곡히 어질러진 잡다한 물건들을 발로 이리저리 치워야만 한대. 주방은 얼씬도 못할 정도라서 방을 구경시켜줄까 봐 겁난대. 때문에 이웃들은 삐질까 봐 안 갈 수도 없는 정임이 엄마의 "집으로 차 한잔 하러 오라"는 초대를 두려워한대. 초대를 받기라도 하면 반드시 자기 집 컵을 가져가고, 가서는 직접 차를 끓여 마신대.

이웃들이 두려워할 정도의 환경을 일군 정임이 엄마가 건넨 오뎅인지라 이웃들 중 일부는 받은 즉시 음식물쓰레기통에 버렸고, 일부는 벌 받을까 봐 못 버리는 대신 삶는 시간을 평소보다 늘리는 통에 거의 다 풀어헤쳐진 오뎅을 찝찝함으로 먹었대. 다행히 버린 이웃들이나 삶아 먹은 이웃들 모두는 무탈했대. 하지만 그 후로도 이웃들은 틈만 나면 버리면서, 삶아 먹으면서 맘 졸

였던 게 억울하다며 택시비로 오뎅을 건넨 그 새벽 손님을 씹어
돌렸대.

학교 정문 앞 풍경은 등교 때와 달리 적막했어. 시간이 일러서
인지, 아이들보다는 자신들이 감당해야 할 더위가 더 걱정이었는
지 몰라도 학부형들은 없었어. 비겁한 기분을 품은 당당한 육체
로 학교 정문을 통과했어. 학교 건물이 드리운 그늘로 접어들어
앉을 곳을 찾다가 한쪽 운동장에 면한 콘크리트 스탠드가 편해
보여 앉으려다가 저만치서 운동장을 향하고 앉은 한 노인이 보여
노인과 몇 걸음 더 멀어지는 걸음을 옮긴 후에야 앉았어. 그러고
앉아 바람과 아이를 기다렸어. 벌레가 목을 타고 내려오는 선득
한 느낌에 서둘러 짓이기는 목짓을 한 후, 손바닥으로 목을 후려
쳤어. 부끄럽게도 땀이었어. 땀이란 걸 알면서도 벌레로 여긴 행
동일지도 몰라. 가끔 여름의 움직임들이 스멀거리는 벌레로 보이
곤 했거든.

태양은 내내 쨍하고 천지 간에는 유보된 죽음을 사는 짙은 초
록들. 초록들 사이에서 가끔 흔들리는 파란 가을. 은둔 생활을 하
는 동안 언어는 완전히 달라져 현실에선 한 철 소음으로만 가볍
게 소외되고 마는 매미들의 끊임없는 철학적 발언들.

지상에까지 뻗친 태양의 맹렬한 열기에도 육체가 녹아 오르지
않는 걸로 봐선, 김도 안 피어오르던 목욕탕의 열탕처럼 찬란한

채 텅 비어있는 운동장이 적막하고 쓸쓸한 걸로 봐선 이곳은 이
미 태양.

그 무렵, 혓바닥을 빼물고 학교 정문 앞에 나타난 늙은, 아니
지친, 아니 늙은, 아니 개. 개고기집에서 뜯겨진 갈비뼈마냥 하찮
은 갈비뼈를 덮고 헐떡거리는 누런 가죽.

그걸 들었는지, 개는 가다 말고 괘괘한 눈으로 내 가죽을 스윽
핥더니 한쪽 다리를 들어 오줌을 갈겼어. 나한테까진 못 미쳤지
만 메시지로는 충분한 오줌을 학교 정문에다 갈기며 개는 '중요
해서 털 난 것이라 씨부리는 니 성기가 털 없는 내 성기보다 중요
하다면, 크게 털 난 곳 없는 네 육체보다 털로 뒤덮인 내 육체가
더 존중받아야 한다' 라더니 네 발인지 세 발인지는 위로 움직이
는 굴곡으로 길 위를 붕 떠서 천천히 흘러갔어. 그래도 연신 달라
지는 모가지와 등의 높낮이에 품게 된 미약한 의심은 용케도 신
비로움을 걷어내고 단연코 걷고 있는 개의 네 발을 보여줬어.

개가 떠난 시선에다 예의상 얼핏거렸던 노인을 데려다 앉혔
어. 건조한 바람이 숭숭 새나가는 허벅한 뼈가 연상되는 깡마른
노인. 농익은 바나나 껍질을 닮은 검버섯 가득한 얼굴. 놀란 표정
으로 정면을 향하고 있었지만 눈이 정면에 뚫렸기에 그리 보일
뿐, 딱히 무엇을 지정해서 보는 것 같진 않았어. 중력이 벌려놓은
바싹 마른 입술은 플라스틱 같았고, 가느다란 목에선 끝내 못 길
어질 가래가 들끓는 듯했고, 머리는 임박한 축복의 날을 카운트

다운하는 양 짧고 규칙적으로 하늘과 땅을 오르내리고 있었어.

볼수록 노인은 산 사람이 아닌, 누군가 싫증 나서 내다버린 건 전지 끼워진 밀랍인형이었어. 주인 없는 밀랍인형을 목 조르는 놀이로 기다림의 무료함을 달래고픈 충동에, 설사 누가 보더라도 과격하게 장난치는 철부지 어른으로 가벼이 보고 넘길 것이란 믿음에, 뒤늦게 노인을 살해했다는 걸 깨닫더라도 "빨리 축복을 주고 싶었다"고 한다면 날 착한 사람으로 여길 것이란 확신으로 벌떡 일어섰지만 잠깐의 어지러움과 바닥에 비척이며 검게 박히는 땀방울들에 급격히 나른해지더니 시작도 않은 놀이가 귀찮아져 담배를 빼물었어. 불 붙이다 예의를 차려야 한다는 생뚱맞은 생각에 스탠드를 벗어났어.

어슬렁이며 느릿한 담배연기를 피워올리노라니 노인인지 밀랍인형인지의 존재는 잊어졌지만 초등학교란 사실이 일깨워져 발로 장초長草를 밟아 비벼 끄다가 농도를 달리한 검은색으로 대상이 함유한 수분까지 표현해 놓은 태양의 그림에 넋을 잃었다가 아이들의 재잘거리는 소리에 정신을 차렸어.

재잘거림을 먼저 내보냈던 한 무리의 아이들이 뛰쳐나왔어. 그 속에 기다리던 아이는 없었어. 그게 우스웠어. 영화나 드라마에서 접했던 장면이란 생각이 들었거든.

영화나 드라마에선 기다리던 아이는 절대 먼저 나오지 않았어. 고로 먼저 나오는 아이를 기다리는 사람은 없었어. 그리고 기다리던 사람은 먼저 나온 아이들에게 항상 그 아이의 행방을 물었고, 먼저 나온 아이들은 희한하게도 그 아이를 잘 안다며 알려주곤 했었어. 난 먼저 나온 아이들에게 아무것도 안 물었어. 내가 기다리던 아이를 모르면 어쩌나 싶었던 거지.

얼마 되지 않아 아이와 만났어. 평소보다 백 배는 더 반가웠어. 그런데 아이는 반가운 기색이 아니었어. 뾰로통한 얼굴로 열광적인 아빠를 외면하더니 정문을 향해 배치작대며 걸었어. 아빠가 따라오는지 살피는 걸 감추기 위한, 관심 없다는 걸 보이기 위한 걸음걸이였어.

정문을 나설 즈음에 걸음을 멈춘 아이는 주변을 살핀 후 나직이 "엄마 집에 왔나?"고 물었어. 아빠는 암말 없이 웃어 보였어. 그런 아빠가 아이는 못마땅했는지 홱 돌아서더니 다시 배치작대며 걸었어.

얼마를 가다가 아이는 멈추지도 돌아보지도 않은 채 복어 배마냥 한껏 골난 뺨을 하고선 시무룩한 목소리로 "쉬는 시간마다 집으로, 엄마 휴대폰으로 전화(아이가 애용하는 수신자부담 전화)했는데 안 받더라"고 했어. 아빠는 울컥해서 "엄마 이제 안 와!"라고 했지만 이내 그 말을 후회했어. 다행히 아이는 안 울었어. 하지만 아빠는 아이의 풀 죽은 뺨을 보면서 아이가 와글와글한 주변 또래들 때문에 울음을 참는 것으로, 학교 생활 내내 그리움에 힘겨웠을 것으로 짐작하며 안타까워했어.

아이의 나직한 뒤태가 애처로웠던 아빠는 "업자"고 했어. 용기
낸 말이었건만 아이는 아빠 반대쪽으로 얼굴을 화들짝 돌리더니
"됐거덩"이라고 했어. 하지만 그래봤자였어. 그러한 거부는 막
피어나던 미소를 아빠한테 들킨 다음이었거든. 그래도 아빠는 업
기를 포기해야 했어. 여전히 와글와글한 아이 주변 또래들 때문
이었어.

대신, 아빠는 아이에게서 가방과 신주머니를 걷어냈어. 아이
몸이 홀가분해지자 아이 가방을 울러맨 아빠 어깨는 맨 어깨였을
때보다 더 가벼웠어. 화해의 어떠한 말 없이도 아이와 아빠는 손
을 맞잡았고 아빠가 태양이 아닌 어린 가로수 때문에 덥다고 하
자 아이도 무작정 "맞다"며 어린 가로수들을 흘겼어.

평소처럼 정다워진 부녀는 편의점에 들렀어. 들어선 입구에서
아이는 아빠 귀에 대고 "여기 비싸데이"라며 엄마를 흉내낸 말을
했어. 그런데 아빠는 "괜찮다"고 말해줄 겨를도, 필요도 없었어.
아이가 광속으로 빙과류가 든 냉장고 문을 밀어 열었거든.

아이가 즐거운 동안 아빠는 아이 너머의 편의점 거울을 통해
유쾌한 자신의 얼굴을 보며 '잘 낳았다'는 생각에 미소 짓다가
'위안 받으려 낳은 건 아닐까?'라는 곧 뒤따른 의문에 슬그머니
거울을 외면했어.

아이는 물고기 사냥에 성공한 새처럼 냉장고에서 몸을 쭈욱
빼내더니 내가 좋아하는 돼지바를 쥔 한 손을 치커 들며 "아빠

꺼"라 했고, 그 손을 내림과 동시에 두 개의 보석바를 쥔 나머지 손을 내밀어 "내 꺼랑 엄마 꺼"라 외치더니 두 손을 계산대에 올렸어.

그리고 거스름돈을 기다리는 나에게 편의점 언니한테서 건네받은 봉지에서 돼지바를 꺼내 건네면서 엄마 와 있을지 모르니 녹기 전에 얼른 가자고 했어. 그걸 들었는지, 편의점 언니는 손 좀 닿으면 뭐 어때서 내게 거스름돈을 톡 건네곤 아침에 산 물건이 든 편의점 봉지를 쥔 내 손을 표 나게 힐끔거렸어. 그 눈치에 아이를 밀다시피해서 편의점을 총총 나왔어.

아이는 여느 때처럼 보석바를 못되게 깨물어 먹으면서 학교에서 있었던 일들을 재잘댔어. 맛없는 급식이었지만 하나도 안 남겼다고 재잘댈 적엔 칭찬을 듣고야 말겠다는 눈으로 날 쳐다봤어. 그 눈에서 편식으로 싸우던 아이와 아내가 보여 대답 없이 웃기만 했어. 그러자 아이는 이제 아빠가 요리할 테니 맛없는 것도 먹어야 건강하다는 기특한 말과 집에 엄마 와 있지 싶다는 바보 같은 말을 잇더니 내 손을 잡아끌며 빨리 가자고 했어.

도착한 집안엔 아이의 기대를 묵살시킨 매정한 공기가 감돌았어. 아이도 술래를 거부해서 현관문 여는 소리에 곧잘 숨던 엄마를 안 찾았어.

소파에 모로 누워 냉정한 표정으로 움직이는 〈아따맘마〉를 보는 아이가 낯설고 쓸쓸해 보였어. 바라던 바였건만 막상 아이가 철든 것으로 보이자 코끝이 시큰거렸어. 아빠니까 그런 거겠지? 아빠니까 아이가 철들었든 그렇지 않든 늘 짠한 거겠지?

이때 이후로는 아무래도 상관없었어. 그래도 아이가 굳이 철들려 한다면 달리는 아비 없는 그 딸의 철듦이었으면 하는 바람이야. 너도 알 거야. '철든 자식을 보는 어미가 더 힘겨워할 것'으로까지 철든 그 딸 말야. 택시 운전으로 가족의 생계를 책임지는 어미의 철 좀 들라는 걸걸한 지청구를 듣기 위해 일부러 천지를 모르는 또래들처럼 어미에게 용돈 달래며 조르던 그 딸 말야.

아이가 다니는 피아노학원 원장에게서 전화가 왔어. 아이가 상중喪中에도 학원에 나왔다는 원장의 용건에 아이 의향대로 하겠다며 끊었어. 아이는 간다고 했어. 물은 김에, 이맘때 엄마랑 뭐 했냐고 물었어. 쉬면서 간식 먹으며 얘기 나눴다고 했어.

빵과 우유를 챙겨주고 하고 싶은 거 하라고 했어. 계속 〈아따 맘마〉를 보겠대서 그러라고 하고 샤워를 했어.

언젠가 아내는 아이가 엄마 아빠랑 저녁 먹고 과일 먹을 때를 제일 좋아한다고 알려준 적이 있어. 아이는 내 무릎에, 아내는 내게 바싹 붙어 과일을 먹던 그때는 사실, 말은 안 했지만 가끔씩 더없이 넓어 보이는 거실이 탐욕의 공간으로 보이곤 했었어. 그 다음 아이가 좋아하는 때는 하교 후, 집에서 간식 먹을 때라고 알려주던 아내는 그렇기 때문에 자신은 일하러 나갈 수 없다며 집에 와도 엄마 없는 애들이 불쌍하다는 말까지 굳이 했었어.

피아노학원 건물에서 좀 떨어진 곳에 용케 주차 공간이 있었어. 주차를 마치자마자 차 뒷문이 벌컥 열렸어. 아이를 혼내려고 돌아보니 뜻밖에 학원 원장의 상체가 쑥 들어오는 것이었어. 아이가 억울할 뻔했어. 빠르게 인사를 건넨 원장은 자신의 상체에 아이를 붙여 쑥 빼나가는 것이었어. 인사할 새도 없이 순식간이었지만 원장의 호들갑이 고마웠어.

아내였다면 인근 작은처형 집에서 아이를 기다렸을 테지만 난 차에서 아이를 기다리기로 했어.

의자를 제쳐 누웠어. 수선스럽던 와중에 얼핏 보였던 원장의 뽀얀 윗 가슴살이 떠올랐어. 인상적이지 못했는지 이내 졸음이 몰려왔어. 에어컨을 켜고 안 죽으려고 창문을 조금 열자 하늘도 소나기커튼으로 잠 잘 준비를 거들었어. 그런데 느닷없이 배가 몹시 고팠어.

'식사전문' 이란 커다란 글자 옆에 '국빈國賓' 이란 조그만 글자가 씌어진 간판으로 영업중인 식당에 뛰어들었어. 국빈 대접을 받기 위함이 아니라 가장 가까웠고, 작은 식당이라서 간 거야. 혼자 밥 먹을 땐 작은 식당이 알맞거든.

식사전문 식당인지라 메뉴판 없이도 식사 주문이 가능했어. 소나기는 창밖에서 가늘어졌어. 식기 닿는 '달그락' 소리가 들렸어. 자극받았는지 위장이 언짢은 소리를 냈어. 소음에서만큼은 빠질 수 없다며 텔레비전도 가세했어.

　그 와중에도 맞은편 할배는 창밖만 응시하고 있었어. 식당이라면 응당 있어야 할 비품 대하듯 소음에 무심한 할배 덕에 내 청각도 무뎌졌어.

　작은 식당에 짜 맞춘 듯, 좁고 긴 식탁 때문에 남루한 차림에 까맣고 마른 할배와 허옇고 투실투실한 난 일행으로 보일 정도로 가까웠어. 그래도 서로, 아니 적어도 난 개의치 않았어. 다른 곳에서라면 낯을 가렸겠지만 식당이기에, 굶주린 짐승을 다스리는 식당에다 딴 짓 해놓은 식당과 음식을 씹으면서도 동물이 아닌 척 딴 짓 하는 사람들을 보면 위액이 솟구치던 난 무던할 수 있었어.

　식사가 없어 맨숭했던지 할배는 창밖만 바라봤어. 밀랍인형으로 보였던 노인이 할배와 잠깐 겹쳐보였어. 식사가 없어 겸연쩍은 난 신문을 펼쳤지만 활자 대신 할배를 읽었어. "사람을 훔쳐 보는 행위를 폭력"이라 경멸하던 짓을 하고 만 거야.

　이마에서 얼굴 전체로 알차게 뻗은 깊고 얕은 주름들. 오랫동안 눈의 위치를 알리던 표지 역할에 헐벗은 애처로운 눈썹. 그마저 없었다면 주름인지 상처인지 분간 안 될 정도로 작은 눈. 폐가 장기간 추위에 노출되었는지 콧물 하천으로 보이는 인중. 그 위에 들려져 납작하게 붙은 코. 말하는 기능은 없는 건지, 고장난 건지 무척 적막해 보이는 작고 두터운 입술 등이 할배의 깡마른 얼굴에 자리하고 있었어.

보는 김에 할배 시선도 무례하게 쫓았어. 쫓아보니 할배는 맨숭해서 창밖을 보는 게 아닌 듯했어. 횡단보도 가장자리에 세워진 손수레에 머문 시선에서 손수레 주인의 시선을 느꼈거든. 손수레에 실린 약간의 파지는 비에 젖고 있었어. 비에 젖고 있는 파지는 할배한테 평소보다 약간 더 나은 수입을 줄 것이라 생각하니 무표정한 할배의 얼굴에서 흐뭇함을 엿볼 수 있었어.

이윽고 아줌마가 주방에서 나왔어. 밥과 반찬이 올려진 양은 쟁반은 아줌마의 넉넉한 배 위에 올려져 할배 식탁으로 옮겨졌어. 식탁이 차려지는 소리만 날 뿐, 할배와 아줌마는 말 한마디 주고받지 않았어.

우물우물 야무지게 음식을 씹는 할배 입은 귀여웠어. 그런데 수저질이 의외였어. 허기져 보이던 할배의 수저질은 거의 다 식은 밥에서 피어오르는 김처럼 권태로웠어. 수만 번도 넘게 반복한 수저질에 지친 탓이라기보다는, 고단한 몸을 합법적으로 쉬기 위한 수저질이라기보다는 너무 가까이 앉은 타인인 나를 의식한 수저질이란 생각이 들었어.

자신의 게걸스러운 주둥이를 안 들키려고 항상 대가리를 땅에 처박고 다니다가 그대로 목뼈가 굳어버린 돼지, 뾰족한 주둥이만으로도 여실히 증명되는 게걸스러움을 조금이라도 감추려 먹이를 무는 즉시 목을 하늘로 쳐들어 씹지도 않고 설사시키며 입맛 또한 다시지 않는 조류가 지키려던 자존심과 같은 맥락의 수저질일 것이란 생각이 들었어. 갖은 억측을 부리던 와중에도 할배의 느릿한 수저질은 계속됐어.

얼마지 않아 내 앞에도 식사가 차려졌지만 갑자기 배가 안 고팠어. 그래도 습관으로 절반이나 먹어치웠어. 그럼에도 불구하고 아줌마는 "찬이 맛없으시냐?"며 체구와 안 어울리게 다소곳이 물었어. 그 다소곳함에 식당 상호가 환기됐어. 배가 안 고팠다며 밥값을 지불하고 나와 식당 처마에서 담배를 피웠어. 비를 통해서 본, 한 끼 식사를 대하는 할배 모습이 경건해 보였어.

도로와 인도를 구분한 경계석 하단에 고인 빗물에는 근엄하게 입을 여민 꼬막 하나가 있었어. 식당에서 버렸을 수도, 남다른 생명존중 의식을 가진 무지한 누군가가 물이랍시고 거기에 풀어준 것일 수도 있는 꼬막의 주검은 볼품없었어. 뜬금없이 일전에 기록해 둔 꿈이 떠올랐어.

재미없고 황당한 얘기일지라도 꿈이니 용서해줘.

배 터지도록 먹은 게 똥이 아닌 사람의 주검이었음을 알고 소스라치게 놀라서 깬 꿈이야.

꿈에서 난 바닥에 끝없이 펼쳐진 하얀 천 위에 빼곡하게 놓인 밥그릇들에 둘러싸여 있었어. 밥그릇들 저마다에는 똥들이 한가득 담겨 모락모락 김이 피어올랐고, 내 입에선 억수 같은 군침이 부지불식간에 흘러내렸어. 그래. 꿈에서 난 똥개였어.

꼬리를 바짝 올린 똥개는 밥그릇들에 달려들었어. 하나도 안 흘리고 순식간에 그 많은 밥그릇들을 깨끗이 비웠어. 배가 불렀어. 숨쉬기도 힘들었어. 괴로워 바닥 천을 물어 당겼어. 빈 밥그릇들이 일제히, 그것도 아주 천천히 다른 높낮이로 튀어올랐어. 곧 떨어질 것이라 생각할 즈음, 상승의 정점에 도달한 밥그릇들은 일제히 뒤집어져 멈추더니 묘지 봉분封墳으로 화하며 일대一帶는 곧 공동묘지 동산으로 변했어.

그 순간 똥이 아니라 썩다만 인육으로 배를 채웠음을 깨달은 똥개는 가랑이 사이에 꼬리를 말아넣은 채 오들오들 떨면서 오줌 싸지르며 칭얼대고 짖다가를 반복하다 메아리가 괴기스러워 이후론 짖기만 했어.

그때 봉분에서 하얀 물체들이 일제히 스멀거리며 삐져나왔어. 그 중 한 물체가 똥개한테 맛있었냐고 물었어. 그러자 다른 물체들도 일제히 그 물음을 반복했어. 너무 두려워 숨쉴 수도 짖을 수도 없어 잔뜩 웅크린 똥개는 그 물체들의 실체가 귀신으로 확인되는 순간 화들짝 꿈에서 깨어났어.

원장과 손을 맞잡고 나오는 아이의 표정은 밝았어. 곧 사라지고 말 표정이란 생각에 얼핏 슬퍼 보이기도 했어. 눈이 마주친 원장과 목례를 나눴어. 잠시 주변을 살피는가 싶던 원장은 아이 볼에 입을 맞추고 돌아섰어. 계단을 오르기 전 다시 돌아선 원장은 부녀를 향해 손을 흔들었어. 그 바람에 나도 하마터면 아이를 따라 손을 흔들 뻔했어. 원장의 민첩한 행동에서 주변에 도사리고 있을 원생들과 원생 부모들의 시선을 신경 쓰고 있음을 느꼈어.

집으로 돌아오는 차 안에서 아이는 칭찬받았다며 쾌활했어. 방과 후 영어수업 있다며 학교로 가자고 할 때까지만 해도 그랬는데 안과 가는 날이지 싶다고 할 적엔 시무룩했어. 척척 알아서 챙기던 엄마와 다른 내가 실망스럽다는 말투였지만 다행히 학교까지의 거리는 짧았어.

아이는 시력 교정을 위해 정기적으로 안과 진료를 받고 있어. 아이를 기다리는 동안 날 사랑한다는 114를 통해 안과에 전화했어. 간호사는 어제가 예약일인데 안 와서 전화했더니 안 받더라고 했어. 그럼 내가 수고했다, 아님 미안하다고 해야 돼? 란 불평은 삭혔어. 눈치 챘는지 간호사는 지금이라도 아이를 데려오라고 했어. 해서 의료보험증을 집에서 챙겨 나와 다시 학교로 가서 아이를 기다렸어. 때문에 노인인지 밀랍인형인지의 행방은 확인할 생각도 못했어.

비는 그쳤고 후덥지근했어. 드러누운 차 안은 쾌적해서 죄 짓는 듯했어. 차 천장을 보면서 아내의 노고를 고마워했고 아이의 시력 저하와 아무 상관없는 간호사한테 퉁명스러웠던 속말을 사과했어.

그때 영어가 들렸어. 들리는 곳을 보니 두 아이가 스피커를 통해 나오는 영어를 듣는지 마는지 장난치고 있었어. 그곳은 잠시 기다리면 스피커를 통해 영어를 들을 수 있는 시스템이 학교 건물 외벽에 설치된 곳이야. 영어한테 놀 시간을 약탈당한 아이인지라 동양인 아비인 점을 늘 미안하게 생각하고 있어. 36년간의 압제가 일제日帝가 아닌 차라리 미제美帝에 의한 것이었더라면 좋았을 것이란 아쉬움은 아이가 영어를 배우면서 더해져 일제가 예전보다 더 얄미워.

영어가 교과목에 포함된 학년 초, 아내는 아이를 영어학원에 보냈어. 아내의 성화에 난 아이의 영어교과서를 뜻도 모른 채 살펴야만 했어. 아이가 2학기부터 학교에서 실시하는 방과 후 영어 수업을 듣게 된 것도 아내 때문이었어. 짐작했겠지만 학원보다 가격이 저렴해서였어.

학년 초였던 어느 날 저녁, 난 아내가 시키지도 않은 제안을 아이한테 했어. 말이니 자꾸 하다 보면 실력이 늘 것이란 생각에서 지금부터는 영어로만 말하기란 제안이었어. 아이도 흔쾌히 동의했어. 그러나 "시작!"이란 아이 말과 동시에 거실엔 정적이 감돌았어. 한 마디도 못한 채 거북해하는 나를 보는 아이의 눈은 기대에 차 있었어.

얼마지 않아 아이의 참을성은 "대디! 뭐하노? 와, 암말 안 하는데!"라는 역정으로 드러났어. 그 역정에 정신을 차린 난 신중치 못한 제안을 후회하면서 "다음에"라는 우리말을 남기고 굴욕적으로 허겁지겁 집을 나섰더랬어.

나의 학창시절은 공부 안했다는 후회밖에 없어. 열심히 했더라면 오답만 찍었을 텐데. 그래서 수업을 거의 안 듣던 운동부보다 못한 성적표로 좀 더 멋지게 반항할 수 있었을 텐데 그러지 못한 것이 후회돼. 경쟁이 없을 순 없겠지. 하지만 경쟁의 속성은 잔인하므로 반드시 타인이 아닌 자신을 경쟁 상대로 삼아야 돼. 타인과의 경쟁만을 일삼다간 잔혹한 권모술수만 향상될 테니 말야.

지금의 나로선 상관없지만, 만약 네가 친구들을 이겼지만 자신에게는 참혹하게 참패한 오물汚物들이 졸업식장에서 파지破紙로 만든 상장을 받는 역겨운 꼴을 안 보려면, 갖은 술수로 세상을 분탕질하는 오물들이 부모가 되는 꼴을 안 보려면, 그 오물들이 또다시 자식들을 자기와 같은 오물로 만드는 꼴을 안 보려면, 그러다 세상이 오물들로 켜켜이 쌓이는 꼴을 안 보려면 타인과의 경쟁은 반드시 물리쳐야 돼.

사실, 돌이킬 수 없는 학창시절이 한참 지나고서야 나와의 경쟁에 돌입하게 된 나도 그런 교육을 못 받은 탓에 힘겹기만 해.

밋밋한 차 천장을 보다 잠들었었나 봐. 차문 열리는 소리에 차 천장이 다시 보였거든. 열었던 차문을 닫은 건 아이였어. 문을 닫자마자 아이는 "이정환이 선생님한테 혼났데이!"라고 했어. 후련함마저 묻은 들뜬 목소리에서 아이가 이정환을 싫어하고 있음을 알 수 있었어. "왜?"라고 물은 건 아이의 흥을 깨기 싫어서였어.

그러자 아이는 이정환이 맘대로 발표해서 선생이 혼냈다며 목소리를 드높였어. 해서 또다시 같은 의도로 "우예 혼냈는데?"라고 물어줬어. 그런데 아이는 "뭐, 헤이! 헤이! 카민서 혼냈지 뭐……"라는 신통찮은 대답과 함께 급격히 의기소침해졌어. 그 모습에 불현듯 영어 선생이 한국말을 거의 못하는 원어민 교사인 '루시'란 사실이 일깨워져 질문을 후회하며 어리석음을 자책하면서 졸음을 걷어차 쫓아냈어. 안과 가는 내내 시무룩한 아이가 신경 쓰여 룸미러에 자꾸 시선이 갔어.

안과는 한산했어. 의료보험증을 건넬 때엔 통화했던 간호사로 짐작돼 조심스러웠어. 의료보험증을 되받아 구석진 곳의 소파에 앉을 적엔 부녀가 "닮았다"는 할머니 두 분의 품평이 들렸어. 순서를 기다리며 아이 손을 만지작거리는 것으로 아이한테 미안함을 표현했어. 잠시 후 아이를 부르며 시력검사 하자는 간호사를 향해 부녀가 함께 움직였어. 두 할머니들의 시선들도 부녀를 따랐어. 의사한테 "안구眼球 운동하라"는 처방을 받은 양 집요한 시선들이었지만 기분은 안 나빴어.

시력검사는 안경을 착용한 상태로 진행됐어. 간호사의 가리킴에 아이가 또렷한 큰소리로 말했어. 그때마다 두 할머니들은 "하이고!"란 감탄사를 연발했고 "똑똑네! 딸아가 우째 조리 똑똑노!"라고도 했어. 여자가 똑똑하면 팔자가 드세다는 뜻이 담긴 감탄이었지만 아이의 목소리는 우쭐해져만 갔어.

똑똑함과는 아무 상관없는 시력검사에 감탄하는 두 할머니들과 이에 한껏 고무된 아이 모두 무지해 보여 귀여웠어. 간호사에게도 익살스러운 상황이었던지 연신 웃음을 머금은 간호사가 이윽고 다소 작은 형태를 가리키자 아이도 작은 목소리로 "패스"라고 했어. 그러자 두 할머니들은 "에고~ 우야꼬!"라며 아쉬움을 토로했어. 예사롭지 않은 눈치였어.

감탄과 아쉬움이 교차한 시력검사 결과 아이의 좌우시력은 0.8과 1.0이었어. 석 달 전과 변화 없어 새로 안경을 맞출 필요는 없었어.

집에 오자마자 아이를 욕실에 들여보내고 아내의 상식喪食을 차려 곡하며 세 번 절한 후, 잠깐 있을 양으로 그 자리에 머물러 며칠 전부터 밥도 안 먹고 같은 표정을 짓고 있던 아내를 바라봤어. 그러다 어느새 목욕을 마친 아이한테 부부의 애틋한 눈빛 교환을 들키고 말았어.

발가벗은 채 수건을 들고 물끄러미 서 있는 아이 모습에 놀라 서둘러 옷을 가지러 아이 방으로 갔어. 옷장을 살피던 내 눈앞으로 젖은 수건이 떨어졌어. 쳐다보자 아이는 "할아부지는 왜 거짓말 치는데!"라며 언성을 높였어. "무슨 말이냐?"고 묻자 아이는 수건을 보라고 했어. 해서 보니 수건 하단에는 '정만호 선생 칠

순 기념 2005. 2. 4(음력)' 이란 문구가 적혀 있었어.

그 문구를 보자 불현듯 몇 해 전 아이의 그 같은 역정을 아내한테 들은 기억이 났어. 그제야 아내가 뚱딴지 같은 이유로 신경질 부리던 아이한테 웃음을 참으며 선생이란 의미를 설명해줬다며 들려준 몇 해 전의 말이 떠올랐던 거야. 그 추억에 미소 짓던 내게 아이는 "할아부지는 선생도 아니면서 왜 선생이라고 뽕 치는데!!"라며 미간을 찌푸렸어. 날 위로하려는 맘이 깃든 어린 심장에 안기자 어린것도 한참이나 날 안아줬어.

아이는 내가 끓인 라면과 배달 온 치킨을 먹었고 난 라면에 아이가 남긴 밥까지 말아 괴롭도록 먹었어. 설거지 하는 동안 아이는 엄마와 보던 드라마를 봤어. 모녀가 나란히 앉아 과일까지 진지하게 먹으며 보던 드라마였어. 그런 모녀를 접할 적이면 드라마는 6학년이 이해할 수준으로 제작된다며 초경初經은 어쩌면 육체성장뿐 아니라 정신성장까지도 멎게 하는 재앙일지 모르겠다던 친구의 말과 초경을 미루는 한약은 정신엔 전혀 부작용이 없다던 한의사의 실망스러운 말이 떠올라 혼자 웃곤 했어.

내가 본 드라마왕국 사람들은 대화가 잠시라도 중단되면 자신의 박약한 영혼을 반성하기는커녕, 잠깐의 고요를 또 다른 형태의 대화로 인식하기는커녕 대사 없는 엑스트라로 전락할까 봐 안절부절 못해. 또한 드라마왕국 사람들은 생각이란 걸 싫어해. 그럼에도 불구하고 자신의 주장을 내세울 때는 똑부러져. 하지만 가만 듣다 보면 그 주장이 모순투성이란 걸 알게 돼. 그렇다고 그걸 지적해선 안 돼. "드라마에서 주워들은 걸로 니 생각인 양 씨부리는 게 아니냐!"고 몰아붙여서도 안 돼. 그랬다간 갈등과 오해의 드라마에 길들여져 반성보다는 싸움에 익숙한 드라마왕국 사람들에게 봉변만 당할 뿐이야.

그리고 드라마왕국 사람들은 보기만 하면 저절로 시작되고 마무리되는 드라마 탓에 남 얘기를 드라마 보듯 가벼이 얘기할 뿐, 자신이 누구인지 알려는 지적인 대화를 몹시 껄끄러워 해. 끝으로, 드라마왕국 사람들은 늘 조연들에 둘러싸인 주인공을 선호하는 드라마 탓에 외로움을 치욕으로 받아들이며 결코, 타인에게 먼저 다가가려는 시도는 않고 타인이 먼저 다가와줄 것으로 굳게 믿고 있어.

설거지를 끝내고 드라마 보는 아이한테 우유 한 잔 건네고 나서 씻었어. 다 씻고 물기를 닦을 때, 아홉시 뉴스 시그널이 들렸고 시그널을 배경삼은 아이의 "아빠, 여자 생겼나?"란 말에 돌아보니 아이는 어느새 욕실 앞에 앉아 있었어. 해서 과장된 행동과 익살스런 표정을 지어 보이며 서둘러 물기를 마저 닦아냈어.

뉴스를 무서워하는 아이를 껴안아 안방에다 누이고 곁에 누웠어. 다시 읽으려고 꺼내둔 김화영의 『바람을 담는 집』이란 산문집을 읽어줬어. 두 쪽을 다 읽어갈 즈음 아이는 잠들었어. 아비 목소리가 그 산문보다 더 감미로웠나 봐. 헤헤.

산문집을 들고 거실로 나와 집 전화기를 확인했어. 낯선 번호와 익숙한 번호가 부재중으로 압박했지만 거실 바닥에다 무시해 두고 산문집을 펼쳤어.

한 쪽을 다 읽어갈 즈음, 집 전화벨이 울렸어. 전화기 액정에선 작은처형의 큰아들 이름이 발광하고 있었어. 아이가 깰까 봐 안 받을 수가 없었어. 작은처형이었어. "왜 그리 연락 안 된 것이냐"는 짜증 묻힌 작은처형의 물음에 "학교 보내고 볼일 보러 다녔다"는 거짓 대답엔 "그리 급하면 휴대폰으로도 해볼 것이지"란 불편한 맘은 안 묻혔어. 하지만 작은처형은 또다시 "학교는 안 보냈어야 했다"는 말에 짜증을 묻혔어. 그게 다였어. 별다른 용건도 없이 통화는 그걸로 끝났어. 헌데, 왠지 장모님한테 죄송한 맘이 일었어.

그 맘을 바닥에 뉘였어. 그랬더니 언제 켰는지 모를 전등빛이 쏘아붙였어. 꺼버렸어. 불쑥 밤이 정적과 함께 찾아왔어. 뵈는 건 어두운 천장과 선험되는 무덤 속 천장. 때마침 나타난 불빛들. 아내 대신, 복사기 불빛처럼 등장한 다행스런 차량 불빛들. 이내 가물가물해지는 차량불빛들. 이어지는 차 안의 잡념, 차 안의 음악, 차 안의 대화와 냄새, 그리고 목숨 건 먹이 활동을 성가셔하며 대수롭잖게 여기는 사람들에게 차 안 모기가 하고 싶은 말은 뭘까? 라는 시답잖은 상념을 밀어내버린 '오줌 마렵다'는 반가운 신호.

욕실 전등을 켰어. 필요 이상으로 밝아 찌푸려졌어. 하지만 끌수는 없었어. 그새 오줌 줄기가 시작됐거든. 해서, 서서 오줌 누는 습관을 또다시 평소 습관대로 자책했어.

다수의 남자들은 어두우면 곧잘 실수를 저질러. 서서 오줌 누도록 길들여진 나도 어둠 속에선 자신 없어. 그런고로, 전등 켜는 습관이 든 것이지 아내의 비아냥거림처럼 책 보려고 켜는 건 절대 아냐. 그럼에도 불구하고 아내는 죽던 날 아침까지도 오줌 누는 나에게 들리게끔 욕실 전등을 "톡!" 껐더랬어. 그나마 나아진 거야. 얼마 전만 해도 "불 좀 꺼라! 좀 아껴라!"는 잔소리를 곁들여 욕실 전등을 "톡!" 껐거든.

사실, 난 나름대로 노력 중이었고 지금도 노력 중이야. 아내의 잔소리가 싫어서, 똥통이 집안으로 들어온 바에야, 전기도 아낀다는 생각에서 어릴 적부터 엄마에 의해 앉아서 오줌 누도록 길들여진 콜롬비아 할배의 습관을 따르려 했고, 지금도 노력 중이야. 너도 알 거야. 영원히 아흔 살이신 콜롬비아 할배 말야.

그렇지만 잘 안 됐어. 지금도 마찬가지야. 항상 오줌 줄기가 시작된 다음에야 켜진 욕실 전등이 환기되는 통에 변기 근처에다 전등 스위치를 설치 안 한 설계사를 원망했고, 빛을 받으며 추접게 튀고 있는 오줌을 보며 자책하는 습관도 들고 말았어.

잦아지는 오줌줄기가 아쉬웠어. 여분의 오줌을 휴지로 닦을 때까지도 욕실 전등은 안 꺼졌어. 아무 데라도 아프고 싶었어. 티끌만한 미련도 안 남기고 경쾌하게 떠나는 오줌과 휴지의 숙명이 부러웠어. 결국, 욕실 전등은 내가 껐어.

선걸음에 상식常食을 철상撤床했어. 설거진 미루고 아이 곁에 누웠어. 가슬가슬한 등을 손바닥으로 쓸며 내일은 하루 점도록 아이와 함께 지내리라 맘먹고 가만히 아이의 숨소리를 듣노라니 마침내 축복의 잠이 쏟아지는 것이어서 순수한 별을 보려 늘 착용하던 안대眼帶를 껴었어.

다섯째 날

— 생명은 무료한 신의 파적거리

갑자기 마구 아파서 깼어. 마구 때린 건 아이였어. 기지개와 하품으로 깨어남을 탄식타가 바쁜 생명한테 또 맞고 말았어. 맞다 보니 전날 계획이 떠올랐고 그로 인해 잠잘 때보다 더 느긋해졌어. 같이 느긋하자고 팔을 뻗었지만 아이는 사납게 뿌리치면서 울음을 터뜨렸어. 개의치 않았어. 널브러진 채로 있었어. 늘 달콤한 잠이었음을 일깨워주던 알람소리와 같은 울음소리였어. 그러다 또 맞았어. 아파 눈물이 핑 돌았어. 겨우 몇 년 만에 학교 맹신자가 된 아이가 측은해 "안 가도 된다"고 했지만 울음소리만 더 키워놓고 말았어.

바른 말로 학교는 아이가 가는 곳이지 나완 상관없어. 그래도 억지로 일어나 앉은 건, 아이한테 미리 말해주지 못한 데 대한 미안함과 별수 없다는 생각에서였지, 학교 보내려는 생각에서 그런 건 아니었어.

"엄마를 하늘로 보낸 식구들은 일주일은 놀아야 된다"며 달랬어. 뜨끔했어. 전날 학교 보낸 게 생각났거든. 누굴 닮아 그런지 아이는 뜨끔한 내 맘을 안 놓쳤어. 급한 대로 어젠 놀 시간이 없었다고 변명했어. "학교는 가고플 땐 가고, 싫을 땐 안 가도 되는 곳"이란 말은 생각도 안 났어. 그런데 웬걸? 아이가 울음을 뚝 그치는 것이었어. 좀 놀랐어. 궁색한 변명 따위에 울음을 그치리라곤 생각도 못했거든. 아이는 "선생님한테 꼭 전화해야 된데이"란 말을 남기고 자기 방으로 갔어. 발등의 걱정이 사라진 편안한 얼굴이 사라진 후, 곧 경쾌한 리듬의 피아노 소리가 들렸어. 아이도 학교는 별로 가고 싶은 곳이 아니었나 봐.

시계를 보니 네겐 저녁인 아침 여덟시가 다 돼가고 있었어. 하이든이 들었던 종달새 소리로 집을 채웠어. 쌀을 안치고 자취할 때 자주 해먹었던 계란찜을 만들고 상식常食 국을 끓였어. 국이 끓을 즈음, 압력밥솥이 요란을 떨었어. "밥 하느라 애 먹었다"는 압력밥솥의 호들갑스러운 공명심功名心은 어김없었어.

갓 지은 밥을 먹이려 씻으라고 했어. 아이가 씻는 동안 밥을 일궈 우선, 한 그릇을 퍼서 아내의 상식을 차리고 절은 세 번 했지만 곡하는 건 까먹고 바로 일어선 탓에 아내와 눈도 못 맞췄어. 딱히 할 일도 없는 아침임에도 나도 모르게 바쁜 티를 내고 말았어.

밥을 떠먹이면서 "이모 집에서 놀면 어떻겠냐?"고 물었어. 고개를 크게 끄덕이던 아이가 "아빠는?"이라고 물어 "볼일이 있다"고 했어. 전날 계획을 취소하는 말이었지만 다행히 아이는 또 끄덕였어. 미리 계획을 말하지 않은 데 따른 만족스런 반응이었어.

그런데 아이가 "아깐 놀아야 된다고 그랬잖아"라고 했어. 뜬금없는 말이었지만 왠지 내 볼일은 회사 볼일로만 알고 있는 것 같아 그 볼일이 아니라고 알려줬어. 내 짐작이 맞는지 아이는 또다시 고개를 끄덕였어. 날 올려다보면서는 볼일 볼 때 엄마도 좀 찾아보라더니 방긋거렸어. 내 미소를 빙그레로 잠깐 맞받은 아이는 내 손에서 제 수저를 뺏어 밥을 먹었어. 아래로 뵈는 아이의 옆얼굴이 나이 들어 보이더군.

아이는 컴퓨터 방으로 가면서 굳이 컴퓨터게임을 해도 되는지 물었어. 허락하고, 작은처형한테 전화했어. 아이를 맡아주기로 했어. 마침 볼일이 없었던지, 아님 도의상 거부 못한 건지는 몰라도 고마웠어. 설거지를 끝내고 아이 담임한테도 전화했어. 불합리한 통보도 아니고 서로가, 아니 적어도 난, 불편해서 통화는 짧았고 무난했어.

이어서 아이의 할매한테도 전화하려 수화기를 든 채 후크 스위치를 누르는데 전화벨이 울렸어. 받으니 그 할매였어. 칠남매의 여섯째인 난 일곱째인 막내동생과 동갑인 장조카보다 고작 세 살이 더 많아. 그래서인지 엄마를 할매라 불러도 거부감이 없어.

할매 말투는 느리면서도 몹시 걸어. 화투를 좋아하고, 신명도 많은 할매는 나의 연말정산 때면 도움 주는 지병인 천식장애도 있어. 말하기 전에 곧잘 하던 할매의 기침과 한숨은 그날따라 제법 길었어.

"(기침과 한숨) 밥은 묵었나?"

"그래. 밥은?"

"묵었다. 얼라는?"

"논다. 아부지는?"

"공자아 가셨다."

"얼라아는 언제부텀 학교 댕기노?"

"담주 월요일부터."

"딱하지…… (기침과 한숨) 인자아 우짤라카노?"

"하매, 뭐……"

"(기침과 한숨) 에이고~ 알분단지가 없어가 인자아 살기 거북해가아 우야노."

"우야기는 뭐. 할 수 없지."

"지도 얼매나 억울하겠노…… 문디새끼는 안주까이 못 잡았다카아제? (기침과 한숨) 순사한테는 뭔 연락 있더나?"

"아직, 곧 안 잡히겠나."

"문디새끼. 고만 자수하만 지도 속 편할 낀데. 내빼고 지랄이네. (기침과 한숨) 빼닫이 잘 봤나?"

"서랍은 말라꼬?"

"(기침과 한숨) 하이고 야야! 누가 카던데 사람이 죽으만 돈 챘기나, 채준 거 잘 알아봐야 된다 카더라. 잘 디비바레이."

"알았다."

"(기침과 한숨) 문디 가시나! 얼라가 불쌍토 안 하나. 우째 이리 야마리없이 일찌거이 가뿌노. (기침과 한숨) 하나 더 낳아라 칼때는 고키 못됐게 구녕을 탁 닫아뿌더이, 이칼라꼬 그랬는갑제(기침, 가래 뱉는 소리, 기침과 한숨)."

"집사람이 뭔 죄 있노."

"그케. 하도 원통하이 안 카나. 씨발노무새끼! 잡히만 잡히바라. 문디새끼(기침과 한숨)."

안 그래도 전화하려 했다고 하자 할매는 그 전화를 안부전화로 여겼는지 당신들 걱정은 말고 나와 아이만 잘 챙기라고 했어.

"누부야는 요새 어떻노?"라고 묻자 누나를 스윽 보는지 할매 목소리는 잦아졌다가 높아졌어.

"가아야 뭐, 천 날 주우 묵고, 만날 노는데. 뭔 걱저이고(기침과 한숨)."

한동안 부모님 댁엘 안 간 터라 둘째누나의 상태가 궁금했고, 궁금할 지경에까지 이른 무심함을 뉘우쳤어. 자신의 의지완 무관하게 동생 아내의 장례식에도 못 온 둘째누나는 정신지체 장애자야.

눈치 챘을지 모르겠지만 난 둘째누나와 살려 해. 그래서 "누부야는 아픈 데 없다 카더나? 요새도 간질은 안 하나?"라고 구체적으로 물었어. 그랬더니 할매는 "만구 핀한데, 지가 아픈 데가 어뎄겠노. 안주까이 지랄은 안 하는데, 살이 찌가아 큰일이다(기침과 한숨)…… 됐어 고마. 니나 잘 챙기묵고 댕기여 고마!"라고 했어.

솔직히, 할매 말이 말 같지 않지? 당최 뭔 말인지 모르겠지? 근데 어떡해. 이 또한 우리말인 걸.

언제부턴가 고담엔 사투리를 못 쓰도록 애들을 단속하는 별난 엄마들이 생겼어. 단지, 서울말을 가르치려는 목적으로 애들한테 텔레비전 드라마를 보여주는 엄마들이 생겼는가 하면, 심지어 애들이 사투리를 배운다는 이유로 시부모, 친부모한테까지도 사투리를 못 쓰도록 강요하는 엄마들도 생겼어. 이런 짓들은 열등감의 적극적 표현에 다름 아냐. 하니, 넌 안 그랬으면 좋겠어. 사투리 쓰는 집안에 시집가더라도.

작심하고 "누부야캉 살란다!"고 했어. 정확하게 뜻을 전하자 할매는 잠시 한숨과 걸걸한 기침만 내뱉었어. 그러던 중, 맘을 결정했는지 "치야! 고마!"라고 했어. 누나를 짐으로 여기고 있음직한 반응이었어. 부모의 짐을 대신 짊어지려는 게 아닌지라 표현을 달리했어. "누부야가 필요하다"고.

그랬더니 할매는 '뭐라카노! 니는 안즉 젊은…… (기침과 한숨)'이라며 도중에 죽은 며느리가 떠올랐는지 자연스럽지 못한 기침과 한숨으로 말끝을 흐렸어.

둘째누나는 남편과 별거 중이야. 그런 누나를 부모님이 거둔 세월은 벌써 오 년째야. 이따금 누나한테 조카들이 안 보고프냐고 물으면 보고 싶대. "그럼, 집에 가라"고 하면 누난 버럭 안 보고 싶다고 해.

누나를 데려올 때, 어린조카들까진 데려올 수 없었어. 남편이 펄펄 뛰며 반대해서라기보다는 조카들이 성숙했기 때문이었어. 여전히 아이인 누나와 달리 조카들은 어쩔 수 없다는 착잡한 마음도 표정에 담아낼 줄 아는 애어른이었거든. 살벌한 생이별에도 조카들은 안 울었어. 누나와 남편, 그리고 시어미도 마찬가지였어.

그날, 누나는 부모님 집 거실에서 간질 발작을 일으켰어. 그 와중에도 할매는 화투로 재수 떼기를 했어. 거품 물고 버둥거리던 누나를, 그런 누나를 지켜보던 나를 아랑곳 않고 할매는 간간이 한탄을 곁들여가며 화투 재수떼기만 했어.

지금도 누나의 간질 발작을 처음 봤을 때의 무섭고 답답했던 어릴 적 기억이 생생해. 거품 물고 버둥대면서 홀로 무서운 시간을 견디고 있는 누나를 지켜보기만 하던 가족들이 어린것은 이상하고 미웠어. 그렇지만 어린것은 갑자기 무서워진 누나한텐 다가가지 못했어. 그저 울머불며 누나를 말리라고 떼만 쓸 뿐이었어. 그러다 골방에서 쫓겨났어. 그 후로도 번번이 그랬어. 것도 거듭되다 보니, 어린것도 어느덧 익숙해졌어. 누나 혼자 욕볼 도리밖에 없는 간질 발작으로 여길 만큼 어린것이 자랐을 땐 자랑하고픈 맘까지 함께 자라났어.

고런 맘은 어린것이 초등학교에 입학한 지 며칠 안 된 어느 날, 친하게 지내고픈 같은 반 친구 한 명을 집으로 데려오게 했어. 둘은 담이 없기에 대문도 없는 집 앞의 포장 안 된 신작로 겸 마당에서 놀았고, 어린것은 더불어 누나의 골방 소음에도 귀기울였어. 땅따먹기, 숫자와 이름쓰기, 그림자밟기, 그림그리기 놀이마저 지겨울 즈음, 쿵! 소리가 들렸어. 어린것이 기다리던 골방에서의 소리, 즉 누나의 간질 발작이 시작됐음을 알리는 소리였어.

그럴 때면 집 근처 공장에서 일하던 엄마를 부르러 가야 했지만 신이 난 어린것은 반 친구를 골방 문 앞으로 데려갔어. 자랑스럽게 골방 문을 활짝 열어젖힌 어린것은 반 친구한테 누나의 간질 발작 동작을 핏대 올려 생중계했어. 격하고도 짧은 중계를 마친 다음에야 어린것은 엄마를 부르러 공장으로 달려갔어. 반 친구를 그 자리에 남겨둔 채 말야.

엄마보다 먼저 돌아온 어린것은 여전히 그 자리에 붙박여 있던 반 친구 얼굴을 살폈지만 반 친구의 얼굴은 울 것 같은 표정이었어. 돌이켜보면, 누나의 발작을 처음 봤을 때 어린것의 표정과 같지 않았을까 싶은 반 친구 표정이었어. 어린것은 무척 실망하고 말았어.

그날 밤, 공장에서 퇴근하는 엄마가 늘 반가웠던 어린것은 평소처럼 엄마한테 안기려다가 평소와 달리 엄마한테 거칠게 밀쳐지고 말았어. 이어 빗자루로 흠씬 두들겨 맞기까지 했어. 그러고서야 어린것은 깨달았어. 누나의 간질 발작은 골방에서만 은밀하게 이뤄져야 하는 부끄러운 행위란 걸. 다음날, 반 친구는 퉁퉁 부은 어린것한테 절교를 선언했어. 반 친구 엄마의 "절대 같이 놀지 말라!"는 명령 때문이었어.

이런 추억 때문에, 즉 어린 나 그리고 절교한 반 친구가 받은 충격을 아이도 받을까 봐 할매한테 누나 상태를 확인한 거야.

할매는 누나를 데려온 그날 말곤 지금껏 같이 살면서 누나의 간질 발작은 못 봤대. 예전에, 그러니까 누나를 데려오기 전, 할매는 틈틈이 누나 남편한테 누나의 간질 발작을 확인했대. 그럴 때마다 누나 남편은 자신이 고쳐났기 때문에 더 이상 간질 발작을 안한다고 했대. 그 따위로 뽐내더라고 흉보던 할매는 물론이고 식구들 누구도 누나 남편의 말을 안 믿었어. 그러다가 할배 생신 때, 식구들은 할매가 전했던 그 말을 누나 남편한테 직접 듣게 됐어.

누나 남편은 오래전부터 사람이 목매달아 죽은 나뭇가지를 달여 마시면 간질이 낫는다는 걸 알고 있었대. 하지만 그런 사연이 깃든 나뭇가지는 흔한 게 아닌지라 속만 끓였대. 그러던 어느 날, 이웃 마을 머시기가 인근 야산의 한 나무에다 목을 매 자살한 사건이 벌어졌대. 그 소식을 접하자마자 현장으로 달려갔대. 가서는 그 나뭇가지를 여물게 봐뒀대. 그리고 같은 날, 캄캄한 밤에 귀하디귀한 그 나뭇가지를 남한테 뺏길세라 아무도 몰래 야산으로 가서 지니고 간 톱으로 그 나뭇가지를 잘라왔대. 어때? 무식이 이 정도면 공포 수준이지?

아무튼 누나 남편은 약효가 떨어질까 봐 그날 밤이 새도록 나뭇가지를 한 찜통 달였대. 달인 물을 물통에 담아 냉장고에 넣고 나니 날 샜대. 그로부터 몇 달 동안 그 물을 마시게 했더니 예상대로 누나의 간질병이 고쳐졌대.

웃기지? 누나 남편의 자랑이 소문낼 건 못 되지? 하지만 식구들은 누나 남편의 마음 씀씀이를 높이 샀기에 지청구는 일절 않고 칭찬만 했어. 하지만 할매만은 불편한 감정을 거칠게 표현했어. 할매가 "빙시짓 좀 그만하라"며 누나 남편을 호되게 꾸짖자 칭찬에 한껏 고무됐던 누나 남편은 밤에 누나를 데리러 다시 오겠다면서 도망치듯 가버렸어. 할매는 상관 않고 사라진 간질 발작에 대한 의견을 말했어.

할매는 같이 안 살아서 누나가 지랄을 하는지 안 하는지 모르겠는데 그 씨부랄놈(누나 남편) 말마따나 누나의 지랄병이 정말로 고쳐졌다면 그건 씨부랄놈!한테 맞아서 그럴 것이라고 했어.

누나의 이마 우측에 함몰된 곳은 씨부랄놈이 삽으로 때린 자국이고, 몸 곳곳에 남아 있는 멍자국과 찢어진 상처가 아문 흔적은 씨부랄놈이 몽디와 주먹으로 쎄리팬 흔적이라면서, 만날천날 사람을 개 패듯 두들기니 누나 대가리가 흔들렸고, 그 충격에 우짜다 보이 지랄병이 고쳐졌을 것이란 의견이었어. 어찌됐건 간에 누나의 간질병은 누나 남편에 의해 고쳐졌다는 점에서만큼은 누나 남편과 할매 의견은 일치했어. 그러나 앞서 언급했듯, 누나를 데려온 그날, 누나는 몸소 행한 간질 발작으로 할매와 누나 남편의 의견이 모두 틀렸음을 증명했더랬어.

누나 상태는 그동안 의사가 아닌 할매한테서만 들었어. 그런고로 가끔은 병원 한 번 안 데려간 것에 대해 자책감이 들 때도 있었지만 그때뿐이었어. 하지만 이젠 "누부야가 맘이 안정돼서 지랄을 안 한다"고 무자격으로 진단하는 할매한테 말고 과학에 의해 설득당하고 싶어. 해서 조만간 누나를 병원에 데려가볼 작정이야.

통화 막바지에 할매는 "천지 입이나 코나 띠나. 너그 누부야가 고집이 시서카지, 시근은 얼매나 멀쩡하노. (기침과 한숨) 저어 아바이 닮아가 가마이 나뚜만 한량없는 양반아이가. 밥은 또 얼매나 묵을 만하게 잘 하노. 문디 겉은 사나 만나가……(기침과 한숨) 에이고~ 내가 백지 시집 보내가 아만 더 빙시 맹글었다(기침과 한숨)"고 넋두리했어. 이어 "우리 걱저어는 말고 맘 단디 묵고 살아래이(기침과 한숨)"라는 당부를 끝으로 전화를 끊었어. "치야 고마!" 라고 할 땐 언제고, 누나의 장점을 환기시키는 할매가 우스웠지만 곧 할매의 복잡한 심사가 느껴져 잠시 우울했어.

누나는 안타깝게도 시계를 볼 줄 몰라. 그래도 삼시 세 끼는 정확해. 그런 재주 때문에 '돌싱'으로 다시 할매 집에서 살게 된 그날로 누나는 산 개미를 곧잘 양념으로 사용하던 할매 대신 주방을 담당하게 됐어.

누나 시어미가 돌아가신 몇 개월 전, 장사葬事 지낸 지 한 달이나 지난 후에야 할매한테서 그 소식을 듣는 순간, 팔십여 평생 욕보시다 돌아가신 시어미로 추억되더니 진심 어린 명복이 빌어졌어. 더불어 생전에 누나를 모질게 대접했던 섭섭함마저 말끔히 사라지는 것이었어.

할매는 누나가 시어미의 죽음을 숨기려 했대. 시어미가 죽은 그날, 누나는 그 사실을 알려온 조카 전화를 할매한테 안 알렸다는 거야. 하지만 다음날 다시 걸려온 조카 전화는 할매가 받았대. 오전 전화는 대부분 할매가 받거든. 오전의 할매는 트롯 노래를 켜놓고 흥얼거리며 점심식사 후에 벌어질 피 말리는 승부, 즉 경로당에서의 십 원짜리 고스톱을 대비, 화투패 떼기로 손 풀며 전열을 가다듬거든.

할매는 어제 죽었으면 어제 전화해야지, 왜 이제 전화하냐며 조카를 나무랐대. 억울했던지, 조카는 사실을 말했대. 조카한테 사과했냐고 물었더니 할매는 안 했대. 대신 그런 전갈은 누나 남편이 해야 한다며 누나 남편이 직접 전화할 것을 이르기만 하고 끊었대. 그리고 누나 말은 들을 필요 없다는 걸 알면서도 왜 말 안 했냐고 물었대. 짐작대로 누나는 신경질 났을 때의 버릇인 씨우적대며 찡그리기만 하더래.

그래도 할매는 법적으론 누나 시어미요 사돈인 장례식엔 가야겠기에 누나를 나무라서 억지로 채비를 마친 후, 전화를 기다렸대. 그러나 아무리 기다려도 누나 남편 전화는 안 왔대. 조카 전화조차 더 이상 없었대. 괘씸한 생각에 할매도 누나가 그랬던 것처럼 할배한테 안 알렸고 끝내, 장례식장에도 안 갔대.

할매는 누날 데려온 후로, 누나 남편은 길에서 마주쳐도 모른 척 한대. 그럴 때마다 할매는 가쁜 호흡 사이마다에 채운 욕을 뒤통수에다 퍼붓는대. 남들이 보건 말건. 그래도 그놈의 뒤통수는 끼꼬도 안 한대.

그전엔 살갑진 않아도 마주치면 인사는 했었대. 그래서 읍내엔 뭐 하러 나왔냐고, 또 술 퍼러 나왔냐고 캐물을 말미를 가졌었대. 할매가 그랬던 건, "문디새끼들! 질라이로 자꾸 그 지랄하만 후제 천벌 받을끼라!!" 고 저주하던 술 장사치들의 바가지 탓에 누나 남편이 남들 열 번 마실 술을 세 번도 못 마시기 때문이었대. 오히려 누나 남편을 잘 아는 술 장사치들의 바가지가 더 심했대. 그런고로 할매는 가을걷이가 끝나면 읍내를 부지런히 다녀야 했대. 그 무렵엔 가을걷이로 두둑해진 누나 남편이 읍내를 자주 출입하기 때문이었대.

시집 식구들에게서 벗어나게 해주고 거둬준 할배 할매에 대한 누나의 맘을 알 수 있었던 일화를 끝으로 누나 얘기는 그만할게.

전국이 지방선거에 한창 푹 빠져 있거나 냉소할 때라고 해서 할배 할매 댁에 가끔 거는 안부전화를 중단할 순 없었어. 누나가 차린 저녁을 드시러 할배는 공장에서, 할매는 경로당에서 왔을 시간에 맞춰 전화했어. 저녁 전화는 자칫, 할배 할매의 초저녁잠을 방해할 수 있기에 늘 신중을 기해야 해.

누나가 받았어. 누나가 받는다는 건 할배 할매의 부재를 뜻했어. 안 오셨냐니깐 그렇다고 했어. 십 분 후에 걸어도 같은 대답이었어. 다음 십 분 후에도 마찬가지였어. 어디 가셨냐고 물었어. 그제야 할배는 공장이 아닌 산으로, 할매는 경로당이 아닌 온천으로 놀러 가셨다는 말을 들을 수 있었어. 허무했어. 꼭, 간만에 전화 걸어 건넨 "뭐 하냐?"는 물음에 "전화 받는다"는 친구의 뚱한 대답을 들었을 때처럼 말야.

할배 할매가 늦을 것이란 걸 들었으므로 바로 끊는다는 건 대화 안 통한다는 무시와 다름없었어. 하지만 할 말도 얼른 안 떠올라 수화기를 든 채 지방선거와 관련된 소식을 전하는 텔레비전만

볼 따름이었어. 그러다 "선거란, 재활용 가능한 인간쓰레기들을 선별하는 과정"이라던 누군가의 말이 떠오르면서 재밌게도 누나가 이번 선거에 누굴 찍을 것인지가 궁금해졌어. 누나는 할배 할매를 찍을 거라 했어. 한 치의 망설임도 없었어. 냉소적 농담이 아닌 진심이라 믿어도 돼. 아이의 뇌를 가진 누나 말이니까.

의외로 재미있는 대답이라 할배 할매는 출마도 안 했는데? 라고 했더니 누나는 버럭 "찍는다카는데 와카노!"라며 신경질을 냈어. 한 사람만 찍어야 되는데? 라며 웃음을 억누르고 또 물었더니 "와 자꾸 카노! 자석아야!"라며 언성을 드높이는 것이었어. 해서 "그케! 아부지, 엄마 말고 누가 있노"란 유의 말들로 진정시키고 끊어야 했더랬어.

이건 비밀인데, 그동안 누나의 신성한 한 표는 할매가 행사했더랬어. 때문에 누나한테까지 투표권이 주어진다는 사실이 늘 의아했더랬어. 하긴, 투표권을 주다 안 주면 누나 같은 사람들을 대변한다는 자들이 머리에 띠를 두르겠지. 그러면 같은 띠가 머리에 둘러매진 누나도 영문을 모른 채 거리로 내몰리고 말겠지.

누나와 같이 살 궁리를 하며 집안 곳곳을 청소기로 헤집었고, 청소기를 끄고서야 그 궁리를 멈췄어. 그리고 '채워'가 출근했을 시간임을 확인하고 일터에 전화를 걸었어.

"안 그래도 전화하려 했다"며, "왜 아직 출근 않냐"는 여직원의 목소리는 쌀쌀맞았어. 아마, 채워가 나의 "출근하겠다"는 말을 동료들에게 알리는데 그치지 않고 애사심을 고취시키려는 빌미로 삼았었나 봐. 그러니 여직원이 동료들에게 피해주면서까지 회사에 충성하려는 작자의 지각遲刻이 몹시 아니꼽다는 티를 냈겠지. 그런 짐작에 채워를 바꿔 달라는 말은 겨우 했고, 채워한테 사정이 생겨 담 주부터 출근하겠다고 내뱉은 말은 당당했어. 회사 걱정 말고 정리나 잘하고 오라는 떨떠름한 채워의 목소리에 울컥 치밀던 "사규社規는 니가 만들었잖아!!"는 말을 삼켰더니 달궈진 돌덩이 하나가 가슴으로 꿀꺽 떨어지는 것이었어. 전화를 끊자마자 냉수부터 마셔야 했어. 식으면서 가슴은 나의 우유부단함을 반성했어. 모르긴 해도, 채워와 동료들 그리고 아이의 담임 선생은 나로 말미암아 사규社規와 교칙校則에 일반화된 칠 일을 축적된 삶의 지혜가 빚어낸 기간으로 환기하면서 새삼 감탄했을 거야. 우헤헤.

아이가 갈아입을 여벌옷과 DVD 〈피가로의 결혼〉을 챙겨 작은 처형 집으로 향했어. 가는 길에 물과 아이스크림 그리고 과자를 샀어. 가는 차 안에서 뚱뚱고모랑 사는 거 어떠냐고 물었어. '뚱뚱고모'는 '뚱뚱할매'와 마찬가지로 어린 눈에까지 답답할 만큼 뚱뚱해 보이는 바람에 아이가 다섯 살이던 어느 날, 불쑥 불러버린 호칭이야. 아이는 반대였어. 신경질적 반대가 되레 우스운 철부지건만 무시할 수도 없어 당분간 거론 않기로 했어.

작은처형 집 현관에서 차키를 건넸어. 아이의 방과 후 영어수업, 피아노, 태권도학원 시간을 적은 쪽지도 건네주고 선걸음에 돌아섰어.

택시 승강장으로 향했어. 맨 앞의 택시기사는 택시에 기대선 채 다른 기사와 얘길 나누고 있었어. 바로 뒤의 택시기사는 편안 자세로 운전석에 앉아 있었어. 그렇더라도 택시가 일렬로 정차해 있는 곳에선 맨 앞 택시를 타야 하는 것이 여기 질서야.

미소가 곁들여진 그들의 담소를 끊을 용기가 안 났어. 그러니 부근을 서성이며 엿보는 수밖에. 그런데 그들의 대화는 어디선가 나타난 세 명의 아줌마들에 의해 곧 절단絶斷나고 말았어. 난 그 기회를 틈타 바로 뒤 택시 뒷자리에 서둘러 올라탔어.

기다림이 성형한 여유 있고 너그러운 인상의 늙은 기사였어. 말馬들이 움직이자 그 인상엔 자부심이 더해졌어. 삽화로 접했던, 로시난테를 통제하던 라 만차의 기사騎士 얼굴도 겹쳐졌어. 물론 라 만차의 기사보단 훨씬 현실적인 얼굴이었어. 행선지를 밝히기도 전에 출발하는 바람에 목적지는 잽싸게 끼어든 택시 탈 적의 습관이 씨부렸어. 계획에 없는 목적지였어. 젠장!이었지만 정정치 않았어. 차 안 공기가 불신으로 바뀔까 봐, 도착하면 갈아 탈 요량이었기에 번복하지 않았어.

도로만 보였어. 틈틈이 나를 읽는 룸미러의 시선을 느꼈어. 문득, 직업이 없다는 건 일 년차 범죄예비군으로 보일 수도 있을 것이란 생각이 들더군. 해서, 객쩍은 말이라도 던지려고 고개를 드는데 택시가 급정거했어. 택시 뒷범퍼와 부딪힐 뻔한 차 때문이었어. 우측 골목에서 도발적으로 튀어나온 차량 운전자는 아줌마였어. 연신 조아리는 아줌마의 머리에 스미마셍이란 단어가 연상됐어. 그런데 늙은 기사의 반응이 의외였어. 서너 번의 가벼운 삿대질만 해보이곤 다시 출발했기에 왜 급정거를 했는지조차 까먹을 정도였어. 고마웠어. 손님 때문인지, 오랜 경험이 선물해준 이해심 때문인지는 몰라도 삿대질로만 매조지해준 늙은 기사에 대한 고마움은 그 아줌마보다 더 진정이었을 거야. 만약, 흔하디 흔한 쌍욕을 내뱉는 늙은 기사의 갑작스런 감정변화를 접했더라면 불안감에 휩싸여 내릴 때까지 안절부절 못했을 테니까. 그런 탓에 버스에선 맨 뒷자리의 바로 앞자리를, 택시에선 뒷자리에 앉아 눈을 감는다거나 풍경만 보는 터라 대중교통수단으로 기차나 지하철을 주로 이용하지만 운전자와 동시에 위험의 순간을 인식하지 못한다는 공포감을 주기에 마뜩찮기는 매한가지야.

처음이자 마지막으로 바이킹이란 놀이기구를 탔을 때와 비슷해. 오래 전, 어쩔 수 없이 바이킹을 탔을 때, 굳이 맨 뒷자리를 꿰차고 앉은 건 그 놀이기구의 메커니즘을 몰랐기 때문이었어. 구경으로도 아찔했기에 시작도 하기 전에 눈부터 감았어. 움직이자 처음엔 순풍에 내맡겨진 배를 탄 듯했지만 얼마지 않아 공포와 분노에 휩싸여 기괴한 소리까지 내지르고 말았어. 내리자마자 휘청거리며 찾았어. 쪽팔림의 구렁텅이에 빠뜨린 조작자를. 기어코 찾아내서 강하게 따졌어. "유독 심하게 다룬 이유가 뭐냐!"고. 그리고 그날을 "갑자기 표출된 감정은 새빨갛게 도사리고 있던 감정의 추악한 실천"으로 일기에 정리해뒀어.

솔직히, 늙은 기사의 급정거가 더 위험했어. 분명, 아슬아슬했을지언정 그대로 진행했더라도 사고는 안 났어. 하긴 그 상황에선 나라도 급브레이크를 밟았을 거야. 그 상황에서의 급브레이크는 방금 휙 지나간 건 뱀이었다는 뒤늦은 인식으로 우뚝 굳어지던 그런 유類의 공포 때문은 아닐까? "그래서, 뭐 어쩌라고?" 헤헤헤. 맞아 맞아 어쩌라고.

늙은 기사가 말했어. 아줌마들 때문에 오전엔 운행을 자제한다고. 괜스레 미안해지는 말이었지만 암말도 안했어. 그러자 라디오를 켜는 늙은 기사의 손짓은 나의 시선을 도로로 내쫓는 참다 못함이었어.

거미줄처럼 하염없이 배설되는 차선. 운전자들의 이성理性을 시험하는 좁은 굴곡의 아슬아슬한 커트라인에 나날이 날카로워지는 성질들. 어쩌면 이성을 희롱하는, 즉 차선 위반자에게 즉시 날리는 거친 욕설과 날카로운 경적은 부러움의 표현일지도 몰라. 따라서 경적과 욕설에 대한 올바른 대응법은 맞대응이 아니라 맘에 담아둘 것도 없는 미안한 제스처와 무대웅일지도 몰라.

일기장에 적어둔 택시에서의 상념 중엔 이런 것도 있어.

차선의 강박에서 운전자들을 해방시키려면 도로를 개조해야 한다. 진입만 하면 목적지까지 도착시켜주는 움직이는 도로로 개조해서 여행자들이 음악에 심취하고, 책 읽고, 구름보다 더 빠른 신기한 하늘도 감상하고, 놀이와 사랑을 나눌 수 있도록 해야 한다.

개조공법은 우선, 컨테이너박스 형태로 구덩이를 판 다음, 시멘트를 에둘러 방수처리한 다음, 쓰레기를 채우고 여분의 공간은 흙으로 메워 다져 기초한 다음에 움직이는 도로를 구축하는 공법을 권장한다. 그러면 쓰레기가 썩으면서 발생되는 에너지는 차량과 도로를 움직일 에너지로 활용하면 될 것이고, 매립쓰레기는 향후, 획기적인 처리기술이 개발된 후에 꺼내 없애면 될 것이다.

어때? 수천만 킬로미터의 도로 밑구녕에 쓰레기가 묻혀 있다고 생각해봐. 멋지지 않아?

얼마를 가다가 늙은 기사는 여자끼리의 교통사고를 볼 적에 "기분 좋다"는 혼잣말로 다시 말을 걸어왔어. 대꾸 안 했어. 왠지 동조하다가는 여자 운전자들에 대한 그간의 울분을 격하게 토로

할 것 같았거든.

　잠자코 있으려니 늙은 기사는 "앞뒤로 처박는 교통사고는 양짜 똑같이 책임 물리야 된다"며 "그래야 앞차가 지랄 안 한다"고 했어. 나도 모르게 "왜요?"란 말이 튀어나왔어. "따지보만 앞차도 안전거리를 안 띠아가 브레이크를 씨기 밟은기기 때문에 앞차 책임이 더 크다"는 대답은 갑자기 쾌활했어. 덧붙이는 말도 마찬가지 어투였어.

　"인지라도 양짜 똑같이 책임 물리만 백지, 질 막고 싸우는 꼬라지도 안 보고, 돈 뜯어낼라꼬 뒤통시 싸매고, 멀쩡한 모가지에 기부스하는 추저분 짓을 안 봐도 된다"고 했어. 늙은 기사의 열변에 재미를 느껴 "건의해보셨냐?"고 했어. 잠시 껄껄 웃은 늙은 기사는 "백날 지끼도 안 되구마. 택시로 중앙청에 돌진해야 우리 말을 들어줄 끼구마"라는 말엔 서운함이 묻었어.

　그즈음 라디오는 시보時報음을 내며 정각을 알렸어. 잠깐 대화가 중단됐어. 애국가가 울려퍼질 것 같은 조짐의 시보음에 갑자기 마음이 경건해졌는지 어쨌는지 몰라도 기사와 나의 대화는 끊어져 자연스럽게 정각 시보에 이어지던 뉴스를 듣게 됐어.

　뉴스가 최근 부동산시장을 분석하면서 6억 이상 고가주택을 언급하는 순간, 기사가 "모든 누스가 서울 중심!"이라며 "지방 사람들은 개, 돼지우리에 사나! 지끼미!"라며 갑작스럽게 역정을 냈어. 무반응을 보였다간 좁은 택시 안의 분위기가 걷잡을 수 없이 삭막해질 것 같아서 나는 주뼛거리며 "옳다"고 했어. 기사는 나의 말을 역력히 반기면서 "누스나 신문을 보만 당최! 뭐가 맞는 긴지 잘 모리겠다"는 의외의 말을 했어.

그래서 첫 뉴스부터 기사가 푸념과 역정으로 퍼부었던 모두冒頭 발언은 어쩌면 자신의 레퍼토리를 말하기 위한 의지의 피력일지 모른다는 생각이 들었어. 더불어 라디오채널은 기사가 손님들과의 담소에 필요한 화젯거리를 제공받기 위해 맞춰놓은 것으로 짐작했어.

그 후에 이어진 기사의 말들은 대체로 "어느 날은 '이것이 맞다'고 그러다가 지나면 '그것이 틀렸다'고 그러질 않나. 도대체 여생을 믿고 따를 게 없다"로 요약할 수 있었어. 나는 삶의 비극적인 면을 연신 쾌활하게 말하는 기사에게 감탄하면서 기사의 열변에 간간이 "옳은 말씀"이라는 추임새를 넣곤 했어.

기사의 말에 의하면, 옛날에는 '스포츠댄스'로 불리던 것이 오늘날에는 '스포츠'가 뒤로 가고 '댄스'가 앞으로 와서 '댄스스포츠'로 일컬어진다고 했어. 기사는 자신이 젊었던 시절, 춤바람 난 아줌마들은 신문, 방송에 의해 가혹하게 심판됐었고, 덩달아 자신은 물론이고 온 나라가 그 아줌마들을 흉 봤었다고 했어. 하지만 춤 잘 추고, 말 잘하고, 노래도 잘하는 광대끼 다분한 사람들이 어딜 가도 환영받는 시대가 된 지금은 자신이 젊은 시절 그토록 욕했던 그 아줌마들에게 미안한 맘을 갖고 있다 했어.

기사는 젊은 시절 자신이 그 아줌마들에게 그렇게 욕을 할 수밖에 없었던 건 무한 신뢰를 가졌던 신문과 방송 때문이었다고 했어. 당시 언론은 요새 말로 끼 많은 사람들을 천하에 몹쓸 년놈들로 갈겨댔었는데 오늘날의 언론은 그런 년놈들을 대접하고 있다면서, 도대체 뭐가 뭔지 모르겠다는 말로 길었던 한 대목을 갈무리했어.

청자가 한 사람밖에 없을 때는 화자의 말에 더욱 신경을 집중해야 돼. 그래서 적절한 때에 추임새도 넣어줘야 거북한 분위기를 모면할 수 있는 거야. 하지만 늙은 기사의 말은 다행히 재밌었기에 나의 추임새는 적절한 시점에 저절로 넣어지곤 했어. 나의 긍정적 반응에 더욱 고무된 기사는 목청을 가다듬었어.

기사는 서양이 오래전에 버린 것들은 오늘날 우리가 미친 듯이 주워 담고, 우리가 부끄러워하며 아낌없이 내다버린 것들은 오늘날 서양이 취하고 있다며 소젖과 모유를 그 근거로 삼았어. 어제는 "그것이 몸에 좋다"고 그랬다가 오늘은 "그게 아니라"고 했다가 내일은 "그저께 그것이 몸에 좋은 게 맞다"는 엉망진창 웰빙 정보 홍수에 빠져 살다가 문득 자신이 평생 언론에 속아 살아왔음을 깨닫게 되었다고 했어. 그러나 아직도 자주 속는다고 했어. 그래서 요즘에는 아예 신문도 안 보고 뉴스도 안 듣는다고 했어.

기사는 자신이 세상에서 가장 싫어하는 사람들은 기자記者들이고, 그 다음으로는 괜히 가만 있는 사람들을 싸움 붙여 빌어 처먹는 변호사들이라는 뜬금없는 말을 하더니 자신의 택시에는 절대 기자들과 변호사들을 안 태운다는, 참말인지 거짓인지 확인할 길 없는 말을 잇더니 도대체 뭐가 맞는지, 뭐가 영원히 변치 않는 것인지 알 수 없다는 비극적 결론을 덧붙였지만 말투만은 여전히 쾌활했어.

나는 기사한테 왜 갑자기 변호사를 언급했는지, 낯선 손님들의 직업은 어떻게 알 수 있는지, 안 듣는다던 뉴스는 왜 켜놓은 것인지 등이 궁금했지만 택시가 목적지에 도착했기 때문에 물을 수가 없었어. 대신 나는 기사한테 "강연이 좋았다"며 거스름돈은 강연료로 여기라면서 돌려받기를 거절했어.

하지만 기사는 강연료가 작았음인지 강연할 때와는 달리 무뚝뚝하게 "고맙다"는 말을 남기고는 바람을 갈랐어. 미련未練이라고는 전혀 찾아볼 수 없는 택시 꽁무니였어. "미련未練은 그야말로 미련한 감정"이라는 것이 새삼 환기되는 택시 꽁무니였어.

채워와 동료들에게 미안해서 일터의 문을 조심스레 열었어. 나에게 안부를 묻는 동료들과 여직원의 표정은 뻘쭘했지만 나에게 안부를 안 물어도 누가 뭐라 할 사람 없는 신입 동료들은 "그래서 다행"이라는 표정이었어.

나는 가시可視적인 것은 모두 큰, 즉 몸집도 크고, 차도 크고,

집도 크지만, 안 보이는 마음, 자지, 배짱 등은 모조리 시가리만하다며 동료들끼리 조롱하던 채워 방으로 들어갔어. 의외라는 표정의 채워한테 인사를 했어.

채워는 "담 주부터 출근한다더니 어떻게 된 것이냐?"고 물었어. 일하려고 출근한 것으로 기정사실화한 채워의 말에 맘이 상했어. 해서 나는 "볼일 보러 나왔다가 지나던 길에 들른 것"이라는 거짓말을 서둘렀어. 그렇지만 채워가 또다시 나에게 당했다고 느낄까 봐 "자리를 오래 비워 죄송하다"는 멍청한 말까지 서둘러 덧붙였어. 그러자 채워는 어색하게 손사래까지 쳐가며 "절대 안 그렇다"고 했어. 때문에 나를 때리고 싶어하는 손사래로, 불쾌감을 걷어내려는 손사래로 여겨져 거북했어.

채워와 마주 앉았어. 이런저런 말로 나를 위로하는 채워의 말을 심드렁하게 듣고 있었어. 그런데 채워가 갑자기 엉덩이를 비비적거리며 한짝 엉덩이를 슬며시 들더니 "빡!" 거리는 방정맞은 소리가 동반된 방귀를 뀌었어.

내 태도가 못마땅해서 그런 것이었을까? 아니면 어떠한 위로의 말에도 심드렁한 나를 위해 의도적으로 저지른 자학성 몸개그였을까? 그렇지만 어느 누가 항문으로 내뱉은 침 세례 따위로 위로를 받겠어. 그것도 아니라면 그저 단순한 생리적 현상이었을까? 그렇다면 과연 채워는 어려운 자리에서도 생리적 현상이라며 소리 방귀를 뀔까? 안 뀔 거야. 채워도 양식良識은 있으므로 틀림없이 못 뀔 거야. 뀐다면 소탈함이 지나친 사람, 즉 미친놈 소리를 듣게 될 것이란 것쯤은 채워도 알 거야. 그런데 내 앞에서는 왜 뀐 것일까? 그것도 거침없이. 그렇다면 채워의 방귀는 혹시 나를 졸병으로 취급하는 채워의 계급의식이 저지른 만행은 아니었을까?

그래, 그래. 알았어. 그만할게. 나도 알아. 그럴수록 나만 비참해진다는 거. 맞아. 어쩌겠어. 참는 게 노예된 자의 도리인데. 하지만 노예가 노예의 도리를 모욕으로 안 느끼게끔 배려해주는 것도 현대 주인들의 미덕임을 채워도 깨달았으면 좋겠어.

채워의 방귀가 부지불식간에 저질러진 것이든, 어떤 의도에서 저지른 것이든 간에 어쨌든 몹시 모욕적이었어. 해서, 방귀소리에 패닉 상태를 잠깐 겪은 나는 채워를 도발적으로 빤히 바라봤어. 그러자 채워는 열없게 빙그레 웃으며 나의 시선을 외면했어.

어느 의심 많은 전문직종의 채워는 체면 때문에 직원들보다 한 시간 늦게 출근하고 삼십분 일찍 퇴근한대. 때문에 그 사이의 직원들 행동을 몹시 궁금해했대.

그러던 어느 날, 채워는 건물 주차장 관리를 용이하게 한다는 명분으로 CCTV를 설치하면서 "업무에 바쁜 직원들을 대신해 본인이 직접 관리를 도맡겠다"는 배려의 말을 하며 모니터를 자기 방에다 비치시켰대. 채워의 그 말을 직원들은 아무도 안 믿었대.

하긴 어쩔 수 없이 채워들의 술수에 속아줄 뿐이지 진짜 속아넘어갈 무지한 직원들이 요즘 어디 있겠어. 하지만 직원들은 그 어쩔 수 없음을 속상해하면서 "신뢰에 상처를 입었다!" 며 자기들끼리 푸념할 뿐이었대.

그날 이후로 채워는 출근하면 가장 먼저 하는 일이 CCTV 확인이었대. 채워 자신이 퇴근한 이후의 전날 영상과 출근 전 당일 영상을 체크하는 것으로 하루의 권태를 시작했대. 그러던 어느 날 영상을 체크하던 채워는 우연히 한 직원에게 체크당하고 말았대.

의심이 사실로 확인된 것에 직원들은 분노했대. 그러나 직원들의 분노는 전과 마찬가지로 어쩔 수 없이 자기들끼리만 속삭이는 분노였대. 그래도 몇몇 간 큰 직원들은 한동안 일부러 채워보다 조금 일찍 늦게 출근하고, 조금 늦게 일찍 퇴근하는 모습을 CCTV에 노출시키며 귀여운 반항을 했었대.

어느 제조업체의 채워가 하루는 직원들의 월 식사를 책임지는 공단 식당에 들렀대. 식당에는 좀처럼 오지 않던 채워의 등장에 식당 주인은 엎어질 듯 깍듯한 인사로 반겼대. 그런데 채워의 표정이 그리 밝지가 않았대. 이유인 즉, 식당이 오백 원으로 스트레스를 날릴 수 있는 뽑기 기계를 들여놨기 때문이었대.

채워는 식당 주인한테 "애들이 얼마 번다고 그 돈까지 앗으려느냐!" 며 "얼마 전부터 애들이 낮잠도 안 자고, 휴식시간에 쉬지도 않고 뽑기 하러 떼 지어 다니더라!” 며 “안 그래도 일이 힘든데 그런 애들이 안쓰럽지도 않느냐!” 며 항의했대.

일부 채워들은 왜 직원들보고 애들이라 호칭하는지 모르겠어. 애 대접도 안 해주면서 말야.

아무튼 식당주인은 채워의 항의를 묵과할 수가 없었대. 그래서 그날로 뽑기 기계를 처분했대. 다음날, 채워의 항의는 식당 주인에 의해 직원들과 인근 공장 직원들에게까지 알려지면서 채워의 주가는 수직 상승했대. 그러나 채워의 진심은 얼마 지나지 않아 드러나고 말았대.

어느 날 저녁 채워가 거래처 손님과 함께 식당에 나타났대. 저녁 겸해서 술을 마신 채워는 최선의 서비스로 자신을 모시던 식당 주인한테 술을 한 잔 따라주며 “뽑기 사건은 미안했다”고 했대. 식당 주인은 몸까지 떨어가며 적극적으로 “괜찮다”고 거짓말을 했대. 그러자 채워는 “당시에는 진심이 아니었다” 며 자신이 화를 냈던 건 다름이 아니라 “어느 날부터 불량도 늘고, 생산량도 줄어 원인을 찾던 중이었는데 아니나 다를까 애들이 점심 때나 휴식시간 때 나가기만 하면 쉬러 들어오지도 않고 작업 시작할 때가 거의 임박해서야 들어오고, 그러다 보니 작업준비시간도 늦어지고 해서 조사해보니 애들이 뽑기에 정신이 팔려 있어 역정을 낸 것이니 널리 이해하라” 며 컬컬 웃었대. 식당 주인도 별수 없이 따라 웃어주며 “지금은 괜찮냐?” 고 물어봐줬대. 그러자 채워는 "애들이 저거들을 진정으로 아끼는 사장이라면서 지금은 아주 열심히 일하고 있다"며 또다시 컬컬 웃었대. 그런 채워의 진심을 직원들은 아무도 모른대. 맞아. 채워가 식당 주인한테 비밀로 해줄 것을 당부했기 때문이었대.

어느 서비스업계의 채워는 직원들에게 손님을 왕처럼 극진히 모시라며 늘 마음으로부터 우러나는 친절을 주문한대. 하지만 정작 채워 자신은 직원들에게 감히 범접 못할 황제 대접을 받길 원하면서 항상 근엄한 표정으로 매장을 돌아다니며 직원들을 사사건건 닦달한대. 웃기지? 채워 자신이 일터를 삭막하게 만들어놓고선 어떻게 직원들에게 우러나는 친절을 기대하는지 모르겠어.

더 우스웠던 건 얼굴을 빳빳이 들고 뉴스를 전하는 텔레비전 아나운서들을 볼 적이었어. 하지만 언제부턴가 뉴스 시작 시그널 음악과 함께 아나운서들이 머리를 숙인 채 뉴스 원고를 외우고 있는 장면을 볼 적마다 안타까웠고, 저러한 바보짓은 아마도 터무니없이 뒤틀렸던 그동안의 채워들이 흉물스럽게 만들어놓은 관행 탓이라는 생각에 씁쓸했어.

더불어 그 장면은 써준 원고를 보고 읽는 노동에는 절대 월급을 줄 수 없다는 뜻으로 아나운서들한테 그 많은 뉴스 원고를 꼿꼿한 자세로 외우도록 지시한 것으로밖에, 채워들이 서커스 단원에게나 가능할 지시를 아나운서들한테 내린 것은 텔레비전에 자주 나오다 보면 자연스레 유명해지는 아나운서들에 대한 질투로 밖에 설명이 안 되는 장면이었어. 그리고 그 장면은 어쩌다가 아나운서들이 "빌어먹기 참 더럽다"는 잠깐의 생각으로 실수라도 하게 되면 채워는 실수한 뉴스는 뒷전이고 감히 유명인을 혼낼 수 있는 "이번 달 월급은 덜 아깝다"는 생각으로 단원의 실수가 즉시 새 소식으로 만들어져 퍼지고 있는 것도 방관하면서 무릎까지 "탁!" 쳐가며 쾌재를 부르짖을 것이라는 의심이 들 정도로 보기 딱한 장면이었어.

어느 일터의 평직원은 효율은 뒷전이고 직원들을 괴롭힌 후에 월급을 던져주는 채워와 그런 채워의 저질적인 행태를 그대로 답습하는 중간간부들 때문에 월급이 한 달 동안 씁쓸함을 참아낸 것에 대한 보상금으로 여겨져 월급날마다 우울해진다고 했어.

예나 지금이나 자고로 노예란 〈히브리 노예들의 합창〉 제목처럼 "가거라 생각이여! 금빛 날개를 타고"를 염두에 두어야만 그나마 주인들과 마름들로 인한 맘의 상처를 덜 받을 수 있어.

나의 일터는 어느 작가가 생계와 글을 쓰기 위해 희망했던 공무원보다는 나아. 하지만 한 시간 만에 하루치의 회사 일을 다 끝내고 나머지 시간은 자기 글을 쓸 수 있는, 그래서 소설 〈남회귀선〉의 주인공이 "세상에서 가장 멋진 곳!"이라 칭송하며 다녔던 일터보다는 못해.

채워의 방귀에 중단된 담소는 서먹해진 분위기 탓에 그로부터 얼마 이어지지 못했어. 채워 방을 나온 나는 내 자리에 앉았어. 책상에는 몇 가지 업무가 미결로 놓여 있었어.

휴가 다녀온 직후 미결로 남았던 업무를 대했을 때처럼 기분이 좋았어. 그것은 어떤 동료도 감히 내 업무에 손을 못 댔다는 뿌듯함이었어. 그래도 조금은 섭섭했어. 불현듯 업무를 보고 싶었어. 아내의 죽음이 내 업무와 무슨 상관이겠어. 하지만 곧 싫어졌어. 일이 하기 싫었을 뿐이지 절대 아내 때문은 아냐.

소리들을 가만히 감상했어. 팩스, 전화, 복사기, 컴퓨터 자판, 소곤소곤, 차 마시는 소리, 수군수군, 눈동자 구르는 소리, 소곤수군, 구두 소리, 슬리퍼 소리, 문 여닫는 소리, 종이 소리, 종이 위로 펜볼 구르는 소리, 동전 소리, 왕파리 날개 소리 등 더할 나위 없는 음악이었어.

잠시 후 나는 일터에서 나오기 위해 건성으로 업무를 훑은 후, 동료들과 채워한테 인사하고 나왔어. 따라나온 동료가 "곧 점심 시간인데 밥 먹고 가라"고 했지만 사양했어. 일하는 날이었다면 정오가 됐다는 이유만으로 배가 고팠을 거야.

한산한 좌석 버스를 타고 계명대학교로 향했어. 좌석버스 출구 위에 붙은 노선표의 기호들을 조합하며 여행했어. 그래도 목적지에 정확하게 내렸어. 학교 앞 상가 건물들을 두리번거리다가

DVD방 한 곳을 선택했어. 그곳이 음향시설이 좋을 것으로 판단한 근거는 '간판'이었기에 상인들이 간판에 신경 쓰는 이유를 덤으로 알게 됐어. 그전에 일기 노트 한 권을 사러 문구점에 들렀어. 연필과 칼은 충동 구매였어.

DVD방을 들어서다가 의식적으로 밤꽃 냄새가 맡아져 살짝 웃음이 났어. 입구 계산대에서 날 보고 "어서 오라!"는 사람이 알바 학생이 아닌 탓에 잠깐 탐색전을 치러야 했어.

"혼자 왔냐?"고 남자 주인이 물었어. "그렇다"는 나를 남자 주인의 눈이 뱀의 혀처럼 요리조리 핥았어. 나는 최대한 공손하게 DVD를 건네며 "틀어줄 수 있냐?"고 했어. 주인은 건네받은 DVD까지 요리조리 핥았어. 오페라라는 내 말에 주인은 만사천 원을 요구했어. 비싼지 싼지도 모르고 지불했어. 계산대 앞에 있던 음료수와 과자를 챙겼어. 그러자 주인이 오천 원을 더 요구했어. 공짜인 줄 알고 집었기에 되물리기 민망해서 요구에 응한 후, 들어가게 된 공간은 두 평 남짓한 어둠으로 아늑했어.

어둠에 적응하느라 잠깐 서 있으려니 곧 오페라 서곡이 울렸어. 어둠에서만 서곡이 연주된다는 걸 알고 있던 나는 짐을 얼른 소파로 짐작되는 곳으로 던져놓고 선 채로 짐짓 박쥐 날갯짓처럼 지휘를 흉내냈어. 막지휘에 즐거워졌어. 서곡이 끝날 즈음 막이 오르고 화면과 함께 방도 밝아져 지휘를 마무리 못하고 팽개쳐놓은 짐을 치우고 소파에 누웠어.

꽃미남 케루비노를 향한 로지나와 수잔나의 장난스런 질투. 하인 피가로와 결혼하려는 하녀 수잔나를 부드럽게 꼬드기다가 여의치 않자 사라진 초야권까지 들먹이며 협박하는 바람둥이 알마비바 백작. 그런 백작으로 인해 슬퍼하다가 이내 자신도 가만 있지 않을 것이라 다짐하는 백작의 아내 로지나.

결혼식이 임박하자 수잔나에게 더욱 노골적으로 협박과 꼬드김을 반복하는 백작을 골탕 먹이기로 뜻을 같이하게 된 피가로와 수잔나 그리고 로지나. 함께 백작을 속일 편지를 쓰면서 즐거워하는 수잔나와 로지나. 무시무시한 음성으로 자신을 기만한 자들에게 복수를 각오하는 백작. 하지만 불쌍한 표정으로 로지나에게 용서를 구하는 백작. 결국 모든 것이 원만하게 마무리된 피가로의 결혼.

몇 번을 봐도 안 질리는 건 분명 음악 때문일 거야. 하지만 나는 아내가 죽은 이후로 그렇게 많은 눈물을 흘린 적이 없었기에 행복하게 결혼하는 피가로와 수잔나에게 미안했어.

미소를 머금은 주인은 나에게 DVD를 돌려주면서 부드러운 어투로 "재밌냐?"고 물었어. 나는 주인과 눈도 안 맞추고 "덕분에 세 시간이나 즐거웠다"고 얼른 말해주고 나왔어.

걸었어. 성별 구분 없이 아름다운 대학생들이었어. 낯선 한 얼굴에서 위로를 받았기에 눈을 뗄 수가 없었어. 그 얼굴 주인이 여학생이라서 미안해. 하지만 얼굴에 '상큼' 이란 단어가 머물러 있음을 감상으로 알게 됐어. 해서 '우울한 맘에 잠깐 빼앗긴 나의 시선' 으로 저평가하면서 시선을 거뒀어.

휴대폰으로 확인한 시각은 오후 네 시가 조금 넘어 있었어. 볼일에 걸맞는 시각이라는 유치한 생각을 하며 서둘러 택시 뒷자리에 올라탔어.

택시가 출발하자마자 염두에 두었던 볼일을 원만하게 마치려면 뒷주머니에 넣어둔 것이 필요하다는 생각이 들어 화들짝 뒷주머니를 확인했어. 그러자 "부스럭"소리를 내며 아내의 사망진단서가 존재를 뽐냈어. 하지만 꺼내보지는 않았어.

아내의 죽음은 여전히 이해가 안 됐지만 관공서 볼일은 빨리 마무리하고 싶었기 때문에 챙긴 것이었어. 절대로 자본주의사회에서 가장 설득력 있는 으름장인 과태료 때문은 아냐.

관공서 민원실에 비치된 사망진단서 서식書式에는 얼마나 귀찮았으면 "통계법 제13조에 의거…… 국가의 인구 정책 수립에 필요한 정보수집이 목적이므로 사실대로 기재하라"는 교양敎養 문구가 적혀 있었어. 서식 어디에도 아내를 여읜 내게 어떻게 해주겠다는 문구는 없었어. 피식 웃음이 났어. 담당 직원이 보건 말건 개의치 않았어. 그동안에도 내 감정 따위는 아무도 관심 없었어. 사망신고서를 작성하는 동안에도 근처에서는 출생신고가 접수되고 있었어.

마지막으로 아내의 이름을 적을 때는 하마터면 울 뻔했어. 화장 중이던 아내의 이름을 볼 적보다 더 실감나는 죽음이었어. 해서 서식에 "여보! 거기서도 내내 아름답길 바래……"라고 적으려 했어. 하지만 서식 어디에도 그 문구를 적을 난欄이 없어서 거듭 눈물이 핑 돌았어.

앞으로는 병원에서 사망신고를 할 수 있도록 했으면 좋겠어. 그렇게 되면 두 번까지는 울고 싶지 않은 유가족에 의해 병원 수입도 늘어날 거야.

관공서를 막 나서고 있을 때, 휴대폰 진동이 강하게 느껴졌어. 순간 아내가 사망신고서를 제출한 나의 성급함을 나무라기 위해 건 전화로 여겨져 소스라치게 놀랐어. 그러나 다급하게 확인한 발신자는 작은처형이었어. "언제 오냐?"는 작은처형의 물음에 "곧 간다"고 답했어. "저녁 먹고 가라"는 말에 "알았다"고 했어.

공허한 우리집을 늦게 갈 수 있게 된 점이 반가웠던 추가 스케줄이었어. 하지만 처갓집과 가교 역할을 했던 아내가 없다는 사실에 처가 식구들이 서먹하게 느껴졌어. 해서 저녁 먹기에는 이른 시간이라 처형 집을 향해 걸었어. 그것도 아주 천천히.

하늘은 원래 그랬다는 듯 고즈넉함이 깊었어. 땅 위에서 움직이는 것들은 그런 하늘은 물론 누구에게도 관심 없다며 분주했어. 두 시간여 가량을 걸었던 것 같아. 하지만 그날 일기에는 당시 무슨 생각을 하며 걸었는지, 걷다가 뭘 봤는지는 적혀 있지 않았어. 너한테 편지 쓰고 있는 지금도 마냥 걸었다는 기억밖에 안 떠올라. 왜 아니겠어. 작은처형과 장모님 전화를 몇 통 받은 기억은 나.

다 저녁에야 나는 작은처형네가 사는 아파트에 다다랐어. 가게에 들러 햇반과 과자 그리고 아이스크림을 집었어. 물건 값을 지불하자 가게 주인은 검은 비닐봉투를 나에게 건넸어. 아뿔싸! 문구점에서 건네받았던 비닐봉투가 없음이 깨달아지는 순간이었어. 음료수와 함께 산 과자를 뜯지도 않은 채 DVD방에 두고 왔음이 돌이켜지는 순간이었어. 그래도 음료수는 다 마신 기억에 위안을 받고 두고 온 봉투와 과자는 포기했어.

벨을 눌렀어. 형님이 퇴근해 계셨고, 장모님도 계셨어. 네모난 밥상에 둘러앉았어. 아이가 내 다리에 앉아 밥 먹기를 원해서 수리受理해줬어. 누구도 아이를 나무라지 않았으며, 아무도 아내를 언급하지 않았어. 어른들은 저마다 농도가 다른 상실감을 감춘 채 일상적인 얘기만 드물게 주고받았어. 거북한 분위기였어. 하지만 아이들은 그 분위기에서도 아이들이었어.

나의 시선은 자주 텔레비전으로 향했어. 텔레비전은 언제나 바뀌는 계절처럼, 바뀌자마자 다시 바뀔 때까지 변함없는 지겨운 계절 같은 새로운 대통령을 뽑는다고 벌써부터 분다웠어. 때문에 잠깐이지만 지겨운 정치 얘기도 오갔어.

형님의 반주飯酒 습관을 석 잔 정도 거든 저녁밥이 의외로 맛있어서 배부르도록 먹었어. 커피를 마시다가 오물오물 과육을 씹고 계시던 장모님의 옆얼굴을 우연히 보게 됐어. 자식을 앞세운 만만치 않은 슬픔을 보면서 나는 그만 충동적으로 장모님께 그동안 생각해온 바를 말하고선 다가오는 일요일에 같이 절에 가 주실 것까지 부탁했어.

그동안 나는 틈만 나면 만약이란 가정하에 "아내의 혼백은 절에 의탁할 것"이라고 생각했었어. 짐작대로 장모님은 반기는 눈치였고, 어른들은 그제야 애써 함구하던 아내를 두런두런 언급하기 시작했어.

장모님과의 약속을 곱씹으며 과일을 다 먹고도 좀 더 앉아있다 일어났어. 내가 일어나야 고층 아파트가 우울의 무거움을 덜고 안전해질 것이라는 가벼운 생각으로 일어났어. 그런 나를 아무도 붙잡지 않은 걸 보면 나만 그렇게 여기는 것 같진 않았어. 알지? 농담인 거. 사실은 내가 아내의 "상식을 차려야 한다"며 일어났기에 아무도 안 붙잡았던 거야. 두고 가라는 아이를 나와 아이가 함께 고집을 부려 아이와 함께 작은처형 집을 나올 수 있었어.

집으로 향하는 차 안은 적막했어. 차에 타자마자 곧장 곯아떨어진 아이 때문만은 아니었어. 음악의 부재도 적막의 한 원인이었어. 해서 FM 89.7MHz의 음악으로 차 안을 채웠어.

무수히 많은 것들이 저마다의 이유로 세상에 존재한다고 하지만 음악 없는 세상 또한 상상만으로도 끔찍해.

그림을 그리면서, 책을 읽으면서, 글을 쓰면서, 울면서, 웃으면서, 살인을 하면서, 사랑을 하면서, 전쟁 중에도, 상상 중에도, 운전 중에도 함께 할 수 있는 음악.

세상 희로애락을 더욱 깊이 느낄 수 있도록 도움주고, 때로는 세상 희로애락을 모두 아우르기도 하는 음악은 어쩌면 귀로 들이키는 아편일지도 몰라.

그런데 정작 음악 자신은 자신을 듣는 동안은 다른 음악을 들을 수 없을 뿐만 아니라 새로운 음악을 만들 수도 없어. 그럼에도 불구하고 음악은 그동안에도 꾸준히 새로운 음악을, 그것도 매우 아름답게 만들었고, 앞으로도 그럴 것이라 믿어 의심치 않아.

상상 못지않게 음표도 어디든 자유롭게 여행할 수 있어. 해서 무대의 지휘자와 연주자 그리고 노래하는 사람들은 다른 세상에서 무대를 타고 지구에 잠깐 들른 비현실적인 사람들로 보이곤 해. 이 세상을 위로하기 위해 베토벤의 음악이 오롯이 구현된 저 세상에서 잠시 단체여행을 온 사람들로 달떠 보이곤 해.

나도 덩달아서 집이 아닌 인근 용연사龍淵寺로 여행을 떠났어. 절이 가까워질수록 어둠도 짙어졌어. 아내를 만날 수 있을 것 같은 어둠이었어. 그걸 아는지 모르는지 아이는 여전히 자고 있었

어. 작은처형이 감겨준 아이의 머리칼은 곱게 빗겨져 차가 흔들
릴 적마다 번출렁거렸어. 차를 잠시 정차해서 의자를 한껏 뒤로
제쳤더니 아이가 몸을 웅크려서 때 이른 히터를 켰어. 나는 더웠
지만 아이의 뺨과 이마는 가슬가슬했어.

　절에는 갈 수 없었어. 안 그래도 갈 마음도 없었어. 넓은 주차
장에 차를 세워놓고 조용히·내려 담배를 피웠어. 고즈넉했던 오
후와 달리 낯선 별들까지 나온 하늘은 시끌벅적했어. 여행길에
드문드문 보였던 차, 식사, 라이브 카페의 호객 불빛 못지않은 별
빛이었어.

　　짙은 어둠 속에서 선명한 건 어둠과 그동안 유약했던 별빛.
　　오랜 실업失業은 고된 노동자의 푸념이 사치로 들리고,
　　오랜 굶주림은 인간이 원래 잡식성이었음을 상기시키며,
　　오랜 육체적 통증은 죽기 위해 퇴원하는 환자를 부러워한다.

　이상이 그날 일기에 적어뒀던, 짧은 여행에서 낯선 별을 보다
가 사색된 단상斷想이야.

　집으로 돌아와 안방 침대에 아이를 누이고 이불을 덮어주고
발을 여며줬어. 아이에게 감기증상이 보이는 건 계절이 바뀌고
있다는 명백한 신호야.

햇반과 정수기물로 상식常食을 차려 절하며 곡하는 행사를 조심스레 치렀어. 옷가지들을 모아 세탁기를 돌리고, 아침에 못한 설거지를 하고, 청소기 대신 젖은 걸레로 거실과 방을 훔치는 동안에, 치우는 재미가 새삼스러웠어.

거실 바닥에 눕자 선득한 바람이 들어왔어. 안방에도 바람이 들어갔음으로 감식鑑識하며 따라 들어가 안방 창문을 닫았어. 콩죽처럼 흘리는 땀에 의해 아이의 얼굴과 목에 흠뻑 젖어 흩어져 있던 머리칼을 모아 걷어낼 적의 손맛은 알찼어. 배에만 이불을 덮어주고 거실로 나와 바닥에 다시 누웠어. 다시 들어온 바람은 얼핏 똥냄새와 함께였어. 몸에서 분리된 냄새와는 달리 상큼한 뒤끝을 남기는 냄새였지만 피부로 배어져 나온 분비물과 여분의 똥가루가 버무려진 똥꼬 냄새와 더 흡사한 냄새를 풍기는 정체는 은행나무 열매였어. 21세기에도 화석이 안 된 은행나무의 우툴두툴한 징그러운 몸이 퍼뜨린 냄새였어.

올 가을은 아이의 감기와 더불어 은행냄새라는 새로운 동무까지 나한테 데려왔어. 하지만 새 동무는 "반갑다"는 말 대신 대뜸 "니 생명도 끝내 거대한 똥 덩어리가 아니냐!" 며 뾰로통했어. 자신에게 불쾌한 첫 인상을 받은 나를 눈치 챈 말이었어. 나도 대꾸 없이 거실 창을 닫고 누웠어. 하지만 곧 미안해져 창밖을 보는 순간 나직한 동산 정상에 산불이 보여 벌떡 일어났어. 그런데 더 이상 번지지도 않고, 사위어지지도 않는 이상한 산불이었어. 사실

거실 창을 통해서, 베란다 방충망을 통해서, 꽉 찬 밤공기를 통해서 본 것이므로 실제 산불이라고는 장담할 수 없어. 아무튼 산불 구경은 곧 천장 풍경보다 더 지루해졌어. 누가 세상에서 제일 좋은 구경을 불구경이라 했나 싶었어.

선걸음으로 상식을 철상하고 조물딱 상식 그릇들을 설거지한 후, 거실 바닥에 다시 누웠어. 산불이 궁금해서 본 동산 정상은 어느새 칠흑으로 제 모습이었어. 커다란 칠흑 덩어리 조금 위로는 달이 둥 떠 있었어. 거실 스탠드 기둥을 두 번 치자 그만큼 밝아졌기에 갑작스럽고 천박한 형광등은 껐어.

얼마 전, 거실 유리창을 통해 나에게 찾아왔던 사내는 그길로 고향으로 떠났는지 안 보였어. 또다시 정적과 함께 슬금슬금 아내가 추억됐어. 급히 텔레비전을 켰어. 거리낌 없이 19채널을 찾아 베드신을 봤어. 그러나 나의 성性에는 안찼어. 해서 채널을 YTN으로 바꿔놓은 다음 잰걸음으로 컴퓨터방으로 가서 컴퓨터를 켰어. 컴퓨터가 부팅되는 동안 화장실로 가서 휴지 마는 소리까지 "둘둘!" 내고 말았지만 나의 성에 안 차는 컴퓨터 부팅 속도였어.

검색된 야동은 모두 유료였어. 십자가로 목탁을 두들기는 심정으로 줄기차게 성적인 단어들로 자판을 두들겼건만 허사였어. 어쩔 수 없이 유료사이트 초기 화면 사진들을 보면서 시작한 수음手淫은 의외로 빨리 마무리됐어. 급격히 노곤해져 혼자서도 창피했어. 밤꽃 냄새 질펀한 정욕덩어리를 얼른 변기에 버리고 물을 내린 후, 컴퓨터를 끄고, 텔레비전도 껐어.

미안, 하지만 건강하다고 여겨주면 고맙겠어. 헤헤.

여전히 자고 있는 아이를 확인한 후, 다시 책들이 있는 방으로 갔어. '다시' 는 컴퓨터가 있는 그 방이라는 말이야.

나의 책장은 세로25×가로237×두께3인 더글러스판Douglas-fir(미송美松판)과 훈민정음 창제 당시 한글 모양이 프린팅된 한지와 적벽돌로 이뤄졌어. 한지에 밥풀을 발라 적벽돌을 감싸 말린 다음 한지벽돌을 누이고, 세워 그 위에다 더글러스판을 얹어 간단하게 완성한 여덟 칸짜리 책장이야.

엷은 잠으로 책장을 훑다가 『두터운 입술로 생긴 오해』라는 시집을 꺼냈어. 이미 서너 번 정도 읽었던 시집이었어. 그 시집은 마치 엄마 등에 업힌 아기마냥 『나를 위해 그녀들에게 했던 말들』이란 책에 꼭 업혀 있었더랬어. 거실 바닥에 누워 시집을 폈어.

나는 시를 공부한 적이 없기에 볼 줄을 몰라. 모르는 만큼 안 보인다는 뜻이야.

그래도 내게 읽히던 시를 편지에 몇 편 적어뒀어. 그러니 『두터운 입술로 생긴 오해』라는 시집 제목을 기억해뒀다가 출간되면 전시全詩를 읽어보길 바래.

수의壽衣 입은 가을

이제 매미 소리는

다시 들릴 때까지 기억됨 없다가 가끔 기억으로만 들을 수 있고,

매미 소리 들렸을 때처럼 귀뚜라미 소리 들릴 적에

비로소 가을임이 환기된다.

여자들의 다리마저 시커멓게 감춰버린 가을로 인해

상상만 하다가 울적해진 남자.

자신의 초록을 열매에게 몽땅 주고서야

나무에게서 해방된 이파리들

이파리들은 곧 각양각색의 수의들로 갈아입으며 비장해진다.

인도 블럭 위를 떼를 지어 다니며

나무에 구속되었었던 그간의 회한들을

이파리들은 '왁짜끄락' 꺼끄러운 소리를 내며

발설하기에 여념 없다.

해방자들은 아직 남은 여름을 향해 공구르며

전혀 위협적이지 못한 소리를 내며

어느덧 내 앞을 지난다.

행진하는 해방자들의 지나는 뒤태를 보던 나에게도
그 사이 가을색으로 물들여졌다.
벌써 누런 수의로 갈아입은 메뚜기와 사마귀는
그러나 유리창 때문에 나와 함께 진실을 나누지 못한다.

산 것들을 산 채로 가을에게 내줘버린
생명들과 변절한 산과 들은
급기야 죽음도 아름다울 수 있다며
목격하는 눈들을 농락하기에 이르렀다.

젊음을 희생시킨 중년은 풍족해서 늘 단속적이다.
허나 어쩌나 ! 가을은 매우 짧으니……

어버이날

때 이르게 발정 난 태양이 아스팔트와 들러붙어 농염해진 북비
산네거리.
시큼한 음식 냄새 언뜻 풍기며 신호대기중인 citi100 오토바이.

그 위에 남자 어른, 사오 세 가량의 여자아이, 여자 어른, 그 등에 업힌 성별과 나이가 짐작되지 않는 아기 그리고 맨 뒤에는 citi100에서 재배된 듯 의젓하게 앉은 수박 한 통.

그들이 입고 있는 낡고 깨끗한 옷들로 인해 수박 빼고 가족으로 여긴다.

그래서 빨간 꽃으로 만들어진 꽃꽂이마냥 아빠는 빨간 헬멧을 쓴 채 헬멧과 같은 색깔의 신호등을 보는지 움쩍 않고,

딸아이는 요리조리 도리번 머리질치다가 내 눈과 키득거리고,

숙여진 옆얼굴 번들거리는 엄마의 아기 엉덩이 토닥이는 손가락은 수줍고 젊어서

몰래 본 7부 흰 면바지에 3부 드러난 다리.

발을 감싼 흰 양말의 발목에 있는 lace는 오가는 차량들의 희롱하는 바람과 살랑이며 노닐고 목만 자유로운 아기 칭얼거리며 도리질로 엄마의 lace를 아기 말로 꾸짖고,

의젓한 수박은 몰라서 더 의젓하다.

잠시 후, 딸아이 날 보며 "엄마, 할매 집 다아 와가나?"라고 물었고

바라마지 않는다는 머리 까닥질의 엄마의 대답은 들리지 않는다.

이윽고 citi100은 출발하고 매연은 살아남아

도로와 횡단보도의 무료한 시선들을 금방 청소한다.

시

시란,
각성된 한 권의 침묵.

두터운 입술로 생긴 오해

너는 나를
게으르고 과묵해서 비만한 육체와 더불어
외로움을 자진하고 있는 사람이라 단언했지.
두터운 내 입술로 생긴 오해라서 미안해.

나는
근면하고 수다스러운 사람.
풍만한 호기심과 더불어 타인에 의해 즐거운 사람으로 정정訂正
해주고 싶어.
내 맘속 가벼운 입술로 끊임없이 널 말할 테야.

사랑

뜬금없이 발성되는 "사랑해"란 말은 가슴 철렁이게 하는 구속
영장
긴 전화통화, 같은 곳 보기, 선물, 눈 맞춤 그리고 그리움. 해서
이를 두고 사랑.
관념적 사랑은 곧 섹스로 이어져 성난 개 좆이다.

누군가에게 사랑은 거래의 수단이 되어
단어가 생기기도 전에 의미가 살해되었기에
주검에다 온통 분탕질해서 미이라로 활용한다.

수많은 복상사腹上死는 세대주의 집에서는 결코 없는 일이기에
슬픔과 질투로 오열하는 세대의 일원인 여자의 입에서는 악취가
나고
그럼에도 불구하고 여자의 벌려진 입에다가
늘 죄 없는 내 자지를 들여놓고 싶은 걸 난 사랑이라 정의한다.

한낮, 무덤 속 이야기

고요한 울음소리 산 19번지에
밤에만 우는 줄 알았던 소쩍새 소리 잠깐 들리다가 만다.

고추밭 이랑을 조잔한 걸음으로 오가는 할배의 가난한 궁디는
이따금 방구소리 낸다.
곁에 퍼질러 앉아 나물 다듬는 천식 할매의 벌려진 입은 '끄러
럭, 끄러럭' 소리를 낸다.

고추밭 옆 살아있는 아카시아 나무에 집 짓고 사는 까치
아카시아 꽃향기가 지나친 때문인지, 두 노인의 냄새 때문인지
어지러운 듯 비틀 오르내리며 저도 짜증 섞인 소리 낸다.

천식 할매의 짧은 노동은 까치를 바라보며
자살로 죽은 자식의 첫 제삿날이 내일이라는 소리를 고추밭으로
퍼뜨리고는
넋을 죽은 자식에게 보냈는지 얼굴은 텅 비었다.

할배는 싹이 난 고추 잎을 비닐을 뚫어 다 꺼내 세운 다음
비닐구멍 하나하나에 떠놓은 도랑물을 듬뿍 담뿍 적시는 소리만
낼 뿐이다.

산 19번지를 바라보던 소쩍새는 할 일을 깜박 잊었음에 화가 났
는지
갑자기 짧은 마디로 오래 소리냈지만
그래도 산 19번지는 고즈늑한 풍경이다.

강아지

철공소 입구에서 강아지는 꿈틀거렸기에 보게 되었다.
묶인 강아지 털은 기름때와 쇳가루에 물들어 있어
노동의 흔적은 숭고함보다는 더럽다는 게 내 양심이다.

겉과 속의 칼라가 투 톤인 너무 인간적인 밥그릇이 강아지 곁에
있어 낯설다.
근처 식당에서 어떤 고기 살 타는 냄새 맡아지고
깎다가 만 쇠 환봉은 뼈다귀를 닮아
이제 강아지는 짖지 않는다.

다가서자 흉물이 정치적 꼬리를 움직인다.
나의 본능적 위생은 즉시 실눈 뜨게 하고 입을 다물어 호흡기를
보호한다.

그리고 방금 돼지국밥을 맛본 내 입 속 타액을 모아 항금 내뱉게
한다.

흉물의 요모조모 대가리 짓은 핥는 짓이다.
금방 다 핥은 흉물은 항의하듯 붉은 혀를 뽑아 물고는 날 본다.
이 쑤시며 하오를 맞은 나의 권태는 언젠가는 개가 될 흉물을 구
둣발로 쓰다듬는다.

guest. 그녀에게서 온 편지

넌 네 것만 알기에 네 것만 말하는 거라지만 날 조금이라도 배려
하는 맘이 있었다면 다는 아니더라도 최소한 내 것도 알려고 노
력했을 거야.
그러니 넌 너의 남성적 본성만을 중요시했고 여자인 나의 본성
은 비아냥거림의 대상으로 여기는 거라고 생각해.
다행인 건 너의 가짜 사랑에 벗어난 걸 요즘 매일 축복으로 생각
하고 있다는 점이야.
내가 편지한 건 이 말을 하고 싶었기 때문이야.

잘 있어. 개새끼!!!!!

상처

보지는
끄…… 끝내 상처傷處.

쫌!

사내는 짧은 치마 입은 아무러한 여자에게 "하고 싶다" 말하고
파도
생계 때문에 발설하지 못한다.

사내는 커피 석 잔 값 육천 원을 다방 여자에게 건네고
사내에게 한 잔 얻어먹은 다방 여자는 사내의 친구에게 자신의
젖꼭지를 탐닉하도록 내버려두고 있는 모습을 보고 있는
사내는 지하 다방의 퀴퀴한 냄새와 더불어 천박함이 즐겁기는커
녕 슬프게 느낀다.

집에서만 노출이 대담한 사내는 오늘도 거실 쇼파에 앉아
무심타 기술이 내공된 얼굴로 K-1을 선수들과 동일한 복장을 한
채 시청한다.

지적인 만남

만남의 끝은 이별인 지라
만남의 소음들은 늘 불안정하여
곧 이어질 공허를 예감케 한다.

만남은 자주 확실치 않으나
이후의 이별은 죽음만큼이나 확실한 것이어서
무릇,
이별과의 만남이야말로 지적인 만남이다.

벌레들을 씹으려면

각종 벌레들을 씹으면서 밤을 지새려 하니 술 가져오게.
당연히 독한 밀주諡酒로 부탁하네.
세금으로 단장한 계집 같은 술로 번들거리는 벌레들을 씹기에는
새들이 잠든 한밤중 벌레들은 의외로 강하고 논리적이라네.

소심한 사내

뜨거운 침을 삼켜 거칠게 내뿜어지고 있는 숨결로 막 애무를 하
려 할 적에
근실근실 떠오르는 낮 근심은 나를 절벽에다 꽂아놓아 buzz에
휘청일 제
절벽 아래 분홍색 서양은 이제 싸늘한 관능이다.

내일 언급될 낮 근심은 알 수 없는 파고의 자명한 파도.
곤궁한 전두엽은 유령처럼 괴물들 사이를 배회하게 한다.
수십 개의 네모 눈으로 사각死覺을 허용치 않는 완벽한 감시자로
진화한 괴물.
괴물들의 옆구리에는 아라비아의 오차 없는 칼이 문신되어 칠흑
에 번득이며
감금된 나를 잡범 대하듯 몇 개의 네모 눈들만 드문드문 형광빛
깜빡이며 감시한다.

밤을 배회하는 내 머릿속 신인류인 다른 뇌는 내일은 없다는 말
로 대범해진다.
그러나 선험시계는 낮 근심으로 향하는 데 거침없다.

괴물의 대가리 위로 보이는 가난한 별.
아아……! 너조차 나의 낮 근심으로 흔들리는구나.

바람

새벽 식전食前
한적한 공원길을 어슬렁거리자
육체는 방귀로 항의한다.

퍼뜩 맡아진 익숙한 냄새는 내 것이므로
좀 전에 들었던 방귀소리가 새들의 지저귐만큼이나 청아했음으
로 기억된다.

맞은 편 여자 힘찬 양팔 동작으로 내게로 내게로……
그러나 동작이 규칙적이라 내게 안기려는 맘 없음을 깨달은 바
나의 시선을 먼 산으로 내동댕이쳐 외면시킨다.

내 옆으로 공중에 붕 뜬 채 한 짝씩 실룩이며 지나는 민망한 궁
디는
자전거 생김만큼이나 낯설다.
이어서 찡그린 얼굴을 한 늙은 청년 젊어지기 위해 노년을 향해
내달린다.

돌고 있는 지구를 더 빨리 돌고 있는 사람들로 어지러운 난 멈춰

선다.

그러자 지구를 일곱 바퀴 반을 돈 흔적으로 이국적 향기를 풍기
는 바람이

나를 벤치에 앉혀놓고 과거인지, 미래인지 태초를 사색시킨다.

향기와의 섹스

번출렁이는 머리털의 극적인 등장을 위한 머리핀
목덜미는 귀고리를 빼기 위한 길고도 아름다운 도구
산딸기 젖꼭지보다는 비단 블라우스
마술사의 장막처럼 조급하게 만드는 치마
그리고 언제나 실망하고 마는 선물포장지 같은 브레지어와 팬티.

이제 내 전희前戱에 필요한 딜도들은 모두 바닥으로 떨어졌으나
여자는 또다시 익숙한 알몸이다.

알몸은 다행히 향기를 찾으라며
나의 눈을 스르르 감겨주는 배려를 해준다.

천에 눈이 가려진 채 연자방아를 돌리는 소처럼

기억되는 향기 있어 기울던 너의 숫대가 비로소 지지된다.

시장 안에서의 삶

불이 나 폐허가 된 집에서
얼마 전 죽은 할머니가 썩다가 만 검은 앙상함으로 다시 살아나
곁에다가 죽을 때 홀로 된 벌로 살찐 젖살 소녀 앉혀놓고
아궁이에다 유리솜을 태운다.

할머니는 타고 있는 유리솜에서 수분 빠진 흰 닭을 꺼내
살찐 광견들에게 무섭게 던져주니 득달같이 달려든 개들이 티끌
로 만들어버린다.

약 먹고 죽은 호주가 목 매달다 실패한 삭은 대들보 가루와 끊어
진 빨랫줄
그리고 세간살이 어지럽게 널부러져 있는 대청마루로
시장 사람들 담장 너머로 먹을 것들을 던져준다.
살찐 광견들은 그것을 입에 물어 소녀에게 가져다주니
소녀는 오물거리며 삽짝만 바라본다.

그로부터

할머니는 더 이상 죽지 않고

소녀는 더 이상 자라지 않고

살찐 미친개는 여전히 개 같고

가래 같은 연기는 계속 피어오르고

시장 사람들은 여전히 먹을 것만 담장 너머로 던질 뿐이다.

어느 변태의 편지

그대여 ! 또 한 남자와의 이별로 울고 있는 것이라면 당장 그치
세요.

그대가 정녕 귀한 눈물을 바칠 곳은 네 번째 범띠와 다섯 번의
이별에도 온전한 그대의 처녀막이라오. 혹시 그것 때문이라면
목 놓아 울어도 좋아요.

그대의 깊숙한 징벌방 입구의 거미줄에 가끔 맺히던 이슬에
갈증을 느꼈을 그대가 안타까웠어요.

이제 그대의 기쁨들이 갇혀 있는 징벌방을 나의 부드러운 불기
둥으로 열어주려 하니 제발 울음을 그치고 허락해주세요.

나의 불기둥은 뜨거울 것이나 그건 견딜 수 있을 정도로서 그대

가 느끼게 될 희열의 뜨거움에는 미치지 못할 것이라오.

나의 다소 거친 막바지 펌프질에 드디어 그대의 징벌방 문이 활짝 열리면 일제히 몰려나오는 기쁨들에 의해 그대는 내내 추억될 만한 기쁨의 눈물을 흘릴 테니 이제 축복 받으세요.

승화한 나의 불기둥이 남긴 향기는 그대가 처음 맡는 생경한 것이 될 테요.

그렇지만 그 향기는 자연의 향과 닮은 것이어서 낯설지는 않을 테요.

그러나 그대의 환희를 맞이하기 전, 오늘밤에

그대를 가장 낱낱이 보아 온 거울에게

그대의 아래로 핀 꽃을 보여주세요.

그래서 그 꽃이 거울에게 뭐라고 속삭이는지 나에게 답장해주길 바래요.

그래야지만 곧 있을 그대의 기쁨을 위한 이별 장면을 내가 준비를 할 수 있으니까요.

나에게

타인의 차가운 눈빛에 움츠러들지 말고

싸늘한 표정에도 또한 침울해하지 말고
귀가 간지러울 때 괜히 주변 사람을 떠올리진 마.

말은 천천히 짧게 하고 보고 듣기를 즐기고
벌어지는 현상들을 정직하게 기억, 기록하고
우울함보다는 호기심으로 살이를 닳게 하길……

어느 날 죽음이 한마디 할 수 있게 배려해준다면
그건 농담이었으면 해.

넌 어떻게 읽었는지 몰라도 이 시집에 대한 친구의 평은 "흥미로운 처음과는 달리 대체로 끝은 흐지부지"였어. 슈베르트 음악을 "앞은 들을 만하고 뒤는 그저 그렇다. 그것은 천재들의 특징"이라는 일부 세간世間의 평과 닮은 것이었어. 그렇다고 친구가 작가를 천재라고 평한 것은 아니니 오해 없길 바래. 나도 천재를 감별鑑別할 능력 따위는 없어.

여섯째 날

아이보다 먼저 잠에서 깼어. 하지만 위잉거리는 바람소리에 일어날 수가 없어 그저 흐물거리는 천장만 응시하며 누워있었어. 그러자 찰나의 속도로 태양 주위를 돌면서 스스로도 팽이처럼 돌고 있는 지구에서 튕겨날까 봐 감히 일어설 엄두를 못 내고 멍하게 누워있는 내 모습이 흐물거리는 풍경에 겹쳐 보였어. 급하게 곁의 아이를 꼭 부둥켜안았어.

꿈이었음을 알게 된 건 비틀거리며 겨우 일어나 물을 한 잔 마신 후였어. 안방 문을 조용히 닫은 후 담배를 챙겨 집을 나왔어. 엘리베이터에 들어가기 위해 문을 나선 나는 시퍼런 바깥 대기大氣 속으로 들어가기 위해 엘리베이터를 나왔어.

아파트를 나서자마자 도둑고양이와 마주쳤어. 녀석은 음식물 쓰레기통 위에 앉아 날 쳐다봤어. 개라면 몰라도 녀석이 그러고 있으니 몹시 없어 보였어.

미안 '도둑' 이란 말은 취소할게. '녀석' 이란 말도 얕잡는 호칭이므로 못 들은 걸로 해줘. 사실 고양이라는 말조차 무례야. 나의 반성이 거북하다면 '고양이' 라고만 부를게.

고양이는 도망가지도 않고 나를 보고 있었어. 신중한 눈을 첫눈으로 맞은 아침 공기가 무척 신선했어. 담배에 불을 붙이는 동작도 가뿐했어. 담배를 물고 걸음을 내딛자 그제야 고양이는 주차된 차 밑으로 사뿐히 숨어들었어. 아마 연기를 내뿜는 내 모습에 놀랐나 봐.

어느 이웃이 내다놓은 화분에는 국화가 심어져 있었어. 올망졸망 꽃망울들이 잡혀있는 국화 화분 곁에 쭈그리고 앉자 일제히 꽃망울들이 가까워졌고 그만큼 가을도 성큼 가까워졌어. 그런데 꽃망울들이 저마다 파르르 떨고 있었어. 개화의 기쁨보다는 곧 있을 추위를 걱정하는 엄살이 밉살스럽게 보였어.

집에 들어서고 있는 나를 보자마자 아이는 울부짖으며 다짜고짜 마구 때리더니 "혼자 두고 나갔었냐!" 는 말을 하며 더욱 크게 울부짖으며 더욱 세게 나를 때렸어. 아이가 '혼자' 라는 공포를 겪었음을 짐작하고 꼭 안아줬어.

들썩이던 아이의 몸이 잦아들 동안 함께 있던 국화 꽃망울들과 혼자 있던 고양이가 떠올랐어. 잠시 후 나는 아이의 뺨을 비비면서 "오늘 수영장에 가자"고 속삭였어.

그것으로 아이의 눈물을 가둔 나는 헨델의 〈수상곡水上曲〉으로 집을 채웠어. 쌀을 씻어 압력솥에 안치는 동안 아이는 속옷을 갈아입고, 세수를 하고 거실 창 앞에 앉았어.

여러 해 이어져온 아이의 아침 습관이었어. 아이가 거실 창 앞에 앉는 습관은 나 때문이야. 아이의 코는 유일하게 아내를 닮은 부위라서 오똑하니 예뻐. 그렇지만 안경 때문에 아이의 코가 짜부라지고 있는 듯해서 안타까웠어. 때문에 안경테를 진공으로 하면 안경이 살짝 뜬 상태로 유지되기 때문에 콧대를 짓누르지 않을 것이란 생각을 지금도 자주 하곤 해. 그래서 여러 해 전 나는 아이의 시력이 나아지길 바라면서 아이가 머리칼이 묶이는 그동안이라도 먼 산과 하늘을 볼 수 있도록 하라고 아내한테 권했었어. 더불어 아이의 상상력을 길러주기 위함이기도 했어.

행주로 손을 닦으면서 먼 산 그리고 하늘 바라기를 하고 있는 아이의 뒷모습을 보면서 변함없는 일상이 주는 편안함을 느꼈어. 아이의 머리칼을 빗겨주면서 나도 창밖을 봤어. 궁금했던 동산 정상은 여지없이 초록이었어. 지난밤 헛것을 본 게 틀림없다고 생각하면서도 장기간 내 눈을 속이고 있는 초록일지도 모른다는 작은 의심도 가져봤어. 띄엄띄엄 구름이 떠가는 하늘은 만화 〈미래소년 코난〉의 하늘처럼 아름다웠어.

나는 아이한테 "산 너머, 너머 넘다 보면 다른 풍경의 우리 집이 보일 것"이라고 했어. 그러자 아이는 창을 통해 나를 볼 뿐 아무 대꾸도 없었어. 멋쩍어진 나는 아이한테 "뭐 하고 싶냐?"고 물었어. "수영장 가자고 그러지 않았냐?"고 퉁명스럽게 반문한 아이는 갑자기 머리를 홱 돌려 시계를 보더니 울음을 터뜨렸어. 학교에 늦었다는 이유로 또다시 울며불며 신경질을 부렸어.

그래서 나는 학교 안 가도 되는 이유를 다시 한 번 상기시켜줬어. 그러자 아이는 "그럼 왜 머리를 빗기냐!"고 했어. 나는 "일찍 수영장에 가야 오래 놀 수 있다"고 했어. 아이는 "수영장 가는데 머리는 왜 묶냐!"며 팩! 일어나더니 자기 방에 쏙! 들어가 텔레비전을 통! 켰어. 하지만 멀어진 그 어린 세상은 아직은 나의 위성이므로 내버려두고 탕국을 끓였어. 상식을 차리고 세 번 절하면서 곡을 했어. 가래로 인해 해괴하게 삐져나온 곡소리에 헛웃음도 묻어 나왔어.

"밥 싫다"는 아이한테 시리얼을 줬어. 오물거리는 아이의 볼을 보며 수영장 가서 맛있는 것도 사 먹고 이-마트에서 사고 싶은 거 다 사가지고 오자고 했어. 아이의 표정이 환해졌어. 나의 말과 경제력을 신뢰한다는 표정이었어. "아빠는 왜 안 먹냐?"는 배려의 말까지 이끌어낸 표정이었어.

아이는 이를 닦으러 욕실로 날아가면서 "선생님한테 오늘도 학교 못 간다고 전화하라"고 했어. 나는 "알았다"고 하고 설거지를 했어. 욕실을 나온 아이는 깐깐한 관리자마냥 지시사항의 결과를 확인했어. 나는 "했다"고 하고 "수영복 꺼내 입으라"고 했어.

초등학교 6학년 때, 그것도 처음 가본 이후로 안 가본 수영장이라 걱정이 돼서 작은처형한테 전화를 했어. 수영장 준비물을 물은 나에게 작은처형은 나의 상황을 고려치 않은 여러 준비물들을 나열했어. 과연 작은처형도 그 많은 것들을 챙겨 가는지 의심스러울 정도로 벅찬 준비물들이었어. 전화한 것이 후회되면서 언짢아졌어. 해서, 나는 작은처형의 희망사항일 것으로 여기며 끝내 작은처형한테 수영장에 같이 가 달라는 부탁을 안 했어.

아이는 수영물품을 챙기는 동안에 잠깐씩 엄마가 없음을 아쉬워했으나 파란 스커트 수영복만 입은 채 학교에서, 학원에서 단체로 수영장에 갔을 때 배웠다는 갖가지 영법泳法을 흉내내면서 대체로 즐거워했어.

아이 때문에 알게 된 베토벤의 〈넬 코르 피우 주제에 의한 6개의 변주곡〉으로 차 안을 채웠어. 그리고 찬란한 햇살을 받으며 수영장으로 향했어.

늘 그렇듯 도시의 거리는 그녀들이 안 거닐면 당최 볼 게 없어. 낡은 차를 운전하면서 좋은 점은 거리의 그녀들은 낡은 차와 낡은 차주에는 관심을 안 보일 뿐만 아니라 우연히 눈이라도 마주치면 훔쳐 보고 있던 나보다 더 당황하면서 시선을 얼른 다른 곳으로 돌리는 탓에 언제나 거리의 그녀들을 노골적으로 볼 수 있다는 점이야. 반대로 좋은 차를 모는 운전자들은 더우나 추우나 차창을 활짝 열고 다니면서 그녀들의 시선을 즐긴다는 점이야.

엉큼한 아빠 옆자리에 앉은 아이는 조용히 피아노 건반 두드리는 시늉으로 연신 손가락들만 꼼지락거렸어. 내가 선곡한 음악에 적극적으로 반응을 보이는 아이로 인해 기분이 좋았어.

수영장은 놀토가 아니라 그런지 파란색 물이 더 많이 보였어. 수영장은 남자 탈의실에서 아이의 수영복을 꼼꼼하게 여며줄 수 있을 정도로 한산했어.

소독약의 싱그러운 향을 맡으며 몸을 물에 담갔어. 샤워할 때, 계곡물 소리를 들을 때와 같은 안온한 즐거움이 이내 목까지 채워졌어. 모든 세대, 모든 성별이 함께 있을 수 있는 곳, 그곳에서 모두 즐거울 수 있는 곳이 수영장인 걸 보면 우리는 틀림없이 바다에서 왔음이야. 하지만 간혹 물한테 원한이 맺혔는지 물을 씹어 먹는 인간들도 있어. 헤헤.

아이는 혼자서도 지칠 줄 모르고 즐거웠어. 장시간 그 모습을 보던 나도 전혀 안 지쳤어. 몇몇 아가씨와 아줌마 그리고 할머니들이 내 눈앞으로 오고 갔지만 모두 쓸데없었어. 그녀들의 육체는 전혀 유쾌하지도 찬란하지도 않았기에 나의 시선은 오로지 아이에게만 머물렀어. 그러다가 "아이가 십 개월 동안 엄마의 양

수羊水 풀장에서 노닐던 때를 추억하고 있을지도 모른다"는 생각을 하면서 물놀이에 여념 없는 니모Nemo를 측은하게 바라보기도 했어.

마침내 아이가 배고프다고 했어. 나는 아이의 배고픔을 수영장 나올 빌미로 활용했어. 나는 아이와 함께 뭍의 복장으로 갈아입기 위해 수영장 관계자에게 양해를 구했어.

수영장을 나온 아이와 나는 점심을 먹으러 롯데백화점에 갔어. 아이가 유독 백화점 내에 있는 중화요리 식당의 탕수육을 좋아하던 것이 불현듯 생각났기 때문이었어. 물놀이한 후 육지 고기가 당기는 것은 우리가 그동안 뭍의 동물성 기름에 길들여졌음이야. 헤헤.

늦은 점심을 먹은 나와 아이는 계획대로 이-마트에 갔어.

아이와 함께 간 이-마트 지점은, 내가 장 보는 걸 꺼려했기에 아내가 혼자 아니면 아이와 같이 혹은 다른 사람들과 함께 자주 장을 보던 곳이었어. 입구에서부터 미니스커트가 현란한 동작으로 열렬히 환영했어. 변함없는 풍경에 잠깐 울적했어. 보증금 백 원으로 주차장 한편에 비치된 쇼핑 손수레를 꺼냈어. 넓은 매장을 맞닥뜨리는 순간 잠깐 아득해지며 뻘쭘해졌어.

물건들로 가득한 진열대 사이사이는 사람들이 채웠고, 오가는 사람들은 마치 이송장치에 실려 태연하게 다음 공정으로 향하는 물건들 같았어.

아이와 나도 이송장치에 태워졌어. 내가 진열 물건에 잠깐이라도 시선을 둘라치면 어느새 나타난 매장 직원이 설명을 했어. 당연히 사라는 압력이었기에 살 물건 목록을 적어 오지 않음을 후회했어.

아이가 시식용 "돈가스가 먹고 싶다"고 했어. "점심을 그렇게 많이 먹고 또 뭐가 먹고 싶냐?"고 했어. "그렇지만 배고프다"고 했어. "이따 저녁 먹을 테니 참아라"고 했어. "못 참는다"고 했어. "그러면 가서 먹고 오라"고 했어. "같이 가자"며 졸랐어. 칭얼대는 아이에게서 허虛한 맘이 엿보여 함께 시식코너로 갔어.

직원들은 조리된 음식에다, 조리하고 있는 음식에다 연신 침을 튀겨가며 "드셔보고 가라!"고 소리쳤어. 나는 시식코너 부근에 서 있고, 아이는 시식하러 갔어. 그때 어디선가 과자 한 봉지씩을 든 교복 입은 여학생 무리들이 우르르 시식코너에 달라붙었어. 어른 말 잘 듣는 착한 여학생들이었던지 직원 말처럼 다 먹고는 가버렸어.

아이가 갑자기 나타난 언니들이 돈가스를 시식하는 동안에 나를 쳐다봤지만 어쩔 수 없었어. 빈 접시임을 확인하고 내게로 돌아온 아이는 조리된 돈가스가 다시 접시에 담겨지기를 기다렸어. 그동안 나는 바나나의 이국적 냄새가 역겨워 시식코너와 좀 더 멀어졌어.

이윽고 직원이 조리된 돈가스를 잘게 잘라 빈 접시를 채우고 있었어. 사람들이 하나 둘 모여들었어. 그래서 나는 "언니들처럼 먹고 오라"고 했어. 아이가 다가갔어. 하지만 어른들이, 또 한 무리의 학생들이, 부모와 함께인 또래들이 접시를 비우는 동안 아이는 그 무리들의 언저리만 맴돌 뿐이었어.

또다시 빈 접시를 확인한 아이는 의기소침해져서 다시 나에게로 왔어. 그리고 나의 팔을 잡고 우물거리며 지나고 있는 입들만 바라봤어. 해서 나는 시식도 안 해보고 돈가스를 두 봉지나 손수레에 얹었어. 그리고 아이한테 "집에 가서 실컷 먹자"고 말해봤지만 아이는 여전히 시무룩했어. 나를 따르는 아이의 표정은 엄마와는 다른 아빠를 연구하는 듯 보였어.

과자코너를 발견한 나는 아이한테 "먹고 싶은 거 다 실으라"고 했어. 그제야 밝아진 아이의 표정에 안도했어.

세제코너를 지날 즈음 한 중년 아줌마가 세제 사면 하나 더 끼워준다는 삶을 살고 있는 짧은 치마에게 "메추리알이 어디 있냐?"고 물었어. 그러자 짧은 치마는 "고객님 메추리알은 계란 있는 곳에 가시면 있으십니다"라고 시원스레 대답했어. 나는 웃었어. 그것도 몰래. 짧은 치마는 세제도 안 산 나에게 웃음을 끼워주는 친절을 보였던 거야.

시원한 짧은 치마의 대답대로 메추리알은 달걀 있는 곳에 있었어. 나는 이미 계란 한 판을 손수레에 실어놨기에 알고 있었던 거야. 중년 아줌마가 계란 근처만 가더라도 검은 반점인지, 흰 반점인지가 애매한 자갈밭을 그려놓은 메추리알을 쉽게 발견할 수 있어. 그러므로 짧은 치마의 대답은 "고객님, 메추리알 있는 곳으로 가보세요"라는 말과 진배없었기에 웃음이 났던 거야. 나는 중년 아줌마가 어떤 말을 할지 궁금해서 일부러 세제 코너에 볼일이 있는 양, 볼 줄도 모르는 세제들을 보면서 뭉기적거렸어. 하지만 아쉽게도 중년 아줌마는 "에에~"라는 말만 남기곤 가버렸어.

생선 코너는 무척 소란스러웠어. 때문에 물기 묻은 채 죽어있는 생선들은 싱싱해 보였어. 하지만 생선요리는 자신이 없어 그냥 지나치려고 했어.

그런데 생선 코너를 막 벗어날 즈음 살아있는 대게가 대형수족관에서 우아하게 옆으로 넘실거리는 게 보여 멈췄어. 수족관 곁에는 젖먹이 아기가 근엄한 표정을 하고 있었지만 유모차에 앉혀진 존재라서 위엄은 귀여웠어. 아이는 먹는 거보다 보는 걸 더 좋아하던 대게를 거들떠도 안 보고, 아기만 뚫어져라 쳐다봤어.

아이는 "귀여운 동생을 낳아 달라"고 했어. 하지만 아내와 나는 귀여운 아기가 태어날지 어떨지 몰라 안 낳아줬어. 농담이야. "하나로 만족한다"며 내가 반대한 거야. '만족' 이란 말은 사실 그동안 발설치 않았던 나의 거짓이야. 아이에게 아무 대책도 없이 깡그리 무의미한 삶을 던져주고 말았다는 죄책감을 갖고 있기 때문에 다시는 죄를 안 짓기로 결심한 거야.

아내와 나는 귀여운 동생뿐만 아니라 아이가 원하던 애완동물도 들이지 않았어. 아내에게는 들이지 않는 이유가 여럿 있었지만 나에게는 아무런 이유가 없었어. 굳이 이유를 찾으라면, 그건 아이보다 더 시끄러운 아내 때문이었어.

물끄러미 아기를 보고 있는 아이의 얼굴은 "이제는 귀여운 동생은 완전 포기해야 한다"는 사실을 받아들이기로 한 듯 아무 감흥 없는 얼굴이었어. 측은해 보였어. 애완동물을 사주려고 말하려 했지만 아내를 배신하는 것 같아 그만뒀어. 하지만 아이가 애완동물을 사 달라고 하면 사줄 것이라 작정했어. 물론 내가 먼저 사주겠다는 말은 안 할 속셈이야.

그렇게 아이는 아기를 보고 있었고, 아기는 대게를 보고 있었으며 대게는 자신들이 보고 싶은 걸 보고 있었어. 순간 아기의 눈썹 부근이 빠르게 붉은색 물감이 칠해졌어. 칠해지는 동안의 미간은 천천히 구겨졌다 펴지기를 반복했어. 아기의 작은 입술 사이에는 침방울들이 뽀글거렸어. 너머로 보이는 대게의 입에서도 거품이 뽀글거렸어.

아이 귀에다 둘이 "뽀글 얘기를 하는 것 같다"고 속삭였더니 까르르 웃던 아이는 눈에 빛을 내며 둘을 번갈아 살폈어. 아기 엄마도 나와 같은 생각이었던지 아기와 대화를 나누는 대게의 가격을 직원에게 조심스레 묻고 있었어.

인간을 위한 먹거리들이 엄청난 것에 새삼 놀란 1층 식품관을 아래로 하고 이층으로 갔어. 상대적으로 조용한 이층에서 나는 문구, 장식, 액세서리 코너를 거치는 동안 아이한테 맘껏 고르라고 했어. 아이는 과자를 고를 때처럼 무척 신중했어. 기특했지만 살짝 짜증이 나서 엄마의 부재를 환기시켜줬어. 그래도 아이는 여전했어. 피로한 기색 없이·물건 고르는 아이의 옆태가 시름을 잊기 위해 쇼핑하는 큰 여자처럼 성숙해 보였어.

집으로 돌아왔어. 돈가스를 해주려 했지만 너무 피곤했어. 돈가스 포장지에 적힌 조리방법에 대한 글도 귀찮아서 분식집에 전화를 걸어 돈가스와 라면을 시켰어.

베란다 창을 활짝 열었어. 불콰한 황혼에 들떠서 슈만의 〈레퀴엠〉으로 집을 채웠어. 그러자 저녁 무렵이 완벽하게 충만해졌어. 아이는 세수를 한 후, 대부분이 핑크색인 자신의 물건들을 한 무더기 안고선 제 방으로 들어갔어.

저녁 상식을 위해 밥을 안치고, 빨래를 모아 세탁기를 돌린 후, 물놀이 용품을 정리하고 청소기를 돌렸어. 아이는 방에서 꼼짝을 안 했고, 그러다가 저녁이 배달됐어. 아이는 돈가스를 많이 남겼어. "왜 남겼냐"고 묻자 "배부르다"고 대답하곤 이를 닦은 후, 다시 제 방으로 쏙 들어갔어.

나는 상식을 차리고 절하며 곡을 했어. 그리고 배달그릇을 내놓고 베란다에서 담배를 피웠어. 이를 닦고 거실 바닥에 누웠어.

급격하게 몰려온 피로는 건강했어. 일어나서 아이 방을 살짝 열어봤어.

침대에 앉아 있는 아이는 종이로 뭔가를 열심히 접고 있었고, 아이 주변에는 여러 물건들이 어지럽게 널려 있었어. 조용히 문을 닫고 다시 거실 바닥에 누웠어. 그 사이에 많이 어두워졌어. 발가락으로 스탠드를 두 번 건드렸고 그만큼 밝아졌어.

까무룩 잠을 잤었나 봐. 아이가 신경질적으로 나를 부르는 소리에 부리나케 가보니 아이는 침대에 누워 있었어. "자려느냐"고 묻자 아이는 "그렇다"며 자신을 안아서 안방 침대로 옮겨달라고 했어.

그렇게 했어. 안방 침대에 아이를 뉘고 곁에 누워 다시 안아서 팔베개를 해주고 뽀뽀해주고 그 살가움을 놓치지 않으려 리모컨으로 전등을 껐어. 잠시 어두운 방 천장을 보며 있는데 아이가 금세 새근거렸어.

아이 방으로 갔어. 어질러진 물건들은 자질구레해서 어떻게 치워야 될지 몰랐어. 해서 주섬주섬 주워 한 곳에다 모아놓기만 했어. 이-마트에서 사온 물건들을 정리한 시간은 양에 비해 짧았어. 거의 대부분이 냉동, 냉장포장 식품이라 냉장고에 들여놓는 것으로 정리를 마쳤어. 세탁기에 빨래를 꺼내러 가다가 뒤 베란다에서 이웃집들을 봤어.

불 꺼진 집 아래는 싸우고, 불 꺼진 집 위에는 어렴풋이 사랑을 나누고, 그 위에는 불은 켜져 있지만 뭐 하는지 안 보이고, 그 옆에는 불이 꺼져 있고, 그 아래는 술을 마시고, 그 아래, 그러니까 처음 봤던 불 꺼진 집 옆에는 제사준비를 하고, 그 집 좌측 집에는 텔레비전을 보고, 불 꺼진 집 우측 집에는 베란다에서 달리고, 그 옆집에는 베란다에서 담배를 피우는 이웃들을 봤어.

그토록 가까이에서 전혀 상관없는 행위들을 하고 있는 이웃들을 보면서 어쩌면 나를 위로하기 위해 동원된 베테랑 연기자일지 모른다는 생각을 했어.

그래서 애틋한 이웃을 가지려면 그 이웃과의 최적거리는 42.195미터라는 생각을 했어. 그 거리는 차로 가기엔 민망한 거리임과 동시에 이웃집에 도착하기 전까지 이웃과의 대화를 생각할 수 있는 최적의 거리라는 생각을 했어.

앞 베란다 건조대에 빨래를 널다가 안방 창문을 열어보니 아이는 코를 골면서 자고 있었어. 거실로 돌아와 스탠드 등을 끄고 거실 바닥에 누워 천장을 봤어. 아름다운 내가 보였어. 부지런하게 집안 이곳저곳을 다니며 작고 지속적인 동작의 손놀림으로 살림을 간섭했기 때문이라 여겼어. 해서 그날 일기에 "살림살이가 주는 미덕 중의 또 하나는 덩달아 청결해지는 마음"이라는 문장을 적어놨어. 그리고 아이 곁에 누워 수영과 쇼핑으로 피곤한 여섯째 날을 마저 보내기 위해 눈을 감았어.

일곱째 날

전화벨 소리에 잠을 깼어. 오전 아홉시의 장모님 목소리는 풍경風磬소리였어. 해서 막 잠 깬 정신을 제대로 추스를 수 있는 시간은 '오전'이라는 생각을 하게 됐어.

묵은 밥으로 아침 상식을 차려 세 번 절하고 곡했어. 그리고 아이를 깨워 시리얼로 같이 아침을 먹은 후 아내의 혼백과 함께 장모님 댁으로 갔어. 거기서 장모님과 작은처형 그리고 아이와 나는 절로 출발했어.

그 절은 장모님이 오래 전부터 다니신 절이라 덕분에 나도 여러 번 가본 적이 있어. 절은 외부에서 볼 적에는 크다는 느낌이 안 들지만 안으로 들어서면 의외로 큰 절임을 알 수 있어.

그 절 이름은 '앗寺'야. 익살맞은 절 이름의 유래는 장모님한테 들었어. 수도에 증진增進하던 절 주인은 어느 날, 석가모니의 가르침을 깨닫는 순간 "앗!" 이라는 감탄사가 저절로 내질러졌대. 해서 그때의 감흥을, 그때의 깨달음을 잊지 않기 위해 절 이름을 '앗寺'로 작명한 것이었대. 나는 '앗寺' 라는 현판懸板을 볼 때면 사용될 적마다 상대방에게 (비)웃음을 주곤 하던, 성姓은 한문으로 이름은 한글로 조합된 내 인감도장이 떠오르곤 해.

'앗寺' 의 주지에겐 절의 살림을 맡아보는 아내가 있어. 장모님 말씀에 의하면 그 아내는 부엌에서 보시布施하는 보살들 중에 늘 장모님이 최고라고 하면서 음식 간은 모두 장모님이 보도록 했대. 그 바람에 장모님은 절 행사에는 절대 빠질 수 없는 처지가 됐대.

올해 사월 초파일 후에도 장모님은 예년과 마찬가지로 몸살로 몸져누웠어. 그럼에도 장모님은 그 아내가 "올게도 음석이 맛있다민서 칭찬하더라"며 겸손하게 자랑하셨어. 장모님의 그 말씀을 듣는 순간 주지승은 대웅전에서 염불을 하고 턱은 올리고 눈은 내리깐 옛날 마님 같은 자세를 한 그의 아내는 대웅전 바깥 마루에 앉아 대웅전 건너편 부엌에서 부지런히 보시하고 있는 여러 보살들을 지켜보면서 속 품평하는 장면 하나가 떠올랐어.

올해 사월 초파일에 나는 아내와 아이 그리고 작은처형과 함께 '앗寺' 에 갔어. 절대 아니라고 하시지만 시주할 돈이 넉넉지 않아 부엌보시를 하는 장모님도 뵐 겸해서 갔던 거야.

절 입구에서 나는 '앗寺'라는 현판과 활짝 열려진 대문 그리고 넓은 마당을 가득 채운 사람들을 한눈에 보면서 깨달았어. '앗寺'는 어쩌면 '앗싸!'일지 모른다고 말야.

마당에 빼곡한 연등은 하늘을 가렸고, 대웅전은 말할 것도 없고 절 전체가 사람들로 인해 발 디딜 틈이 없었어. 큰 행사에 걸맞는 라이브Live 염불이 카랑하게 들렸어. 아내와 아이 그리고 작은처형이 북적이는 대웅전으로 들어가 절을 하는 동안 나는 대웅전 밖 일자 기둥에 기대 서서 인도 음악처럼 변함없는 선율로 일관하는 염불을 들었어.

잠시 후 염불이 멈췄어. 곧이어 늙은 보살의 마이크 음성이 들렸어. "이제 향은 그만 피우셔도 됩미더. 와카노카믄 향을 너무 많이 피우시만 염불하시는 스님 목이 너무 아픕미더. 그라이 향은 고만 피우시고 기도만 하시도 부처님한테는 다 듣깁미더"라며 늙은 보살이 라이브의 어려움을 토로했어. 대웅전 안을 들여다봤어. 그런데 불자들은 여전히 향을 꽂고 있었어. 웃음이 났지만 자신의 기도를 절대 손해 안 보려는 집착이 무서워 못 웃었어.

대웅전을 나온 아내와 아이 그리고 작은처형과 함께 대웅전 맞은편 식당으로 갔어. 바삐 움직이시는 장모님께 인사를 드리고 부엌 보시하는 또 다른 보살한테 몇 가지의 나물이 담긴 그릇과 하얀 비닐에 넣어진 따뜻한 밥을 건네받았어. 좋아하는 나물밥이었지만 몇 주 전부터 요란스럽게 잔칫날을 알려놓고도 고기 한 점, 술 한 잔 없는 잔칫상이 서운했어. 그래도 맛은 다른 절밥보다는 '앗寺' 절밥이 가장 좋아. 장모님이 부엌보시를 하고 계셔서가 아냐. 나만 맛있다고 여기는 게 아닌 것은 '앗寺'에 유독 식객이 많은 걸 보면 알 수 있어. 언제 때가 되면 너도 한번 먹어보길 바래.

한산한 대웅전에 들어선 장모님과 처형 그리고 아이와 나는 먼저 석가모니 상象에다 절을 했어. 아이는 주지승에게도 절을 하려고 했어. 그러자 주지승은 인자하게 웃으며 "한번 해보라"며 가부좌를 고쳤어. 아침 햇살 같은 여인들의 웃음소리 속에서 아이는 주지승에게 어설프게 절을 했어. 아이의 절이 어설픈 건 하늘을 지향하고 있는 몸이기 때문일 거야.

그런데 어린 사람들에게 절을 받으려고 허리 쭉 펴서 앉은 늙은이들을 뻔뻔스럽다고 생각하던 그동안의 내 생각 때문에 주지승의 미소와 자세는 탐탁지 않았어. 어린 사람들에게 뭘 해줬다고, 설사 해줬기로서니 절을 받다니 꼴불견이야. 절하는 동작 때문에, 절 받는 자세 때문에 일방적인 절은 언제나 보기 민망해. 그러므로 절은 맞절이 아니면 아예 받지를 말아야 한다고 생각해.

장모님은 내 맘도 모르고 주지한테 한 잔의 차茶를 얻어먹는다는 건 대단한 영광으로 알라고 살짝 귀띔해주셨어. 더구나 나처럼 종교를 안 믿는 사람에게는 더 없는 영광이라고도 하셨어. 장모님의 그 서슬에 나는 "천도재薦度齋 덕분"이라는 말 대신 "장모님 덕분"이라고 대답할 수밖에 없었어.

주지는 나에게 세계적 권위를 가진 과학잡지에 실릴 만한 내용들로 사십구재와 천도재의 의미를 말해줬어. 주지의 얘기를 듣다가 "사후세계를 어쩜 저리도 뻔뻔스럽게 얘기할 수 있을까?"란 의문이 들었어.

사십구재 비용 삼백만 원과 천도재 비용 천만 원 그리고 기제사 사십만 원과 명절제사 이십만으로 볼일을 마쳤어. 장모님은 비록 눈물은 훔쳤지만 표정만은 안온해 보였어. 장모님의 그 표정에 내 맘도 편해지며 선해졌어.

내가 죽으면 '앗寺'에 데려다 줘. 만약 내가 아이한테 부탁도 하기 전에 죽게 되면 네가 나의 부탁을 아이한테 대신 전해줬으면 해.

식당에서 점심으로 칼국수를 먹고 아이를 장모님 댁에 내려주고 혼자 집으로 돌아온 그날 너에게 이 편지를 쓰기 시작한 거야.

답장은 안 해도 돼. 나를 읽은 너의 감상은 궁금하지 않아. 정말이야. 바바리맨이 될 뻔했던 나는, 나를 너에게 보여준 것으로도 만족하고 있어. 안녕……

세상은 황혼으로 들떠 있을 것으로 여겨지던 어느 일요일 다저녁, 니코로부터……

추신.

편지를 다 쓴 날 들은 음악은 〈프로벤자 내 고향으로Di provenza
il mar, il suol〉야.

프로벤자의 하늘과 육지를 누가 네 마음에서 지워버렸느냐, 프
로벤자의 하늘과 땅을,

태어난 고향의 눈부신 태양을 어떤 운명이 앗아 갔느냐, 태어난
고향의 눈부신 태양을,

오, 생각해내다오. 거기서 너는 기쁨으로 빛나고 있었음을,

거기라면 네게 평화가 다시 빛나리라는 것을, 하느님이 어김없
이 인도해주시리라,

아, 나이든 이 아비에게 얼마나 큰 고통이었는지 알 리가 없겠지,

네가 없어진 뒤 그 집은 쓸쓸한 모습이 되었다만,

다시 너를 만났으니 아직 희망이 있구나,

명예의 목소리가 네 속에서 아주 완전히 입을 다물지는 않은 셈
이니,

하느님이 틀림없이 들어주시리라.

＊＊＊

여기까지가 친구의 편지다. 친구가 죽던 날, 나는 친구와의 통

화를 마치자마자 119에 전화를 했다. 그리고 KTX를 탔다. 하지만 친구 집에 도착했을 때는 이미 친구는 병원으로 옮겨진 후였고 친구 집에는 경찰들과 그의 형님만 있었다.

내게 쓴 거라며 형님이 건네준 친구의 짧은 편지는 이랬다.

우선 미안하다. 아이를 두고 혼자 마누라한테 가려니 맘이 무겁군. 마누라가 아이 혼자 두고 왔다고 혼내지나 않을까 걱정도 돼. 누가 거둘지는 몰라도 가끔 아이의 안부도 챙겨주길 바래. 그리고 거실 벽에 걸어둔 양복을 내 주검에 걸쳐줘. 아내가 좋아하던 내 양복이야.
끝으로 내 팔목의 흉측한 상처는 잘 여며주길 바랄게.
그럼 나중에 보자.

그리고 "추신, 이봐! 가족들이 절대 못 보도록 이 건방진 똥덩어리를 잘 좀 잘 치워주길 부탁해!"라는 문장이 편지 마지막에 적혀 있었다.

정도건 장편소설

내캉 살자

초판 1쇄 발행 2012년 6월 11일

지은이 정도건
펴낸이 오은지 **펴낸곳** 도서출판 한티재 **등록** 2010년 4월 12일 제2010-000010호
주소 706-821 대구시 수성구 범어4동 202-13 **전화** 053-743-8368 **팩스** 053-743-8367
전자우편 hantijaebook@daum.net **블로그** http://hantijaebook.tistory.com

ⓒ 정도건 2012
ISBN 978-89-97090-06-8 03810
책값은 뒤표지에 있습니다.

이 책 내용의 일부 또는 전부를 이용하려면 반드시 저작권자와 한티재의 서면 동의를 받아야 합니다.
이 도서의 국립중앙도서관 출판시도서목록(CIP)은 e-CIP홈페이지(http://www.nl.go.kr/ecip)와
국가자료공동목록시스템(http://www.nl.go.kr/kolisnet)에서 이용하실 수 있습니다.
(CIP제어번호: CIP2012002377)